나하사

Nahasa

2

이현 판타지 장편소설

FANTASYSTORY & ADVENTURE

dream books
드림북스

나하사 2 이름의 무게

초판 1쇄 인쇄 / 2011년 5월 11일
초판 1쇄 발행 / 2011년 5월 21일

지은이 / 이현

발행인 / 오영배
편집장 / 허경란
편집 / 신동철, 문보람, 오미정, 윤상현
본문 디자인 / 신경선
펴낸 곳 / (주)삼양출판사 · 드림북스

주소 / 서울특별시 강북구 송천동 322-10호
대표 전화 / 02-980-2112 팩스 / 02-983-0660
편집부 전화 / 02-980-2116 팩스 / 02-983-8201
블로그 / blog.naver.com/dreambookss

등록번호 / 제9-00046호
등록일자 / 1999년 3월 11일

© 이현, 2011

값 8,000원

ISBN 978-89-542-4403-9 (04810) / 978-89-542-4401-5 (세트)

* 지은이와 협의하에 인지는 생략합니다.
* 잘못된 책은 구입한 곳에서 바꾸어 드립니다.

이현 판타지 장편소설
FANTASYSTORY & ADVENTURE

Nahasa

나하사

2 이름의 무게

dream
books
드림북스

나하사

Nahasa

목차

제1장
불량아와 흑의 소년

바라는 것은 오직 마왕의 부활뿐이었다.

아주 예전부터 오직 그 하나만을 바라보며 달려왔다. 힘든 나날이었다. 그 누구도 견디지 못할 시간을 견뎌 왔다. 그 고통을 견딘 이유는 단 하나, 마왕의 부활. 그것을 위해서 복잡한 고대어를 외웠고 금지된 흑마법을 배웠다. 마왕의 부활을 위해서라면 무엇이든 할 수 있었다.

갈색 머리의 소년은 창가에 서서 저물어 가는 붉은 하늘을 바라보았다. 어쩌면 마왕이 봉인되어 있었을지도 모르는 주요봉인소를 손에 넣었다. 너무 손쉽게 손에 넣었고 반(反)고대마법벽도 부수었다. 고대마법을 써서 충분히 빠져나갈 수 있는 상황이었다. 그런데도 구르와 맞바꾸었다. 구르가 잡히니까 그저 당황해서, 침착하게 상황 파악을 하지 못했다.

솔직히 말해서, 나하사는 후회하고 있었다. 마족 개구리가 자신에게 뭐라고 구한 걸까. 주요봉인소를 손에 넣었는데, 바보같이. 마족 개구리에게는 그럴 만한 가치가 없었다. 주요봉인소와 바꿀 만한 값어치는 없었다.

그렇다. 다시 과거로 돌아간다면… 자신은 구르를 구하지 않을 것이다. 심각한 생각에 빠진 나하사에게 붕대로 몸을 칭칭 감은 구르르무가 말했다.

"흰 우유를 줘라 개굴."

"……."

"상처가 쑤시는 것 같다 개굴. 흰 우유를 내놔라 개굴!"

제길, 가치가 있어도 안 해! 절대 안 구해!

"아, 아프다 개굴. 나하사 대신 입은 상처가 너무 아프다 개굴. 우유가 아니면 안 될 것 같다 개굴!"

으아아아악! 제발 날 과거로 돌려보내 줘! 나하사는 속으로 울 부짖으면서도 깨끗한 그릇에 흰 우유를 따라 주었다.

구르는 홀짝대면서 우유를 마셨다. 뻔뻔하게 우유를 요구할 땐 화가 치밀어 오르지만, 붕대를 칭칭 감고 꼬물대는 모습을 보면 금방 또 가라앉는다. 저 꼴을 하고 있는 건 자신의 탓이니 까. …여러 가지 이유로.

"이 개구리야."

나하사가 구르의 머리를 손가락으로 튕겼다.

"왜 그랬어? 바보야."

"몇 번을 묻나 개굴."

구르가 입가에 흰 우유를 묻힌 채 말했다.

"나도 모르게 몸이 움직였다 개굴."

진부한 변명하기는. 나하사는 구르의 머리를 다시 가볍게 튕기고는 침대에 앉았다.

폭신한 침대. 새하얀 천장. 깔끔한 벽. 환한 형광등. 나하사는 힐본세에서 가장 값비싸고 유명한 호텔 방에 묵고 있었다. 미힐과는 정반대에 있는 항구도시, 섬 힐본세에서 사막섬과 가장 가까운 곳에 있는 와이힐의 특등급 호텔이다.

유명인들은 한 번쯤은 묵었다고 하는 이 호텔은 비싼 값을 했다. 전속 치유술사가 있고, 200도르 하는 식사가 끼니마다 나오고, 차와 간식뿐만 아니라 원대륙에서 수입한 아이스크림과 팥빙수에 떡까지, 그야말로 없는 것이 없었다. 지하에는 당구장이 있고 옥상에는 수영장이 있으며 로비에는 서재도 있다.

"음."

진은 앤티크 원형 테이블에 딸린 의자에 앉아 다리를 꼰 채, 호텔에 비치된 책을 읽으며 차를 마시고 있었다.

"음— 스멜."

맛이 좋다는 의미의 고대어를 말하며 차를 음미하는 모습이 마치 바다의 섬에서 발행하는 패션 화보 같았다.

"이봐."

눈이 멀 것 같은 미남이 무심하게 나하사를 불렀다.

"두건을 다른 걸로 바꿔라."

"뭐? 왜?"

"엘프의 피가 묻었다."

윽. 나하사는 얼굴을 찌푸렸다. 괜히 싫은 기억을 상기시키고 있어.

"빨면 되잖아."

진이 아름다운 검은 눈을 날카롭게 떴다. 설마 나보고 저 걸레를 집어서 손에 물을 묻혀 빨라고? 라고 생각하는 게 분명하다. 깔끔 떠는 마족 같으니라고…….

생각해 보면 저 녀석이 제일 나쁘다. 절체절명의 순간에 팔짱 끼고 서서 구경이나 했으면서! 그렇지만 뭐라 할 수도 없다. 마족이니까. 나하사는 한숨을 쉬었다. 한 놈은 동료 의식이 너무 없고, 한 놈은 동료 의식이 너무 굳건하다.

"우유 다 먹었다 개굴."

나하사가 테이블 위의 티슈를 구르에게 건넸다. 마시면서 튄 우유 때문에 얼굴이 허옜다.

"닦아. 다 묻었다."

"어차피 또 묻을 텐데 왜 닦나 개굴."

"…또 먹으려고?"

지금 우유 없는데……. 저 우유 중독 개구리가 요즘 하루에 10도르 어치의 우유를 먹고 있다. 이제 저녁 무렵인데 그거 사자고 일부러 나갔다 와야 하나.

"내일 사 줄게. 오늘은 이만 참아."

아무래도 귀찮아서 말하자 구르가 나하사를 빤히 쳐다보았다.

"아아—! 갑자기 상처가 아프다 개굴."

저거 동료 의식 맞아? 나를 하인으로 생각하는 건 아니고?

"아프다 개굴. 나하 대신 생긴 상처가 쑤신다 개굴!"

"······."

"아이고—! 마족 죽겠다 개굴. 아프다 개굴—!"

졸라 생색내기는! 나하사는 벌떡 일어나 로브를 챙겼다.

"갔다 올게, 기다려!"

사막섬에서의 첫 패배 이후, 벌써 사흘이 흘렀다.

혓바닥과 한쪽 귀를 잃은 사막 엘프의 수장과 이미 마력을 소진한 정령술사는 나하사의 적수가 되지 못했다. 나하사는 큐레이터에게 고맙다고 말하고는 바로 마법을 써서 그곳을 빠져나왔다. 스탑, 두 글자면 끝이었다. 통로를 나가니 유물 전시관으로 향하는 텔레포트 마법진이 있었다. 우선 급한 대로 사막섬에서 빠져나오긴 했는데, 구르의 상처가 아물지 않아 일단 와이힐에서 호텔을 찾았다. 사막섬에 가지 못하고 와이힐에 정체한 사람들이 많아 빈방이 없다고 거만하게 말하던 지배인은, 나하사가 주먹만 한 다이아몬드를 내보이자 갑자기 깍듯해진 태도로 스위트룸에 안내했다. 나하사 자신도 지친 기력을 회복하고 다음날 힐본세의 크림 신전으로 출발할 계획이었다.

"세상이 말세라니까."

"예언자 오지가 올해 안으로 주요봉인소 봉인이 반도 넘게 깨질 거라는 예언을 했대, 글쎄."

"응, 나도 들었어. 그 말을 들으니까 조금 안심은 되더라."

엘리베이터에서 두 명의 여성이 말했다. 어딜 가나 사람들은 그 얘기를 했다. 미힐 신전의 봉인, 바다의 섬의 봉인, 드래곤 산맥의 봉인이 깨졌다. 그리고 사막섬의 주요봉인소마저 빼앗겼다. 사막 엘프의 수장은 한쪽 귀를 잃었고, 사망한 엘프의 수는 육십여 명에 달했다.

"대륙평화협회는 범인에게 확실한 의도가 있는 거라고 본대."

"그, 원대륙 정신분석학자들은 범인이 사이코패스인가 라이코스인가 하는 논문을 발표했다지."

확실한 의도가 있는 건 맞는데 사이코패스는 조금 심했다.

로비로 내려가자 꽤 많은 사람이 북적거리고 있었다. 밖에 비가 와서 잠시 비를 피하는 사람들이 섞인 것이다. 비가 좀 그치면 바로 나가려고 나하사는 입구에 섰다. 그때, 정장을 입은 백발 노인이 다급하게 들어섰다.

"안 노르의 아들이 여기에 있다고?"

노인은 호텔 지배인으로 보이는 사내에게 말했다.

"예, 급하게 오셨습니다."

"정말 안 노르의 아들인가?"

"예, 맞습니다. 배지를 확인했습니다."

안 노르라면 고대마법 사용 허가를 내려 주는 이바노브 아시오의 황성마법사이다. 그 깐깐한 노인네의 아들이 여기 있건 말건… 무심하게 지나치려던 나하사가 노인이 덧붙인 한마디에 걸음을 멈추었다.

"용사단이 여기로 모인다는 말인가?"

나하사는 귀가 번쩍 뜨였다. 아니, 안 노르의 아들이 여기에 있는 것과 용사단이 모이는 게 무슨 상관이지? 설마……

나하사는 사람 구경하는 척하며 성큼성큼 걷는 노인과 지배인의 뒤를 종종걸음으로 따랐다.

"다른 분들은 텔레포트 게이트를 이용해 바로 사막섬으로 가신다는군요. 안 노르 님의 아드님은 미힐 신전을 조사하다가 사막섬 주요봉인소 탈취 사건을 듣고 이곳으로 와서 비행선을 기다리고 있다고 합니다."

"아니, 사흘 전에 일어난 일인데 왜 이제야?"

"늑장을 부렸다더군요."

나하사는 주요봉인소의 흔적을 조사하며 늑장을 부리는 소년을 상상해 보았다. 이바노브 아시오의 황성마법사 안 노르의 아들. 마법에 천재적인 재능을 보인다고 하는 소년. 나이는 자신과 동갑으로 알고 있으나 확실하진 않다. 그 외에는 생김새도 성격도, 심지어 이름조차도 알려지지 않았다. 소년에 대해 함부로 말하면 쥐도 새도 모르게 창공의 날개에 잡혀간다는 소문만이 음산하게 떠돌 뿐이었다.

"먼의 귀가 잘렸다는데 늑장을 부리다니 대단한 녀석이군."

백발의 노인은 혀를 찼다.

"소문대로야."

아무래도 그 소문이라는 건 평범한 시민은 들을 수 없는 것인 모양이었다. 그들은 호텔 직원을 따라 일반인은 오를 수 없는 엘리베이터로 향했다. 엘리베이터가 120층에서 내려오는 동안 나하사는 투명마법을 써서 그들을 쫓을까 고민했다.

"여기 엘리베이터는 상당히 빠르군. 마력이 얼마나 들어가지?"

"한 달에 대형 마력석 하나와 중형 마력석 삼십 개를 사용하고 있습니다."

중형 마력석 한 개를 팔면 일반 가정의 한 달 생활비가 나온다. 어마어마한 마력이 소비되는 것 같지만, 그나마도 원대륙의 전력이라는 기술의 도입으로 이만큼이나마 줄인 것이다.

"마법진은 탄탄하고?"

엘리베이터 외에도 냉방장치라든지, 객실 내의 영상 기기라든지, 화재경보기 등등 마력으로 운용되는 것이 많은 이 호텔은 거대한 마법진 위에 세워졌다. 마법진 위에서는 마법진에 수식으로 쓰여 있지 않은 마법의 사용은 불가능했다. 곳곳에서 섬세한 수식으로 마력이 소비되고 있는데 근처에서 다른 마법을 쓰면 심각한 혼란이 발생할 수 있기 때문이다. 실제로 소냐르에 있었던 한 호텔은 어린아이를 즐겁게 하고자 했던 한 마법사의 플라잉flying마법이 5초간 시전된 일로 인해 혼란을 복구하는 데에만 15년이 걸렸다.

"예, 물론이지요. 바로 얼마 전에 6서클 마법사를 초청해 다시 손을 봤습니다."

"그거 다행이군. 돈 아까워하지 말고 자주 불러. 일 생기고 나면 늦다."

"넵!"

엘리베이터가 도착했다. 그들이 안으로 들어갔다. 나하사는 투명마법을 쓸까 하다가 그냥 뒤돌아섰다. 호텔 측의 마법진이야 얼마든지 깰 수 있다. 그러나 호텔과 사람들에게 피해를 주면서까지 안 노르의 아들 얼굴을 보고 싶지는 않았다. 돌아서는 나하사의 눈에 수배 전단을 들고 오는 호텔 직원이 보였다.

"또 바뀌었어?"

"무슨 하루에 한 번씩 얼굴이 바뀌냐."

그들은 전의 수배 전단에 풀을 칠해 새로 가져온 전단을 덧붙였다. 깔끔한 호텔 벽에 전단이 세 장이나 붙어 있었다. 어느 정도의 사건이면 인테리어 때문에라도 이 안까지 전단을 붙이지 않는데, 워낙 대륙적인 사건이라 어쩔 수 없었다.

"이번에는 어린 버전이네."

갈색 머리 청년이 그려진 전단 위에 갈색 머리 소년이 그려진 전단을 덧붙이며 말했다. 공통점이라면 단 하나, 옆에 개구리가 있다. 청년 버전은 어깨 위에 떡두꺼비가 올라가 있고, 소년 버전은 머리 위에 제법 귀엽게 생긴 커다란 개구리가 올라가 있다.

"모르지. 내일도 또 바뀔지도."

"대체 왜 자꾸 바뀌는 거야 이놈은? 폴리모프라도 하나? 개구리만 빼고."

"그러게 말이다."

호텔 말단 직원이 소냐르 제1공작의 영애가 너무 강하게 청년

임을 주장해서, 수배 전단을 그리는 대륙평화협회 사람들이 갈팡질팡하고 있다는 것을 알 리 없었다. 호텔 직원은 옆에 붙어 있는 다른 전단을 보았다.

"이 글래머는 마족이라며?"

풍성한 붉은 곱슬머리에 도톰한 입술 아래의 점, 남자라면 눈길을 주지 않을 수가 없는 풍만한 가슴. 그러나 사실은 손톱이 무시무시하게 긴 마족이라고 한다.

"어째 해제범들, 외모가 좀 되지 않아?"

사막 엘프는 마족과 소년 마법사가 같은 편인 것처럼 두루뭉술하게 상황을 설명했다. 그래서 사람들은 봉인을 해제하고 다니는 이들을, 마족과 소년 모두를 뭉뚱그려서 해제범이라고 불렀다.

"잘생긴 청년에다가 글래머 미인에다가."

"야야, 용사단만 하냐."

"하하, 물론 노와보다야 못하지. 해바라기 신관님도 쭉쭉빵빵이시고."

저 사람들이 진의 얼굴을 보면 뭐라고 할까? 나하사가 고민하고 있는 것을 알 리 없는 호텔 직원들은 세 번째 전단을 보았다. 뿔이 세 개 달린 푸른 털의 키메라가 그려져 있었다.

"저 키메라 놈이랑 마족, 뭔 관계려나."

"마족과 키메라라니 더러운 궁합이구만."

호텔 직원은 쓰레기를 보는 듯한 경멸의 눈으로 쳐다보고 갔다. 나하사는 자신의 전단 앞에 섰다. 목 뒤를 덮는 연한 갈색 머리에 녹색 눈, 푸른색의 귀걸이까지. 이번에는 좀 비슷하다. 머리색을 바꿔야 하나. 나하사는 후드를 더욱 눌러쓰고 다시 입구로 향했다. 사야 하는 게… 우유하고 마법 스크롤로 쓸 양피지하고 두건하고, 힐본세에 왔으니 내 고추장도 사야지.

그때였다. 딩동댕동. 로비를 울리는 소리가 들렸다. 안내 방송이었다.

"오늘도 와이힐 호텔을 찾아 주신 여러분께 감사 인사를 올립니다. 성원에 보답하는 의미로 작은 콘서트를 준비했습니다. 지하 1층의 푸른 콘서트홀에서 저녁 여덟 시에 시작합니다. 참가하는 음유시인은 원더 레이디, 옐, 시쿨, 그리고…… 러브 남매와 시크릿 보이입니다!"

러브 남매와 시크릿 보이는 본래 사막섬 축제에 공연을 하러 왔었다. 그러나 주요봉인소 탈취 사건으로 축제가 취소돼, 공연을 할 수 없게 되었다. 사람들은 3년에 한 번 있는 축제를 엉망으로 만든 자들을 가차 없이 욕했다. 그러나 모든 말과 행동 하나하나가 이슈가 되는 탑 아이돌 음유시인들이 와이힐 호텔에서 작은 공연을 한다고 하자 사람들의 화제는 순식간에 바뀌었다.

"쯧쯧. 요즘 젊은이들은 이래서 안 돼. 해제범들이 내 옆을 지나가고 있을지도 모르는데 노래 들을 정신이 돼? 하라는 공부는 안 하고!"

바로 그 해제범이 혀를 차는 상점 주인에게 진열된 두건을 들고 다가갔다.

"이거 얼마예요?"

"10도르만 줘."

나하사는 두건을 만든 브랜드 로고가 작게 박힌 무난한 무늬의 흰 두건을 다섯 장 샀다.

"학생도 공연 보러 갈 건가?"

상점 주인은 공연을 보러 간다면 경비대에 신고라도 할 것처럼 매우 띠꺼운 눈으로 물었다.

"지금 상황이 어느 때인데 그런 놈팡이들 노래를 들어? 말도 안 되지! 열심히 공부해서 기사단에 들어가 해제범을 잡아야지. 얼굴만 믿고 뻗대는 자식들은 반원파에 잡혀가야……."

"아저씨."

"응?"

나하사는 무심하게 상점 주인을 바라보며 말했다.

"전 학생 아니에요."

상점 주인의 눈길이 변했다. 딱 학교에 다니고 있을 나이의 소년이 당당하게 학생이 아니라고 밝히는 것이 무척 아니꼬운 모양이었다.

"이잉, 요즘 것들은… 부끄러운 줄 알아야지! 학생이 공부를 안 하고 뭘 하나? 뭔 러브 러브거리기만 하는 시답잖은 노래나 듣고!"

"저기."

나하사는 충동적으로 입을 열었다.

"저 러블리예요."

상점 주인이 그렇게 욕하는 아이돌 음유시인의 팬클럽 회원이라고 거짓말한 나하사는 문을 열고 나왔다. 와이힐은 전 대륙을 통틀어 보수적인 도시로 둘째가라면 서러운 곳이니 이해를 못하는 건 아니었다. 그러나…… 소년은 마다스 할렘의 아이들과 분쟁 지역의 소년병들을 떠올렸다. 상점 주인은 그 아이들을 모두 부끄러운 아이들로 만들었다. 어른들 대부분이 그런 식이었다.

호텔의 시계탑은 이미 여덟 시가 훌쩍 넘었다. 나하사는 두건과 우유, 고추장이 들어 있는 봉지를 달랑달랑 들고 호텔로 향했다.

사막섬과는 달리 힐본세는 인간의 섬이다. 후드를 벗고 관람석 안에 앉아 있으려니 보이는 사람은 모두 인간뿐이었다. 종족 차별의 결과였다. 인간이 친근하게 대하는 타 종족으로는 엘프와 오골족이 있는데, 엘프는 원대륙의 기술을 싫어해서 전력을 쓰는 곳이라면 근처에도 가지 않는다고 한다. 텔레포트 게이트는 자주 이용하면서. 시간은 아홉 시가 다 되어 가는데 공연은 아직 시작할 낌새가 없었다.

"왜 이렇게 늦지?"

"준비하는 데 오래 걸리나 보지 뭐."

"아, 어서 러브 남매 보고 싶다!"

러브 남매의 팬은 급속도로 많아지고 있었다. 그럴 수밖에 없었다. 자신의 얼굴을 기억시키는 고대마법을 쓰고 있다. 관심이 없던 사람이라도 한 번 보고 나면 그 후로는 계속 러브 남매의 얼굴이 생각나, 저절로 흥미를 갖지 않을 수 없을 것이다. 더욱이 요즘은 더욱 강해진 마력으로 펑펑 쓰고 있으니.

"시크릿 보이를 보게 되다니 영광이야."

"원조 아이돌 음유시인이지. 가창력이 정말 뛰어나더라고!"

시크릿 보이는 나하사가 모르는 음유시인이었다. 여성들에게 큰 인기를 끌고 있다는 것은 지금 사람들의 반응으로 알 수 있었다.

"요즘 뜨고 있는 원더 레이디도 괜찮아."

"아, 괜찮지. 러브 남매보다는 아니지만."

사람들의 화제는 주로 시크릿 보이와 러브 남매였다. 나하사는 조금 놀랐다. 바로 옆 섬에서 사막 엘프 수장의 귀가 잘리고, 주요봉인소를 계절이 바뀌기도 전에 벌써 네 군데나 잃었다. 그런데도 이들은 힐본세의 고급 호텔에 묵으며 아이돌 음유시인의 공연을 기다리고 있다. 대부분의 사람들은 말로만 뭔 일이 생길 것 같다, 조짐이 이상하다고 했다. 사재기를 한다거나 갑자기 종교를 갖는다거나 하는 일도 없었다. 그저 가십에 불과했다. 절대보호봉인소가 깨졌는데도! 대륙의 오랜 평화로 말미암은 위험 불감증일까? 혹은 이바노브 아시오에서 파견한 용사단

을 전적으로 믿고 있는 것일까? 어느 쪽이든 나하사는 이해할
수 없었다.

"근데 왜 이렇게 늦어?"

"그러게, 한 시간이나 지났잖아."

어느새 아홉 시가 넘었다. 사람들이 웅성웅성댔다.

호텔 내부인으로 보이는 사람과 경호기사 두셋이 급하게 뛰어
다니는 것이 보였다.

"무슨 일이지?"

저렇게 하얘진 얼굴로 뛰어다니는 거 보면 무슨 일 난 것 같기
는 했다. 그때였다.

"시크릿 보이가 없어졌대!"

"뭐어?"

누군가 충격적인 발언을 내뱉었다. 파장은 일파만파 퍼졌다.

"아니, 어디로 없어져?"

"리허설은 했어. 내가 봤다고."

"공연을 아무 말 없이 내팽개칠 음유시인이 아닌데!"

와이힐에서 아이돌 음유시인이 갑자기 없어지는 건 꽤 큰일이
다. 왜냐하면 이곳 가까이에 반원파 보수 단체가 있기 때문이
다. 아, 결국 취소되려나. 나하사는 사람들 틈바구니에 껴서 일
어났다. 후드를 다시 뒤집어쓰고는 출구로 향하다가 문득 걸음
을 멈추었다. …그래도, 잠시 보고 갈까? 봉인까지 되었을 정도
로 어마어마한 양의 마력을 품은 마력석을 그냥 주었으니 걱정

이 되었다. 아직도 별소리 안 나오는 거 보면 악용하고 있는 것 같지는 않지만…… 아니, 사실 악용하려 해도 못할 것이다. 나하사는 마력석을 주기 전에 고대마법에만 쓸 수 있도록 마나를 조절해 놓았고, 고대마법은 아무리 마력이 남아돌더라도 쉽게 배울 수가 없는 마법이었다.

경호기사들이 정신없이 돌아다니는 틈을 타, 무대 뒤쪽으로 슬그머니 들어갔다. 관계자들이 우왕좌왕하고 있었다. 로브를 입고 있으니 오히려 더 눈에 띄는 것 같아 벗어서 손에 들었다. 어디에 대기실이 있을까 두리번거리는데 소년의 팔을 잡는 손이 있었다.

"야!"

"헉! …네?"

"너 왜 여기에 있어?"

나하사를 잡은 사람은 턱수염이 난 남자였는데 처음 본다는 데 100도르는 걸 수 있었다.

"누구세요?"

"공연 총책임자다, 인마! 안 그래도 정신없는데 넌 왜 나와 있는 거야? 빨리 들어가!"

"네?"

남자가 나하사의 팔을 잡고 질질 끌면서 왼쪽 통로로 들어갔다.

"못 보던 얼굴인데 신인인가 보지?"

"네?"

"뭔 네네거리기만 해. 삐약이냐?"

"네?"

이해를 못 하니 계속 되물을 수밖에 없었다. 통로에는 문이 여러 개 있었는데 그중 가운데 문을 남자가 활짝 열었다. 안에 있던 사람들이 화들짝 놀라며 일제히 이쪽을 보았다.

"들어가 있어. 절대 나오지 말고. 알았어?"

남자는 무작정 나하사를 안으로 들이밀고는 문을 쾅 닫고 나갔다. 나하사는 어리벙벙하게 방 안을 살폈다. 커다란 방 한쪽 벽에 커다란 거울과 테이블이 있고 다른 쪽에는 소파가 있다. 소파에는 곱상한 아이들이 몰려 앉아 있었다. 아이돌 음유시인들이었다. 대여섯 되었으나 모두 나하사가 모르는 얼굴들이었다. 그들도 막 들어온 소년을 누구냐는 눈빛으로 보았다.

그 남자는 왜 이곳에 날 데려다 놓은 걸까? 무심하게 다시 문을 열고 나가려는 순간이었다.

"나가지 마."

맑고 깨끗한 목소리가 들렸다.

"위험하대. 여기 있으래."

나하사는 고개를 돌렸다. 방의 오른쪽 소파에 밝은 금발 머리의 예쁘장한 남자아이와 여자아이가 앉아 있었다. 러브 남매였다. 나하사는 러브 남매 옆으로 걸어가 앉았다. 이름이 분명 미야 러브와 앤디 러브랬지. 전에 봤던 복장과는 다른 옷을 입고 있다. 둘 다 머리에 녹색 나뭇잎으로 만든 머리띠를 하고 앤디는 녹색 짧은 바지, 미야는 녹색 짧은 치마를 입고 있었다. 새로운 콘셉트의 노래를 발표한 모양이다. 가까이서 보니 둘 다 여리여리해서는 키도 자신보다 작은 것 같았다.

"넌 예명이 뭐야?"

미야가 물었다. 프로필에 열여섯 살이라 적혀 있던데 너무 당연하게 말을 놓는다. 나하사는 속으로 한숨을 쉬었다.

"응? 예명이 뭐냐니까?"

미야가 다시 물었다. 나하사는 가짜 이름을 만드는 것을 싫어하기 때문에 대답하지 않았다.

"다들 여기서 뭐 해? 밖에는 난리가 났던데."

나하사가 대답 대신 화제를 전환하며 상황을 묻자, 건너편 소파에 앉은 회색 머리 소녀가 말했다.

"시크릿 보이가 잡혀갔어. 와이힐은 음유시인에게는 위험한 곳이라서 시크릿 보이를 찾을 때까지 우리는 여기 있으랬어."

"그럼 공연은 취소하는 거야?"

"나도 잘 몰라."

여자아이 대신 앤디가 대답했다.

"아마 취소되겠지."

앤디의 벽안이 나하사를 응시했다.

"그런데 넌 누구냐?"

가명을 댈 수도 없고 진짜 이름을 댈 수도 없고. 나하사는 그저 입을 다물었다.

"너도 시크릿 보이처럼 비밀이 콘셉트인 거냐?"

앤디가 피식 웃으며 물었다. 콘셉트고 콘센트고 없지만 나하사는 고개를 끄덕였다.

그 후로 앤디는 다른 아이돌 음유시인과 대화를 계속했다. 나하사는 할 일이 없어서 어정쩡하게 미야의 옆에 멍하니 앉아 있었다. 어떻게 할까 생각하는데 문득 시선이 느껴졌다.

다른 아이돌 음유시인보다 머리 하나는 더 큰 소년이 나하사를 뚫어져라 노려보고 있었다. 또래로 보이는 하늘색 머리 남자아이였다. 짧은 앞머리 아래, 눈썹에 피어스를 하고 있었고 양쪽 귀에도 사정없이 구멍을 뚫어 놨다. 저러고도 아이돌 음유시인이란 말이야? 완전 불량스러운데?

"마법 안 하는 무대 오랜만이네."

한 아이돌 음유시인이 기지개를 켜며 말했다.

"그러게."

"좋다!"

다들 동의하는 분위기였다.

"그치?"

미야가 고개를 갸웃하며 나하사를 보았다. 한 공연을 할 때마다 마법을 써야 하는 아이돌 음유시인의 고충이 느껴지는 상황이었다. 나하사는 침착하게 대답했다.

"내 생각에 공연은 취소될 것 같은데."

"그러려나? 헤, 아쉽당."

미야 러브는 귀엽게 혀를 내밀었다. 과연 오빠들의 사랑을 한 몸에 받을 만하다. 나하사는 괜히 오른쪽 귓불의 귀걸이를 만지작거렸다. 잠시 두근거린 게 왠지 인어족 여왕님에게 미안해졌기 때문이다.

"이봐, 너!"

그때 아까부터 자신을 노려보던 하늘색 머리 불량아가 벌떡 일어났다. 하얀색 긴소매 셔츠 위에 녹색 천 조끼를 입고 있었는데 맨 위 단추가 무척 특이했다.

"너 말이야, 너……!"

"왜?"

"너… 비켜!"

뭐지? 내가 아이돌 음유시인계의 룰을 몰라서 저 말이 이해가 안 되는 건가? 나하사는 주위를 둘러보았다. 다행히 다들 불량아를 이상하다는 시선으로 보고 있었다.

"어디서 비키라는 거야?"

"X발!"

불량아가 척척 걸어 다가오더니 나하사의 멱살을 잡고 들어 올렸다. 손에 굳은살이 가득 잡혀 있는 게 도저히 아이돌 음유시인의 손으로 보이지 않았다.

"여기 앉으라고!"

구석에 있는 의자에 나하사를 강제로 앉혔다. 불량아는 매우 아쉬운 눈길로 미야 러브의 옆 빈자리를 보고는 나하사의 옆에 앉았다. 십 대 후반 남자아이의 귀여운 행동에 나하사는 피식 웃었다.

"뭐야, 너? 내가 미야 러브 옆에 앉는 게 싫은 거냐?"

"우, 웃기지 마!"

불량아가 모두가 들릴 만한 큰 소리로 말했다.

"저, 저따위 녀석, 얼굴 예쁘고 노래 잘 부르고 춤 잘 추고 성격도 좋지만. 아, 안 좋아하거든!"

'좋아하는군.'

'미야 러브를 좋아하네.'

'좋아하고 있다.'

모두의 앞에서 고백을 들은 미야 러브의 얼굴이 붉어졌다.

"저기, 네 이름은 뭐니?"

신인 음유시인이겠거니 하고 묻지 않았는데, 고백까지 들었으니 왠지 이름은 알고 있어야 할 것 같았다. 미야 러브가 막 하늘색 머리 불량아의 이름을 물어보는데 문이 벌컥 열렸다.

총책임자라 했던 턱수염 난 남자가 이마에 피를 묻히고 손잡이를 잡고 있었다.

"도, 도망쳐……!"

총책임자는 말을 끝내지 못하고 앞으로 고꾸라졌다. 그의 몸을 발로 차며 하얀 복면을 한 사내들이 등장했다. 그들의 가슴팍에는 삼각형 문양이 새겨져 있었는데, 삼각형 안에는 땅에 꽂힌 은색 검이 그려져 있었다. 저 문양이 상징하는 것은 하나뿐이다.

"반원파!"

원대륙에서 온 모든 것을 반대하는 반원대륙 모임. 이들이 이곳에 온 이유는 불 보듯 뻔했다. 아이돌 음유시인은 친원파의 상징으로 통하기 때문이다.

"대륙의 전통을 해치는 저놈들을 잡아 처넣어라!"

가운데에 있던 복면인이 명령했다.

"꺄악!"

아이돌 음유시인들이 비명을 지르며 도망치려 했지만, 이미 입구는 반원파가 막고 있었다. 복면인 하나가 미야 러브의 결 좋은 금발 머리를 잡아챘다.

"꺄아!"

"그 손 놔!"

불량아에 이어 나하사가 벌떡 일어났다. 그러나 섣불리 덤비지는 못했다. 마법을 자유롭게 쓰기에는 아직 피곤한 것도 있거니와 호텔 내에서는 마법을 못 쓴다. 마법진이 있는데도 마법을 쓰면 입장이 곤란해진다. 이 호텔에는 천재 마법사라 불리는 안노르의 아들이 묵고 있고 아마도 용사단의 일원인 것 같다. 그런데 6서클의 마법진을 깬다면…… 그리고 그 장본인이 갈색 머리 소년이라고? 개구리와 같은 방을 쓰고 있는? 무서운 건 아니다. 다만 수습하기가 귀찮아질 것이다.

"꺄악!"

"살려 주세요!"

그렇다고 말 한마디로 그들을 구할 수 있으면서도 가만히 있기는 찔렸다.

"저 녀석들도 잡아!"

　게다가 복면인이 구석의 두 또래 소년, 나하사와 불량아를 정확하게 지목하며 명령했다. 그래, 우선 일단 멈춰 놓고 도망가든지 하자. 나하사는 주문을 외웠다.

"스트……!"

"슬르……!"

　나하사와 불량아는 말을 멈추고 서로 바라보았다.

"……."

"……."

　혹시 스탑?

　슬립?

　너… 방금 마법하려고 했어? 마법을 쓸 수 없는 이 호텔 안에서? 라는 눈빛이라고 소년들은 느꼈다.

"스…테인리스는 은색이지……."

"슬…리퍼가 요기 잉네……."

　결국 엉뚱한 말로 마법 주문을 끝맺을 수밖에 없었다.

"이 녀석들은 왜 뭔 이상한 말을 하고 서 있어?"

"건방진 것들!"

　아이돌 음유시인이라면 분쟁 지역 아이들에게 10억 도르를 기부해도 건방지다고 생각할 복면인들이 나하사와 불량아를 거칠게 잡았다. 어쩔 수 없다. 나하사는 순순히 잡혀 주었다.

아이돌 음유시인을 한데 몰아넣은 복면인들이 마법 스크롤을
꺼냈다. 스크롤은 호텔의 마법진에 영향을 주지 않는다. 저장해
놓은 것을 찢기만 하면 시전되는 형식이기 때문에 마력이 전무
한 사람이 마법이 금지된 곳에서 찢어도 아무런 문제가 없다.
원대륙 사람들이 자주 쓰는 것으로, 악용될 여지가 있기 때문에
마법 스크롤 발급을 위해서는 발급 이유와 신분을 밝히고 정신
질환 검사, 신체검사까지 통과해야 한다.
　"꺅!"
　텔레포트를 경험해 보지 않은 신인 아이돌 음유시인 두 명이
비명을 질렀다. 약간의 어지러움 후에 그들이 도착한 곳은 어둡
고 습기 찬 감옥이었다. 천장에는 거미줄이 쳐져 있고, 바닥에
는 회색 쥐 두 마리가 인간을 무서워하지도 않고 마구 돌아다녔
다. 이중 가장 키가 작은 아이돌 음유시인이 뒤로 물러서다가
뭔가에 부딪혔다. 단단한 쇠창살이었다.
　"들어가!"
　반원파의 복면인이 거칠게 아이들을 떠밀었다. 아이들은 반항
도 못하고 감옥에 갇혔다. 나하사도 떠밀려 안으로 들어갔다.
으스스한 한기가 돌았다.
　"아!"
　"너희는……!"

구석에 아이 두 명이 앉아 있었는데, 물빛 머리카락의 곱상한 생김새와 평범하지 않은 복장이 그들 또한 아이돌 음유시인임을 알려 주었다. 가까이 다가가니 흑의를 입은 소년이 벽에 기대앉아 있는 것도 보였다.

"바다 레이디즈와 시크릿 보이!"

"러브 남매!"

아이들이 서로에게 달려갔다.

"조용히 하고 있어!"

반원파의 복면인이 거칠게 말하고는 철창 자물쇠를 걸어 잠갔다.

"우리를 어쩌려는 겁니까!"

유일하게 대항한 건 곱상하고 연약하게 생긴 앤디 러브였다.

"닥치고 있어!"

"대륙을 어지럽히는 것들!"

반원파는 욕지거리를 내뱉고 계단을 올라갔다. 아이들이라 무능력할 거라 생각하는 건지 간수 한 명조차 남기지 않았다.

횃불도 없이 어둡고 축축한 철창 안에서 아이들은 서로 부둥켜안았다.

"흐엉헝헝……."

"우리 여기서 죽는 거야?"

"그런 말 하지 마…… 흐어엉."

셋이서만 있다가 동료가 오자 슬픔과 두려움과 반가움이 겹쳐졌는지 아이돌 음유시인들이 엉엉 울었다. 열셋, 많아야 열여덟 살인 소년소녀들이었다. 하늘색 머리 소년과 흑의 소년, 그리고 나하사만 빼고 모두 코끝과 눈가가 빨갰다.

뻘쭘하게 고개를 돌리던 나하사와 한쪽 무릎을 올리고 앉아 있던 흑의 소년의 눈이 마주쳤다. 검은 마스크로 콧잔등부터 아래를 가리고 있었지만 오똑한 코와 갸름한 얼굴형, 연두색의 작지 않은 눈이 잘생긴 얼굴임을 알게 해 주었다. 흑의 소년이 곧 눈을 돌려 나하사도 시선을 돌렸다.

"아, 씨……."

하늘색 머리 불량아는 울고 있는 미야 러브를 보며 손수건을 건네줄까 말까 고민하고 있었다. 이 상황이 그다지 무섭지 않은 것처럼 보였다.

"이러고 있으면 안 돼."

울음이 잦아들 때였다. 가장 먼저 침착함을 되찾은 건 앤디 러브였다. 눈물이 많아 보이는 커다란 금색 눈의 소년이 녹색 소매로 아이들의 눈물을 하나하나 닦아 주었다.

"도망칠 방법을 찾아야 해."

"하지만… 어떻게?"

미야 러브가 훌쩍이면서 물었다. 당찬 이미지와는 다르게 유약한 소녀였다. 앤디는 고민하다 입을 열었다.

"너희 할 줄 아는 마법이 뭐야?"

별다른 무기도 없고 체술도 없는 그들에게 탈출할 가능성이 있다면 그건 마법뿐이었다. 화려하고 즐거운 마법을 위주로 하는 아이돌 음유시인이지만 그래도 혹시나 하여 물어보았다.

"전 매화 꽃잎을 뿌리는 마법을 해요."

"난 무지개를 띄우는 마법."

"바닥을 꽃밭으로 보이게 하는 환각마법을 3분 정도 할 수 있어."

그래, 참 아름다운 마법들이구나. 앤디는 한숨을 쉬었다. 하나같이 어째……. 하긴 자신들도 이런 일엔 쓸모없는 얼굴 각인 마법이지만. 남은 음유시인은 신인인 듯한 하늘색 머리와 갈색 머리와 시크릿 보이밖에 없었다.

"선배님은 마법을 안 쓰시죠?"

시크릿 보이가 말없이 고개를 끄덕였다. 그는 무대 위에서 간주 부분에 검무를 추는 것으로 유명했다. 단순한 장식의 흑색 쌍검을 늘 허리에 차고 다니는데 지금 보니 빼앗긴 듯싶었다.

"너는 뭘 쓰냐?"

앤디가 자신보다 한 뼘은 더 큰 하늘색 머리에게 물었다.

"알아서 뭐 하려고."

까칠한 대답이었다. 앤디가 미야를 바라보았다. 미야는 눈빛이 의미하는 바를 깨닫고 하늘색 머리의 양아치 바로 앞에서 귀엽게 올려다보았다.

"뭘 쓰는지 말해 줘…… 응?"

"흐, 흥. 대답해 주긴 싫지만 정 그렇게 물어보니까 말하는 건데 이 몸은 못하는 마법이 없……."

하늘색 머리가 말을 멈추었다. 처음 보는 갈색 머리 키 작은 놈의 지긋한 시선을 느낀 것이다.

"…난 마법을 못 해."

대답을 바꾸었다는 게 티가 팍팍 났다. 앤디는 역시나 쓸모없는 마법을 하는가 보다 하고 넘어갔다.

"넌 뭘 해?"

앤디가 고대마법을 자유자재로 구사하는 소년 마법사에게 물었다.

"나도 못 해."

드래곤 산맥의 봉인을 깨고 엘프의 반마법벽을 간단히 부순 소년 마법사가 답했다.

"이런… 우린 알다시피 얼굴을 기억시키는 마법인데."

"다들 쓸모가 없어!"

"어떡해! 이제 끝났어."

아이들이 술렁였다. 다시 울먹이는 아이들을 다독거리며 앤디는 입술을 깨물었다. 가장 나이가 많은 것은 아니었으나 가장 어른스러웠다.

"우리는 여기서 나가야만 해."

앤디가 굳은 목소리로 말했다.

"아직 어머니는 찾지도 못했는데……."

나하사가 슬쩍 앤디를 보았다. 아직 못 찾았구나.

미야 러브가 또다시 훌쩍대며 소매로 눈물을 닦았다. 머리가 다 헝클어져서 바닥에 철퍼덕 앉아 서럽게 우는 모습이 안쓰러웠다.

"야, 근데."

숙연한 분위기 속에서 하늘색 머리 불량아가 말했다.

"너희 신곡 발표야, 오늘? 의상이 다르다?"

언뜻 분위기 파악 못 하는 질문이었다. 그러나 미야 러브의 울음은 단번에 그쳤다.

"응, 우리 이번에 개구리 콘셉트로 나와."

"뭐어?"

"개구리?"

아이들이 놀랐다. 나하사도 놀랐다.

"개구리는 해제범의 마스코트야. 위험할 텐데…….."

"알고 있어. 그렇지만 우리에겐 달라."

미야 러브가 웃으며 말했다.

"우리에게 개구리는 희망이야. 보이지 않는 곳에서 도움이 필요한 자에게 손을 내밀어 주는…….."

나하사가 삐질 땀을 흘렸다. 맙소사… 설마… 아니겠지? 구르 그 자식… 들킨 거 아니겠지?

"노래 제목은 개구리의 은혜고, 내용은 대충 어느 날 몸이 아픈 아이에게 커다란 개구리가 나타나서 붉은 약초를 주고 가는 내용이야."

"붉은 약초를 주고 사라졌다가 다시 나타나서 빨간 끈에 묶인 편지도 전해 주고 가는 게 2절 내용이고."

푸하하하, 구체적이다, 개구리 귀엽다 등의 반응이 나왔다. 나하사 혼자 등골이 서늘했다. 들킨 게 분명해……. 돌아가면 구르 그 자식 가만 안 두겠어.

"이럴 때가 아니야."

까르르 웃는 아이들 사이로 나하사가 불쑥 끼어들었다.

"어서 나갈 방법을 찾아야지."

나하사의 말에 분위기가 다시 축 처졌다. 불량아가 아니꼬운 눈으로 보는 게 느껴졌지만 어쩔 수 없었다. 더 이상 개구리에 관한 대화를 하게 놔둘 수는 없었다.

"맞아, 방법을 찾아야……."

앤디가 중얼거리며 쇠창살로 다가갔다. 손을 대자 차가운 감촉이 느껴졌다. 이곳은 오래된 감옥이고 창살은 녹이 슬어 있었다.

"얘들아!"

앤디는 아이들을 불렀다.

"이 감옥은 낡았어. 다 같이 힘으로 밀면 열릴지도 몰라!"

여럿이 힘을 합친다면 쇠창살도 구부릴 수 있다는 어린아이다운 믿음이었다. 아이들이 창살로 몰려갔다.

"다 함께 힘주어 밀자."

"응!"

"하나 둘!"

셋, 하는 소리에 아이들이 힘을 모았다. 그러나 근육을 단련하

지 않은 아이돌 음유시인들이 고사리 같은 손을 모아 창살을 힘
주어 민다고 해도 효과가 있을 리 없었다. 이들 중 가장 키가 큰
하늘색 머리와 시크릿 보이, 그리고 이런 경험이 가장 많을 나
하사는 뒤에서 팔짱 끼고 지켜보았다. 영차영차 안간힘을 쓰고
있는 아이돌 음유시인들을 보니 안쓰러웠다. 저런다고 안 될 텐
데. 무심하게 바라보던 나하사가 입술을 모았다. 아이들을 도와
주기 위한 마법을 하기 위함이었다.

"브레이⋯⋯."

나하사는 주문을 멈추었다. 삐질, 땀을 흘리며 옆을 흘긋 보았다.

"⋯⋯."

"⋯⋯."

하늘색 머리가 자신을 보고 있었다. 뚫어질 것 같은 눈빛으로
'너 지금 마법하려고 했어? 브레이크break?' 라고 말하는 것 같
았다. 나하사는 조용히 입을 다물었다.

"하나 둘, 하나 둘!"

"더 힘을 줘!"

브레이크라는 네 글자면 부서질 쇠창살을 두고 끙끙대는 아이
들을 그저 지켜만 볼 뿐이었다. 아이들은 십 분을 못 견디고 나
가떨어졌다.

"허억⋯ 너무 힘들어."

"응⋯ 하아⋯⋯."

바닥이 차가운 것도 잊고 주저앉아 숨을 몰아쉬었다. 다시 분

위기가 처지기 시작했다. 이번에는 앤디도 마찬가지였다. 몸 쓰는 일에는 약한 아이돌 음유시인이었다.

"어떡해……."

"추워."

"흑… 배고파……."

앤디마저 우울해진 상황의 타개책은 의외의 곳에서 나왔다.

"저곳에."

좁은 감옥을 울리는 낮은 목소리였다. 흑의 소년, 시크릿 보이가 손가락으로 천장 구석을 가리키고 있었다.

"환풍구가 있군."

어두워서 보이지 않았으나, 눈에 힘을 주고 보니 벽 위쪽에 작은 사각형 모양 구멍이 있었다. 나하사도 발견하지 못했던 구멍이었다.

"아, 좁아!"

하늘색 머리가 투덜댔다. 벌써 스무 번째의 투덜거림이었다.

"아오, 빡치네."

하늘색 머리의 바로 앞을 기어가고 있는 나하사는 저 투덜거림이 부러웠다. 왜냐하면 마법사 소년에겐 이 환풍기 구멍이 전혀 좁지 않았던 것이다. 쟤랑 몇 센티 차이 안 나는 것 같았는데!

"야, 넌 여길 어떻게 기어가냐? 좁아 죽겠네!"

X발……. 간만에 욕이 나온다.

"작작 좀 떠들어. 우린 지금 몰래 도망치는 중이야."

뒤를 돌아보며 낮게 말했다. 불량아는 놀란 표정을 지었다.

"너 고개를 돌아볼 여유도 되냐?"

"……."

"존나 쬐끄맣네."

여기서 익스플로전을 쓰면 어떻게 될까? 진지하게 고민하는 사이, 막다른 곳에 다다랐다. 제일 앞에서 기어가던 나하사는 창 안쪽이 빈 복도인 것을 확인하고 창을 열었다. 그리 높지 않았으나 뛰어내리자 다리가 저렸다. 촛대가 띄엄띄엄 달린 좁은 복도였다. 인기척은 없었다. 나하사는 손짓으로 하늘색 머리에게 내려오라는 사인을 보냈다. 하늘색 머리는 손을 짚고 가볍게 뛰어내렸다. 바로 옆에 서자 성장기 소년답게 어깨가 꽤 단단하고 체격이 좋다는 걸 알 수 있었다.

"모, 못 뛰겠어."

"무서워."

무대 위에서 공중제비를 도는 아이돌 음유시인이 겁먹은 목소리로 말했다. 나하사와 하늘색 머리는 하는 수 없이 아이돌 음유시인들을 아래에서 받쳐 주었다.

"손을 짚으라고!"

하늘색 머리가 거칠게 소리 질렀다. 안 그래도 겁에 질린 아이들이 더욱 의기소침하게 내려왔다. 오늘 처음 보는 하늘색 머리는 분명 그들보다 후배일 텐데, 귀와 눈썹의 피어스가 그를 막 대하지 못하게 했다.

"다음! 아 X, 왜 이렇게 느…! 리게 오든지 말든지. 내가 다 바, 받아 줄 테니까."

하늘색 머리의 목소리가 수그러든 것은 다음 차례가 미야 러브였기 때문이다. 금발 머리의 예쁜 소녀가 환풍기 구멍 안에서 이러지도 저러지도 못하고 있었다.

"어떡해, 무서워."

무대 위에서는 누구보다 활달한 이미지인 미야 러브가 벌벌 떨며 눈물을 흘렸다.

"아, 애처럼 떨기는… 내, 내가 아래에 있잖아. 믿고 뛰어내려!"

"하지만…….."

"걱정하지 마! 안 높아!"

미야 러브가 겁을 내는 건 높이가 아니라 네가 아닐까? 나하사는 덩달아 우는 아이의 눈물을 소매로 닦아 주며 생각했다.

"무서워서 못 뛰겠어…….."

미야 러브는 답답할 정도로 낑낑댔다. 하늘색 머리 불량아는 잠시 뭔가를 생각하는 것 같았다. 흘깃 두리번거리고는 아주 조그맣게 입술을 벌렸다.

"윈ㄷ…….."

"……."

하늘색 머리는 말을 끝맺지 못했다. 나하사가 대놓고 뚫어져라 하늘색 머리를 보고 있었다. '설마 윈드wind? 마법? 마법 쓰려고 했어?' 라고 나하사의 얼굴에 쓰여 있었다. 하늘색 머리는 말을 바꿀 수밖에 없었다.

"위, 윈드밀 추고 싶다……."

"뭔 말이야, 그게?"

"아무튼 내려와. 내가 받아 준다고, X!"

미야는 그 후로도 한참 더 시간을 끌다가 쌍둥이 동생 앤디의 재촉을 받고 뛰어내렸다. 금발의 소녀가 품에 안기는 순간, 하늘색 머리의 얼굴이 확 달아오르는 것을 모두가 보았다. 앤디와 시크릿 보이는 도움 없이 뛰어내렸다. 특히 시크릿 보이의 낙법은 군더더기 없이 깔끔했다. 아이들이 모두 뛰어내리는 동안에도 아무도 복도를 지나가지 않았다.

"어느 쪽으로 갈까?"

오른쪽 왼쪽 길이가 비슷해 보였다. 그들은 통로 딱 가운데에 있는 것 같았다.

"난 오른쪽."

"왼쪽으로 가자."

"가위바위보 하자, 응?"

울먹이던 아이들이 금방 깔깔 웃는다. 너희 지금 납치당해서 몰래 도망치고 있는 거 맞니? 아이들이란 역시 기분 전환이 빠르다. 나하사는 가위를 내밀며 생각했다.

왼쪽 복도를 걸어 코너를 꺾자 중간에 기둥이 늘어선 꽤 넓은 복도가 나왔다. 사람은 여전히 아무도 없었다. 생각보다 큰 건물인 것 같았다. 몰래 도망치고 있는 아이들은 심지어 조용히 하지도 않았다.

"이게 어떻게 된 거야, 정말."

한 아이가 투정부리듯 말했다.

"해제범이 아니었다면 지금쯤 사막섬에서 축제를 구경하고 있었을 텐데."

"맞아. 이게 뭐야, 정말. 그 나쁜 놈 때문에!"

나하사는 움찔하지도 않았다. 맞는 말이긴 하지만 그리 미안하진 않았다.

"그 해제범 중에 얼굴이 계속 바뀌는 애가 있다며?"

"응. 사실은 얼굴에 뿔이 났다는 얘기도 있어."

"마족이라서 자꾸 바뀌는 거래."

사람들은 어디에서나 해제범을 욕했다. 그리고 그들의 입속에서 나하사는 마족과 손을 잡고 대륙에 혼란을 꾀하는 악당이 되어 있었다. 키메라가 되기도 하고 마족이 되기도 했다.

"나 너무 무서워. 보디가드를 더 고용해야겠어."

미야 러브가 말했다.

"우리 다음 공연 장소도 주요봉인소가 있는 곳이란 말이야."

"뭐? 진짜?"

아이들이 놀라며 걱정스러운 얼굴을 했다.

"정말 무섭겠다!"

"학살자라는데!"

해제범의 또 다른 호칭은 학살자였다. 62명. 사막 엘프가 발표한 학살당한 엘프의 수였다. 원래부터 수가 많지 않은 엘프들에게는 대학살이나 마찬가지였다. 학살자는 먼의 귀를 가차 없이 잘라내고 엘프의 사지를 망설임 없이 베어냈다. 핏물이 떨어지는 팔을 들고 핥는 그 모습은 가히 지옥의 사자 같았다. 자비심 없는, 무감정하게 살육한 학살자. 엘프들은 서로를 구하고자 했던 개구리와 소년 마법사를 그런 식으로 공표했다.

"대체 이 평화로운 때에 왜 이런 일들이 일어나는 거야?"

"정말… 난 얼마 전에 좋은 일이 생겨서 기뻐하고 있었단 말이야."

미야 러브가 또래의 여자아이와 함께 울먹였다. 아마 좋은 일이라는 건 마력석 얘기겠지. 그 마력석을 선물한 키다리 아저씨를 학살자라 부르며 욕하는 꼴이었지만 나하사는 억울하지 않았다. 다만 의문이 들 뿐이었다.

"그런 말들은 믿을 수 없어."

하늘색 머리가 끼어들었다. 싸늘한 목소리였다.

"엘프 놈들은 원래 그런 식의 언론 플레이가 쩌는 새끼들이야. 피해자인 척하는 게 특기지. 믿을 수 없어."

나하사는 조금 놀란 눈으로 하늘색 머리를 보았다. 지금까지 수많은 사람이 봉인 해제 사건에 대해 얘기하는 걸 들었지만 저런 식으로 말하는 사람은 하늘색 머리밖에 없었다. 모두 해제범 욕하기 바빴지……

"엘프는 고귀한 종족이야. 언론 플레이라니 그런 식으로 말하지 마."

앤디가 단호하게 말했다. 사람들의 엘프에 대한 이미지는 대개 그런 식이었다. 고상하고 평화롭고 누구에게나 평등한 아름다운 종족. 하늘색 머리가 하, 비웃었다.

"그래, 맞아. 고상하지."

"그러니까 그런 식으로 말하지 말라고."

"웃기지 않아? 그 고고한 새끼들이 우리 이만큼 죽었어요, 하고 찌질대고 있는 거."

하늘색 머리는 나하사가 의문으로 생각하고 있는 것을 정확하게 콕 집어서 말했다. 사막 엘프는 사망한 엘프의 수를 마치 자랑이라도 하듯이 발표했다. 모두 유능한 엘프의 전사들이었고 우리의 자랑스러운 친구들이었다고, 치료 중인 먼을 대신한 대리 수장은 눈물까지 흘렸다. 전 대륙적인 추모 분위기를 조성했다. 저번 이바노브 아시오의 위유 점령을 도와 엘프 지원병을 보냈을 때, 사망한 엘프 지원병이 몇 명인지 끝까지 숨겼던 것과는 정반대였다. 나하사가 알기로 엘프는 여태껏 모든 전쟁에서 단 한 번도 사망자의 수를 발표한 적이 없었다. 마족과의 전쟁에서도.

"그놈들의 연기에 속으면 안 돼."

"동감이다."

나직한 목소리가 들렸다. 나하사의 뒤를 따라 걷던 흑의 소년, 시크릿 보이의 말이었다.

"지금의 그들은 마치 대륙을 전복시키려는 사악한 마족과 혈투를 벌인 영웅으로 자기들을 포장하는 것처럼 보인다."

나하사는 시크릿 보이의 연두색 눈을 흘깃 보았다. 얼굴의 반을 가리고 있어 표정은 알 수 없었다. 엘프를 모욕하는 소년들의 발언에 나하사도 공감했다. 학살자가 고깃덩이 썰 듯 엘프를 학살했다고 전해지는 그 자리에 있었던 나하사로서는, 62명의 학살당한 엘프들은 희생양으로밖에 보이지 않았다. 그들은 마족과 상대가 되지 않았다. 처음부터 먼이 나섰어야 했다. 그러나 먼은 마법벽 안에서 그의 동족들이 죽어 가는 모습을 그저 지켜보았을 뿐이다.

"또한 그전까지의 행동으로 보아, 해제범은 그리 잔인한 자가 아니었다."

하늘색 머리는 오호, 하며 시크릿 보이를 보았다.

"웬일로 나랑 같은 생각을 하는 놈이 있네."

"조금만 머리를 굴려 보면 알 수 있는 일이지."

시크릿 보이는 별것 아니라는 식으로 말했다.

"지금까지 해제범의 방식은 아무도 없을 때 들어가 조용히 봉인을 해제하고 나오는 것이었다."

"흠. 그렇지, 쥐새끼처럼."

"이번에는 엘프와 전투가 일어날 수밖에 없는 상황이었으니 필연적으로 다소 소란스러울 수밖에 없었겠지. 하지만 그렇다고 그전까지는 조용하던 녀석이 엘프를 도륙하고 먼의 귀를 자르고 그 피를 핥았다는 것은 믿기 어렵다."

자신을 편들어 주는 듯한 시크릿 보이의 말을 들으며 나하사는 저놈 목소리 좋다는 생각을 했다.

"하지만 해제범은 마족이라잖아!"

"맞아, 대륙을 어지럽히는 마족 쓰레기라고!"

아이돌 음유시인들이 소리쳤다. 자신들이 욕하던 상대를 편드는 놈이 있다면 왠지 울컥하면서 억울해지는 것이 인간의 심리다.

"마족인지 아닌지는 아직 모르겠다만."

하늘색 머리가 어깨를 으쓱했다.

"과연 정말 대륙을 어지럽히려는 걸까?"

나하사는 남 얘기 듣듯 무심하게 듣고 있었지만, 하늘색 머리의 그 말에는 고개를 들 수밖에 없었다.

"뭔가 다른 목적이 있는 게 분명해."

하늘색 머리가 동의를 구하는 듯 시크릿 보이를 보았다. 시크릿 보이는 고개를 끄덕였다.

"대륙을 혼란스럽게 하려면 다른 방법도 많다. 당장 텔레포트 게이트나 대륙중앙전력소를 손보면 간단한 일이지."

"그, 그게 어떻게 간단해?"

"드래곤 산맥 신전의 봉인을 푼 자에게는 손쉬운 일일 것이다."

시크릿 보이의 대답에 아이들의 몸에 소름이 돋았다.

"그럼 정말… 앞으로 어떻게 되는 거야, 우리?"

"우리 다 죽어? 대륙중앙전력소가 없어지면 우리 다 죽는 거 아냐?"

아이들은 걸음도 멈추고 겁을 냈다.

"작작 좀 찡찡대. 해제범이 우리를 모두 없애 버릴 생각이었다면 진작 없앴을 거야."

하늘색 머리의 말은 위안을 주기는커녕 오히려 더 무섭게 했을 뿐이다.

"그 정도의 실력이면 쉽고 빠른 방법이 수두룩하다고. 결국, 그놈 혹은 그놈들이 원하는 건 대륙의 전복이 아니라는 뜻이지."

"천천히 대륙을 어지럽혀 인간들을 이간질해서 스스로 분란을 만들게 하려는 악질적인 놈이거나."

"자신만의 분명한 목표가 있거나."

하늘색 머리와 시크릿 보이가 주거니 받거니 했다. 장본인을 앞에 두고 열심인 토론에 나하사도 아이들처럼 소름이 돋았다. 아이돌 음유시인 두 명이 이 정도까지 추측할 정도라면, 어쩌면 용사단은 자신의 목적을 이미 파악했을지도 모른다.

"이봐."

시크릿 보이가 한쪽 눈썹을 올리고 하늘색 머리에게 물었다.

"넌 해제범이 하나가 아닐 거라고 생각하나?"

"그렇다기보다는 단독범이 아니어야만 해."

"⋯⋯."

"배후가 없는데도 주요봉인소와 절대보호봉인소를 해제했다면 우리, 아니 용사단에게 그 쥐새끼를 막을 방법이 없으니까."

단호한 어조였다. 시크릿 보이는 침묵했다. 하늘색 머리는 혼잣말처럼 말했다.

"대체 드래곤 산맥의 절대보호봉인소에는 무엇이 봉인되어 있었을까?"

이들은 그곳을 소드 마스터도 못 깰 봉인이라고 생각하고 있는 것 같았다. 물론 도중에 실신할 만큼 마력 소모가 심하기는 했다. 하지만, 드래곤 산맥의 절대보호봉인소는 그곳에 사는 드래곤 로드 때문에 그 위험성과 중요도가 과장되었던 거라고 나하사는 생각했다. 왜냐하면 해제된 게 마왕도 뭣도 아닌, 단순히 지나치게 잘생긴 마족이었으니까!

"이런 생각이 들더군. 만약 마왕이 봉인되어 있었다면⋯⋯."

"꺄악!"

미야 러브를 비롯한 아이돌 음유시인들이 비명을 지르며 귀를 막았다.

"아까부터 왜 이렇게 겁주는 거야? 마왕이라니 끔찍해!"

"정말, 그만해. 나는 아직도 하고 싶은 게 많아. 대륙이 멸망해서는 안 돼!"

그 하고 싶은 걸 하려면 우선은 이곳을 나가야 할 텐데? 나하사는 이 녀석들이 잠시 자신들이 납치되어 왔다는 현실을 잊은 건 아닌가 생각했다.

"마왕이 부활하면 대륙이 멸망한다는 건 그냥 재수 없는 전설일 뿐이야. 실제로 마왕은 이바노브 아시오의 영웅이 봉인했다잖아. 부활한다고 해도 얼마든지 다시 봉인할 수 있어. 적발의 무속검사도 있고."

그렇게 말은 하고 있었지만, 사실 하늘색 머리의 표정은 그다지 좋아 보이지 않았다.

"그래도, 만약 봉인 해제된 것이 마왕이었다면……."

"마왕이 아니라도 무시할 수 있는 존재는 아닐 것이다."

"나도 그렇게 생각해. 드래곤 산맥에 봉인되었으니까. 분명 무시무시한 힘을 가진 존재겠지."

나하사는 빵상이니 삐링뽕이니 하던 미남 마족을 떠올렸다. 무시무시?

"그건 절대 아냐……."

무심코 중얼거리는 것을 하늘색 머리가 들었다.

"아니라고? 야, 넌 어떻게 생각하는데?"

마법을 쓰는 건 아닐까 은근히 견제하던 녀석이 그런 말을 하자, 하늘색 머리가 눈을 뾰족하게 뜨고 물었다. 나하사는 다른 건 몰라도 진에 관한 오해만은 반드시 풀고 싶었다.

"생각해 봐. 무시무시한 게 봉인되어 있었다면 지금까지 조용하겠어? 해제범이 그 무시무시한 것을 그냥 가만두고 있을 것 같아?"

그러나 나하사의 말은 씨알도 먹히지 않았다.

"드래곤 산맥의 봉인이다. 별것 아닐 거라고 생각하기는 어렵군."

"분명 천 년도 넘게 산 강력한 마족이거나 마물이거나."

"최고 수준의 고대마법이 적힌 마법서가 나왔을지도 모른다."

"아, 절대 아니라니까!"

나하사는 고집을 부렸다. 사실 하늘색 머리와 시크릿 보이의 추측은 일리가 있었다. 나하사도 드래곤 산맥의 봉인이니, 강력한 것이 봉인되어 있으리라 확신했던 것이다.

"넌 뭘 알고 그렇게 단정해?"

"그러는 너네는?"

시크릿 보이는 팔짱을 끼며 답했다.

"물론 나도 아는 건 없지. 이제 돌아가서 알아봐야 한다."

"하긴 그렇지. 나도 사막섬에 가서 마저 알아봐야지."

"거봐. 그렇잖아? 너넨 아직 아무것도 모르……."

나하사도 무심코 말하다가 문득 말을 멈추었다. 세 소년은 서로의 얼굴을 보았다. 흑의 소년의 연두색 눈, 나하사의 짙은 녹색 눈, 하늘색 머리의 고동색 눈이 서로 응시했다. 다들 서로의 말에서 수상한 점을 발견한 것이다. 어떻게 알아본다는 거지? 일개 아이돌 음유시인이 어떻게 사막섬에 간다는 거지? 아직 아무것도 모른다니 그럼 저 녀석은 뭘 알고 있는 거지?

"설마······."

하고 하늘색 머리 불량아가 입을 여는 순간이었다.

"ㄷ······쳤어!"

"···서 ······잡아!"

뒤쪽이 소란스러워졌다.

"이런."

앤디의 얼굴이 당혹감으로 물들었다.

"들켰나 보다. 어서 가자!"

시답잖은 대화를 하며 너무 오래 머무르고 있었다. 나가는 길도 모르면서 아이들은 무작정 앞쪽으로 달렸다.

"도망칠 수 있을까?"

키가 작고 통통한 아이돌 음유시인이 숨이 차서 헉헉거렸다.

"도망쳐야만 해. 저들은 반원파야."

"맞아, 우리를 가만두지 않을 거야!"

그들, 아이돌 음유시인은 친원파의 상징이나 마찬가지였다. 원인(원대륙 사람)보다 친원파에 대한 경멸감이 더 강한 반원파 사람들이니, 자신들을 가만두지 않을 것이 뻔했다.

"저기 있다!"

"잡아라!"

앞쪽에서 모퉁이를 돈 반원파 사람들이 검을 들고 달려왔다. 아이들은 꺅, 비명을 지르며 뒤돌았으나 뒤쪽에서도 검은 옷을 입은 반원파 사람들이 달려오고 있었다. 앞뒤로 막혀 아이들은 옴짝달싹 못했다.

"끝…났어."

미야 러브가 사색이 된 얼굴로 주저앉았다. 아름다운 금빛 머리칼을 쥐어 잡고 있었다.

"우린 끝났어."

"죽을 거야."

어떻게든 돌파해 볼 생각은 없는 것 같았다. 나하사는 득달같이 달려오는 반원파를 보았다. 감옥에서 회색 쥐는 저들을 무서워하지 않았다. 이미 싸울 마음을 잃은 아이돌 음유시인들을 반원파가 빙 둘러쌌다.

"감히 도망을 쳐?"

반원파는 중년인이 대부분이었다. 모두 남성이었고, 반원파의 상징 문양이 그려진 옷을 입었다.

"흐…흑, 죄송해요……."

"살려 주세요……."

주저앉아 울고 있는 아이돌 음유시인들은 그들의 자식뻘 되는 나이였다.

"그러게 얌전히 있을 것이지 도망을 쳐?"

"어차피 네놈들은 협상용으로 쓸 희생양이다. 조금 다쳐도 상관없지!"

그렇게 말하는 반원파의 검은 아직도 검집 속에 있었다. 아마 협상용이라는 말은 이번 겨울에 원대륙 쌀을 들여오기로 한 것을 저지하기 위함일 터였다. 요즘 들어 반원파와 친원파가 가장 극렬하게 싸우는 분야였다.

"네놈들은 뭐야? 꿇어!"

여전히 서 있는 흑의 소년과 하늘색 머리, 나하사에게 반원파가 소리쳤다.

"검만 있으면……!"

흑의 소년이 분한 듯 중얼거렸다. 반원파는 대놓고 시크릿 보이의 말을 비웃었다.

"하, 네놈은 검술을 돈 버는 데 이용하는 놈이지?"

"검술 학교도 제대로 안 다닌 것이 오만하군."

반원파의 아이돌 음유시인에 대한 적대심에는 원대륙 특유의 문화인 아이돌이 도입됐다는 것도 있지만, 어린 학생이 학교에 다니지 않는다는 것 또한 큰 이유를 차지했다.

"학교에 안 나가도 검술은 익힐 수 있다고, 이 아저씨들아."

가뜩이나 피어스를 덕지덕지 해 더더욱 반감을 사고 있는 하늘색 머리가 아니꼽게 말했다.

"부모가 물려준 육체에 구멍을 뚫다니 고얀 놈 같으니라고."

"내 몸을 내 마음대로 하겠다는데 그게 뭐가 어때서?"

"네놈들 친원파 때문에 우리대륙의 풍기가 문란해지고 있어!"

우리대륙은 우리가 사는 대륙이라는 뜻으로 원대륙과는 반대되는 단어인데, 현재는 우리대륙 네 글자가 고유명사로 굳어져 쓰이고 있다.

"그렇게 원대륙을 싫어하면서 왜 이 건물은 원대륙 식이지?"

시크릿 보이가 낮게 말했다. 반원파가 움찔했다. 이곳은 원대륙의 회색 시멘트를 바른 건물이었다.

"이곳은 임시 아지트다. 우리의 본거지는 탑이다!"

얼떨결에 본거지를 불어 버렸다.

"우리는 이런 건물에서 살지 않는다. 시멘트라는 원대륙 놈들이 가져온 악독한 물질 때문에 우리대륙의 환경이 얼마나 피해를 당하고 있는지 알고 있나?"

"썩은 나무 위에서 살던 이들에게 든든한 거처를 제공하기도 했습니다."

답한 것은 앤디 러브였다. 금발의 소년은 의기 있는 표정을 하고 일어나 똑바로 반원파를 바라보았다.

"원대륙의 기술이 아니었다면 우리는 더욱 불편한 생활을 했을 겁니다. 그들의 전력이 없었다면 우리는 아직도 어두운 밤을 보냈을 겁니다."

"조금 더 편해지자고 도입한 기술, 그 전력이란 놈 때문에 천삼백여 종의 동식물이 멸종했지."

"원대륙에서 온 자들이 가져온 의학으로 우리의 평균 수명은 삼십 년 늘어났습니다."

"그자들 때문에 종족전쟁이 일어나 희귀종공원 같은 비참한 곳이 생겼다."

조금 더 편해지고 수명이 늘어난 것도 사실이었고, 동식물과 여러 종족이 멸종한 것도 사실이었다. 그것은 어쩔 수 없는 딜레마였다. 아주 오랜 딜레마. 원대륙은 우리대륙에게 약이기도 했고, 또한 독이기도 했다.

"원인이 아니었더라도 종족전쟁은 일어났을지도 모릅니다. 그때 이미 우리대륙은 마족과의 전쟁을 여러 번 치른 후였습니다."

"마지막 마족과의 전쟁이 끝난 후로는 평화로웠지. 우리를 이간질한 건 바로 원대륙 놈들이다. 인간 중심 사고가 만연하게 된 이유가 무엇 때문이지?"

"원인의 사상은 우리에게 자유와 진보의 개념을 알려 주었습니다. 전엔 기피당했던 취향의 인정, 나도 이 세계의 단 하나뿐인 소중한 존재라는 인식은 원인이 있었기에 가능했습니다!"

"소수민족의 언어를 죽이고 강제로 대륙공용어를 만든 놈들의 사상의 어디가 자유와 진보라는 건가!"

팽팽한 접전이 이어졌다.

"그만 좀 해!"

싸움을 멈추게 한 것은 앤디 러브의 쌍둥이 누나였다. 모두가 녹색 옷을 입은 금발의 소녀를 보았다. 미야 러브는 투명한 이슬 같은 눈물을 뚝뚝 흘렸다.

"난 원대륙이니 우리대륙이니 그런 거 몰라. 반원파나 친원파 같은 것도 몰라. 나는… 우리는 다만."

얼마나 세게 깨물었는지 입술에서 피가 흘렀다.

"엄마를 찾고 싶은 것뿐이야. 엄마를 찾으려고 노래를 부르는 게 뭐가 나빠!"

너무 울어 붉어진 눈가, 아직 눈물이 고인 푸른 눈의 소녀가 울부짖었다. 엄마를 찾고 싶을 뿐이라는 외침이 복도에 무겁게 내려앉았다. 잠시 침묵이 흐른 후, 그들을 둘러싼 반원파의 중심에 서 있던 턱수염이 난 중년인이 말했다.

"그 수단이 원대륙의 것이라면 문제가 있다."

어떤 이유라도 원대륙의 것을 거부하는 방침. 반원파 중년인의 잔인한 말 또한 복도에 가라앉았다.

"하."

가벼운 비웃음이 하늘색 머리 소년에게서 흘러나왔다.

"꽉 막힌 새끼들."

시크릿 보이 또한 색이 진해진 연두색 눈으로 노려보았다.

"이제 그만하지."

시크릿 보이는 한 걸음 앞으로 나아갔다.

"이런 소모적인 논쟁 여기에서까지 하고 싶지 않군."

"나도 마찬가지야. 노친네 냄새 난다고."

하늘색 머리 또한 앞으로 나아갔다.

"이렇게 비열하게 납치해 놓고 고고한 우리대륙의 정신을 주장하고 싶다면, 그건 억지죠."

계속 가만히 있던 나하사 또한 무심하게 말하며 앞으로 나섰다. 그렇게 세 소년이 반원파와 아이돌 음유시인 사이에 벽처럼 섰다.

"이놈들이 건방지게!"

반원파의 외침과 동시에 나하사가 허공에 손을 들었다.

"풀pull."

"어엇?"

여태껏 하늘색 머리와 묘한 신경전을 벌이느라 마법을 자제했지만 이제는 때가 되었다. 바로 앞에 있던 반원파의 허리에 찬 검이, 마치 쇠가 자석에 들러붙듯 나하사의 손으로 붙었다.

"받아."

나하사는 왼쪽의 시크릿 보이에게 검을 넘겼다. 시크릿 보이는 착, 능숙하게 잡았다. 복면을 하고 있어 정확히 알 수 없었으나 연두색 눈은 미소 짓고 있는 것 같았다.

"너 인마, 마법 쓰고 싶어서 어떻게 참았냐?"

하늘색 머리가 말했다.

"그건 너도 마찬가지잖아."

나하사는 무심히 답했다.

"이, 이것들 뭐하는 거야?"

"고작 친원파 음유시인 주제에!"

반원파가 소리쳤으나 이미 기죽은 목소리였다. 채앵, 시크릿 보이가 검을 뽑았다. 나하사는 다시 허공에 손을 내밀었다. 피어싱을 주렁주렁 단 하늘색 머리 불량아가 씨익 웃었다.

"그럼, 시작해 볼까."

하늘색 머리 소년이 쓰러진 반원파의 허리에 한쪽 발을 척 올리며 앞머리를 후, 날렸다.

"짹도 안 되는 게!"

가장 뛰논 건 하늘색 머리 불량아였다. 마법을 펑펑 쓰고도 지친 기색이 아니었다.

"말도 안 돼! 무슨 아이돌 음유시인이 물 쓰듯 마법을 하고 검기를 내뿜어?"

반원파 하나가 소리쳤다. 아군 적군 상관없이 모두가 동감하는 말이었다.

"너, 너희 뭐니?"

아이돌 음유시인 쪽도 겁에 질려 있었다. 미야가 떨리는 목소리로 묻는 말에 세 명의 안색이 동시에 변했다. 셋 모두 그 얘기는 하고 싶지 않았다. 하늘색 머리와 나하사가 순식간에 눈빛으로 의견을 교환하고 어색하게 웃으며 입을 열었다.

"아하하, 너 정말 대단하더라."

"그러게 말이야, 날아다니던데."

너 정말↑ 대단하더라↗

그러게→ 말이야↗

두 소년은 누가 봐도 연기하는 톤으로 말하며 시크릿 보이의 어깨를 척 짚었다. 희생양을 그로 정한 것이다. 유일하게 드러난 연두색 눈동자가 당황한 빛을 띠었다.

"그치, 애들아. 이 녀석 정말 잘했지?"

나하사가 인자하게 웃으며 동조를 구하자 다른 아이들은 손쉽게 낚였다.

"정말 멋있었어!"

"시크릿 보이 선배님이 검술이 뛰어나다는 건 알고 있었지만, 검기까지 내뿜으실 줄은 몰랐어요."

"…크흠."

시크릿 보이가 무안한 듯 고개를 돌렸다. 하늘색 머리는 그 옆에서 오오— 마치 용사 같아— 하며 더욱더 추켜세웠다. 시크릿 보이는 가운데에서 어쩔 줄 몰라 했다. 쿡쿡. 나하사는 혼자 웃었다. 이 녀석들은 뭐하는 애들일까, 정말 그냥 아이돌 음유시인일까 하는 물음부터 몇 살일까, 어디 살까 하는 궁금증까지 생겨났다. 고대마법을 수련하는 동안 알게 된 이들이 몇몇 있었지만 모두 나하사보다 나이가 많았다. 그전에는 혼자 생활했고, 나중에 생긴 동료는 엉뚱한 마족들뿐. 나하사에게는 인간인 또래 친구가 한 명도 없었다.

"어, 이 새끼 웃네? 인마, 너 웃을 때가 아니다?"

나하사보다 키가 좀 더 큰 불량아가 시비 거는 것처럼 어깨동무를 했다.

"넌 뭐하는 놈인데 마법을 자유자재로 써? 가만 보니까 마력이 무슨 우리해(海) 같더라."

"네가 할 말이냐……?"

하늘색 머리 놈은 6서클 마법까지 했고 시크릿 보이는 소드 익스퍼트 급의 검기를 내뿜었다. 솔직히 4서클 아래 마법으로만 통일했던 나하사와는 비교가 되지 않았다. 나하사는 아이돌 음유시인에 대한 새로운 개념 정립이 필요함을 깨달았다.

"인마, 너 신인 맞냐? 요즘 아이돌 음유시인이란 놈들은 데뷔하기 전에 4서클은 익히냐?"

하늘색 머리는 계속 어깨를 내리누르며 시비를 걸었다. 이대로 있으면 개미지옥처럼 얽힐 것 같아 나하사는 화제를 돌리기로 했다.

"그런데 이 사람들은 그냥 이대로 둘 거야?"

"아……."

그제야 아이들은 쓰러진 반원파에게 눈을 돌렸다.

"신고해야지."

"신고해 봤자 풀려날 거다."

시크릿 보이가 말했다.

"와이힐은 본래 반원파의 손아귀에 있는 곳이다. 이런 곳에 온 게 실수였지."

"그렇지만 사람을 납치했잖아! 그건 범죄야!"

"반원파가 득세인 곳에 친원파의 상징이 온 것 자체가 잘못된 거다. 우리도 죄가 없다고도 할 수 없어."

아이들은 시크릿 보이의 말을 이해할 수 없는 듯 입술을 삐죽 내밀었다. 그러나 나하사와 하늘색 머리, 그리고 앤디는 머리를 끄덕였다. 보수적이기로 대륙에서 둘째가라면 서러운 곳에 보란 듯이 친원의 상징 아이돌 음유시인이 와서 노래를 부르네 뭐네 하니 반원파가 가만있을 리 없었다. 호랑이굴에 들어와서 코털을 간질인 건 그들인 것이다.

"그럼 이대로 두고 가는 거야?"

"어쩔 수 없다."

"칫……"

아이들은 못내 불만스러운 것 같았다.

"우리를 괴롭혔잖아."

"나쁜 사람들이라고!"

"언제 괴롭혔어?"

나하사가 무심히 물었다.

"그냥 데려와서 감옥에 넣은 것뿐이잖아. 때리지도 않았고, 몇 시간씩 굶긴 것도 아니고. 간수도 안 남기고 사라졌다가 도망친 놈들을 잡는답시고 달려와서는 칼도 꺼내지 않았어."

먼저 덤빈 것은, 어디까지나 아이돌 음유시인 쪽이었다. 그러나 아이들로서는 납득하기 어려웠다.

"납치도 충분히 죄야!"

"저 녀석이 말했다시피, 와이힐에 반원파가 바글바글한 걸 뻔히 알면서 온 게 잘못이라고 봐."

나하사는 어깨를 으쓱했다.

"어쨌든 난 벌주고 싶지 않아. 애초에 저 사람들이 너희를 납치한 이유를 생각해 봐."

"이유?"

"그야 당연히 우리가 싫어서지!"

"희생양이라고 했었어!"

차라리 구르랑 더 말이 통하겠네. 나하사는 피곤한 듯 벽에 기대어 섰다. 말이 없는 모습에 아이들이 거봐, 우리 말이 맞지, 할 때였다.

"쌀."

"어?"

"응?"

아이들이 뒤를 돌아보았다.

"네놈들을 이용해 쌀을 들여오지 못하게 하려고 했다."

말한 이는 반원파의 턱수염이 난 중년인이었다. 그는 힘겹게 일어나 앉았다. 코에서는 코피가 줄줄 흘렀다.

"원대륙에서 쌀과 작물을 수입하면, 우리대륙의 사람들은 팔 수 있는 게 없어져, 한 해 농사가 헛된 것이 된다."

"......!"

"너희야 춤추고 노래 부르면 끝이겠지만, 대부분의 사람은 쌀을 팔아서 먹고산다. 무언가를 팔지 않으면 생활할 수 없게끔 해 놓은 원대륙 식의 요즘 사회에서 농작물이라는 중요한 수입원을 빼앗기면 이들은 무엇으로 살지?"

아무도 대답할 수 없었다. 그것은 이들 중에서 그 누구도 답할 수 없는 문제였다. 대륙 최고의 인기 아이돌 음유시인도, 정체를 알 수 없는 피어스 가득한 불량아도, 고대마법을 자유자재로 쓰는 소년 마법사도. 그리고 사실은 반원파도 알고 있을 것이다. 아이돌 음유시인을 납치한다고 해서 쌀 수입이 무(無)로 돌아갈 리가 없다는 것을. 원대륙과의 모든 문제는 단 한 존재의 손에 달렸다.

대륙을 지배하는 저 영웅의 나라. 황금의 성의 고고한 지배자. 이바노브 아시오 황제의 손에.

건물에서 나왔다. 달이 중천에 뜬 한밤중이었고 이미 건물 앞은 와이힐 시의 경비병들로 가득했다. 반원파의 임시 아지트 앞에서 친원파의 또 다른 상징인 기자들이 몰려들어 자력으로 빠져나온 아이돌 음유시인들을 인터뷰했다. 안도한 아이들이, 굳세던 앤디 러브까지 울음을 터뜨렸다. 와이힐 시장은 나와 있지 않았다. 경비병들이 건물 안으로 들어가는 것을 뒤로하고 나하사는 슬쩍 사람들 사이로 들어갔다.

"어? 그 녀석 어디 있어?"

이크. 사람들 사이에 숨자마자 하늘색 머리의 커다란 목소리가 들려왔다.

"야야, 조그맣고 마법 쓰던 놈 어디 갔어?"

아이돌 음유시인 가운데 혼자 키가 훌쩍 큰 하늘색 머리가 두리번거리며 찾았으나 나하사는 이미 몸을 숨긴 뒤였다.

"아, 씨! 너, 그 녀석 이름 알아?"

하늘색 머리가 아이 중 아무나 잡고 물어보았다. 그러나 눈물 범벅이 된 아이는 대답을 할 수 있는 상태가 아니었다.

"시X, 미치겠네. 그놈을 아이돌 음유시인으로 썩혀 두는 건 아까운데!"

나하사가 하, 웃었다. 저놈 자기가 아이돌 음유시인인 척하고 있었다는 건 이미 잊었구나.

"어? 야, 야. 너는 아냐?"

하늘색 머리가 혼자 서 있는 시크릿 보이를 잡으며 물어봤다.

"조용히 해라."

"뭐? 이 새……."

불량아가 입을 다물었다. 시크릿 보이의 시선이 향한 곳에서, 검은 갑옷으로 무장한 이들이 말을 타고 오고 있었다.

"아니!"

"저들은……?"

아이들 주위에 몰려 있던 기자들이 검은 갑옷을 보며 빛의 속도로 손을 놀려 묘사했다. 몇몇 돈 많은 기자들은 사진을 찍기도 했다. 붉은 망토가 아니었다면, 무엇이 오고 있는 줄도 몰랐을 것이다. 눈만 영롱히 빛나는 흑마와 그 등 위, 신체에 맞춘 날렵한 검은 갑옷.

"시크릿 보이의 팬클럽 흑의인이야!"

"흑의인, 블랙스다!"

쉽게 볼 수 있는 이들이 아니다. 구경꾼들이 환호했다. 그들은 시크릿 보이의 얼굴을 알아볼 만한 거리가 되었을 때 말을 멈추고 내려왔다. 절도 있는 몸짓이다.

저게 뭐야……. 아이돌 음유시인의 팬클럽이 무슨 규율 빡센 기사단이야? 사람들 사이에 숨은 나하사가 질린 얼굴을 했다.

"흑의인의 대장이다!"

가장 앞의 검은 갑옷은 투구 위에 붉은 깃털을 꽂고 있었다. 대장이라 불린 이가 말에서 내려와 시크릿 보이 앞에 섰다. 기백이 무슨 전장의 신이라도 되는 것 같았다. 하늘색 머리가 움찔하는 사이, 그는 시크릿 보이 앞에 한쪽 무릎을 꿇고 앉았다. 마치 신하가 왕을 대하는 것 같았다.

"다친 곳은 없으신지요?"

"없다."

"가시겠습니까?"

"그러자."

시크릿 보이는 대장의 말 옆에 선 흑마에 가볍게 올라탔다. 소년 아이돌 음유시인을 좌우 앞뒤로 호위한 검은 갑옷들이 와이힐 거리의 저편으로 사라졌다.

하늘색 머리와 나하사는 동시에 생각했다. 저 마법사 놈이 누군지가 문제가 아니다. 대체… 시크릿 보이는 대체 뭐하는 애다냐?

오늘은 하얀 달이 뜨는 날이었구나. 나하사는 천천히 걸으며 생각했다. 이렇게 한가롭게 밤하늘을 올려다보며 걷는 것도 참

오랜만이다. 사실 이렇게 느긋하게 걸을 때가 아닌데. 아이돌 음유시인들은 호텔 측에서 준비한 마차를 타고 출발했으니 이미 도착해서 객실에서 쉬고 있을 것이다.

대체 그 녀석들은 누구일까? 여러 종류의 마법을 손쉽게 구사하던 불량아. 정확하면서도 절제된 검술을 쓰던 시크릿 보이. 정말 아이돌 음유시인이란 말인가? 시크릿 보이야 본래 아이돌 음유시인인 것 같지만… 불량아 놈은 절대로 아니다. 나하사는 단정했다. 미야 러브를 보려고 아이돌 음유시인인 척 들어왔다가 얼결에 같이 납치당한 거겠지! 장담한다. 그러나 아이돌 음유시인이 아닌 것도 곤란했다. 해제범과 엘프의 언론 플레이에 대해 말하는 걸 보면…….

"으으."

나하사는 어깨를 떨었다. 추측되는 사람이 있긴 한데. 설마 아니겠지. 에이… 아닐 거야. 에이…….

사색하며 걷다가 도착한 호텔 앞에는 한밤중인데도 사람들로 장사진을 이루고 있었다.

"이게 어떻게 된 일이야, 글쎄."

"그러게 말이야."

나하사는 사람들의 소란스러움이 반원파의 아이돌 음유시인 납치를 말하는 줄 알았다.

"정말 태어나길 잘했지."

"오늘은 내 생애 최고의 날이 될 것 같군!"

그러나 곧 이어진 기쁨의 탄성에 고개를 갸웃했다. 설마 납치되었다 풀려난 것을 두고 저렇게 표현하는 것은 아닐 테고.

"영웅들이 오다니……!"

"쿨럭쿨럭!"

이제 막 납치에서 풀려나 호텔에 도착한 소년 마법사가 심하게 기침했다.

"저기요, 누가 온다고요?"

앞에 있는 아주머니에게 묻자 아주머니는 소녀 같은 얼굴을 하고 답했다.

"사막섬 사건을 조사하기 위해 적발의 무속검사가 이곳에 온다는구나!"

"…언제요?"

"그건 모르겠네. 우리는 세 시간 전부터 나와서 이러고 있어."

"어머, 나는 두 시간 됐는데."

"나는 다섯 시간 됐네."

적발의 무속검사에 관한 얘기는 언제나 사람들을 활기차게 했다. 그들은 용사단이나 해제범, 특히 니스너에 관한 이야기가 나오면 너도나도 끼어들어 이야기꽃을 피웠다.

"이바노브 아시오에서 텔레포트 게이트를 통해서 온다는데 왜 이렇게 늦는 거지?"

조금도 지루하지 않은 듯한 얼굴의 아주머니가 말했다.

"텔레포트 게이트는 왜 이럴 때 고장 나고 난리야!"

조금도 니스너 실 누소즈가 늑장을 부리고 있다고는 생각하지 않는 말투였다. 그들은 적발의 무속검사가 설령 사흘 후에 오더라도 기다릴 태세였다.

으아……. 좀 자려고 했는데 쉬지도 못하고 출발해야 할 판이다. 나하사는 흐느적거리며 간신히 사람들 사이를 헤쳐 호텔 안으로 들어갔다. 호텔 안도 밖과 마찬가지로 사람들이 잔뜩 모여 떠들고 있었고, 중앙에는 아까까지만 해도 없던 거대한 검은 깃발이 세워져 있었다.

"어, 저게 뭐지?"

"용사단의 상징이라는데."

나하사와 함께 막 들어온 젊은이들이 말했다. 검은색 바탕에 흰 동그라미. 나하사는 저것이 무엇인지 알고 있었다. 하얀 태양.

"백양(白陽)……."

나하사는 조용히 문양의 이름을 중얼거렸다.

"심플하네."

"역시 검소한 용사단 분들이야!"

사람들은 저 문양에 담긴 오만하고도 심오한 뜻을 알지 못했다. 나하사는 힘없이 엘리베이터로 터덜터덜 걸어갔다. 엘리베이터도 사람이 꽉꽉 차 있었다. 살덩어리 사이에 끼껴 자신이 묵는 방이 있는 층에 도착한 소년이 겨우겨우 내렸다.

복도를 걸어가 방문을 열자, 커다란 개구리와 잘생긴 남자가 돌아보았다.

"이제 오나 개굴!"

왠지 구르의 목소리를 상당히 오랜만에 듣는 것 같다. 한 15
일 정도 만에.

"내 우유를 내놔라 개굴!"

"나의 두건도 잊지 않았겠지."

아래는 저렇게 소란스러운데……. 저 뻔뻔하게 원하는 것을
요구하는 모습을 보고 있자니 음유시인들과 있었던 때가 굉장
히 오래전 일처럼 멀게 느껴졌다.

"미안하지만 잃어버렸어."

그러고 보니 염색약도 함께 잃어버렸다. 나하사는 한숨을 쉬
며 짐을 챙겼다. 태생이 올빼미족이긴 한데 오늘은 일이 많아서
그런지 축 처진다. 아… 피곤하다. 고추장, 고추장이 먹고 싶어.

"뭐냐 개굴! 나는 우유만 기다렸는데 개굴!"

이 개구리 녀석 러브 남매한테 들켜 놓고 뻔뻔하게…….

그러나 지금은 소리칠 기운도 없다. 넌 나중에 죽었어.

"피곤해 보인다 개굴."

"응. 죽겠어, 아주."

"쉬어라 개굴."

당장 침대에 누워 자고 싶지만 어서 짐을 싸야 한다.

"용사단이 온대. 나가자."

"내 두건은?"

"니 두건은 턱수염 난 아저씨가 가져갔어. 이거나 들어."

꽃미남 마족을 위해 산 옷가방을 던져 주고 나하사도 짐을 둘러멨다. 침대 위에 올라가 멀뚱히 바라보는 구르에게 물었다.

"지금 움직여야 하는데 괜찮겠어?"

"많이 움직이면 상처가 터질 것 같다 개굴."

"우선 호텔을 벗어난 후에 마차를 잡을게."

"우유가 있었으면 나았을 거다 개굴."

"…가다가 사 줄게."

구르가 1미터를 넘게 훌쩍 뛰어올라 나하사의 머리 위에 안착했다.

"어서 가자 개굴!"

이 녀석 아픈 거 맞아?

"내 두건은……."

진은 여전히 두건 타령이다. 아, 멀쩡한 사람이 없어.

나하사는 새삼 한탄하며 문을 열었다. 아직 그 자리에 머물러 있던 엘리베이터에 탔다. 닫힘 버튼을 누른 후 출발하기를 기다렸다. 다행히 사람은 아무도 없었다.

"우유 미리 열 개는 사 놔라 개굴."

"알았어."

"두건도 사야 한다."

"네네, 걱정하지 마세요."

엘리베이터 문 위의 숫자판을 보며 나하사는 무심하게 답했다. 엘리베이터는 느리게 움직이다가 11층에서 멈추었다. 나하사는 문이 열리는 것을 보다가 문득 자신의 상태를 깨달았다. 옅은 갈색 머리와 녹색 눈. 머리에는 개구리.

"헉!"

재빨리 닫으려고 닫힘 버튼을 눌렀으나 이미 문은 열리는 중이었다.

"어?"

"헉?"

나하사는 열리는 문밖에 선 하늘색 머리를 보고 눈을 크게 떴다. 하늘색 머리 옆에는 아까 보았던 와이힐 시의 시장이 굽실거리며 서 있었다. 하늘색 머리색과 수북한 귀걸이는 분명 아까 그 아이돌 음유시인이 맞는데…….

여전히 눈을 크게 뜨고 상대를 살피는 나하사의 눈에 이상한 것이 들어왔다. 처음 봤을 때 이상한 모양이라 생각했던 것.

"그 단추……."

검은 배경에 하얀 동그라미 모양의 맨 위 단추. 하늘색 머리도 눈을 크게 뜨고 중얼거렸다.

"그 개구리……."

"……."

"……!"

하늘색 머리와 와이힐 시장이 함께 얼었다. 나하사는 잽싸게 문을 닫았다.

우와, 리얼이야. 나 소름 돋았어. 말도 안 돼. 진짜? 진짜? 진

짜 백양의 문양이었어? 저 녀석, 용사단이야? 그럼 뭐야, 진
짜… 안 노르의 아들? 그 깐깐한 대마법사의 아들이라고? 나 그
런 놈이랑 같이 있었던 거야?

"아는 인간인가 개굴?"

"아니, 몰라. 절대 몰라. 모르는 사람이야."

심장이 쿵쾅쿵쾅 뛴다. '어서 빨리 출발해라'를 1초간 마음속
으로 여섯 번은 외친 나하사가 문득,

"아!"

뭔가를 깨달은 듯 문을 다시 열었다. 여전히 눈을 동그랗게 뜬
하늘색 머리, 용사단 멤버가 이쪽을 보고 있었다. 나하사는 억
울했던 것을 해명하는 것처럼 주먹을 꽉 쥐고 소리쳤다.

"드래곤 산맥 봉인에서 나온 건 진짜 쓰잘데기 없는 거였어!"

벙찐 표정의 둘을 내버려 두고 다시 엘리베이터 문을 닫았다.

제2장

크림 신전

크림 신전은 섬 힐본세가 아닌 대륙 동쪽의 힐본세에 있다. 이바노브 아시오의 국경과 가까운 곳으로, 크림을 모시는 신전 중 가장 규모가 크다. 봉인소긴 하지만 그보다는 사람을 돕고자 하는 순수한 목적을 가지고 세워진 곳으로, 모든 것을 사랑하라는 크림교단의 가르침에 따라 인간, 키메린, 마족 모두에게 평등하게 문이 열려 있다. 특히 무상으로 신성치유를 해 주기 때문에 사람들에게 인기가 많았다. 나하사는 복잡한 힐본세의 마을 한가운데 광장에 서 있었다.

"으, 어디로 가는 거였더라?"

유명한 곳이라 위치 정도는 사람들이 당연히 알고 있을 줄 알았는데 의외로 모르는 이들이 많았다.

"잘 좀 알아보고 다녀라 개굴."

갈색 머리를 가리기 위해 후드를 뒤집어쓴 나하사의 머리 위에서, 역시 들키지 않기 위해 후드 속에 납작 엎드린 구르가 타박했다.

"그 나이 먹어서 아직도 길을 헤매나 개굴."

"마다스에 있을 땐 잘 찾아갔는데……."

나하사가 변명처럼 말했다. 나하사가 아주 어렸을 적에, 크림 신전은 마다스와 힐본세의 경계에 있었다. 지금처럼 돈을 받지 않고 치료를 해 준다는 표지판을 내걸고 세워졌는데, 한 달 만에 마다스의 크림 신전은 문을 닫았다.

사람이 너무나 많았기 때문이었다. 돈이라는 개념 자체가 무의미한 나라. 언제나 배가 고프고 언제나 어딘가가 아팠던 사람들. 그 누구도 도와주지 않으리라 생각했던 자신들에게 어떤 신을 모신다는 신전에서 무료 봉사를 자처했다. 사람들은 마치 나방이 불빛에 끌려가듯 신전으로 향했고 신전은 밀어닥치는 사람들을 감당할 수 없었다. 도움의 손길은 한 달 만에 가차 없이 끊겼다. 나하사는 눈앞에서 그 광경을 보았다. 마다스인들은 억울해하지도 분노하지도 서운해하지도 않았다. 가여운 나라의 사람들은 여전히 누구에게도 도움 받을 수 없음을 당연하게 여겼기 때문이었다.

"저기 두건이 있군."

소년 마법사가 신전을 찾고 있을 때, 후드를 뒤집어쓴 키 큰 미남 마족은 두건 파는 곳을 찾고 있었다.

"야, 검은색 샀잖아."

"검은색? 설마 썼던 두건을 다시 한 번 또 쓰라는 것인가?"

"니가 잘 보일 사람이 있는 것도 아니고 뭐 어때?"

"됐다. 그럼 내가 사지."

돈이 없는데 어떻게 사겠다는 거지? 나하사는 미심쩍은 눈으

로 진을 보았다. 진은 성큼성큼 두건 가게로 걸어가 심드렁한
표정의 아주머니 앞에 섰다.

"뭐 드릴까유?"

대답 없이 자신의 두건을 벗으려 했다.

"으악!"

나하사가 기겁하고 달려와 진의 팔을 막았다. 와, 이놈이 진짜
얼굴을 무기로 쓰려고 하네?

"진짜 악질이다, 너."

나하사는 색깔별로 하나씩, 총 열두 개의 두건을 사서 짐 안에
넣었다. 진은 여전히 무심한 얼굴이었지만 흐뭇하다는 듯 살짝
입꼬리를 올려 미소 짓고 있는 것은 알 수 있었다.

"나하야, 새치가 있다 개굴."

분위기 파악도 못하고 구르가 말했다.

"뽑아 줄까 개굴?"

"됐어, 놔둬."

"어린놈이 무슨 새치가 나냐 개굴."

"네놈들 때문에 피곤해서 그런다, 왜!"

두건을 넣은 짐을 진에게 던져 주고 나하사는 다시 인파를 헤
치고 나아갔다.

"들이라고 하지 마라 개굴. 섭하다 개굴."

구르의 목소리는 진심이었다. 진이랑 같은 취급당하기 싫다는
건데 나하사가 보기엔 거기서 거기였다.

"나는 생명의 은인이다 개굴!"

또 생색 시작인가. 나하사는 작게 한숨을 쉬었다. 아, 그냥 주요봉인소를 가질 걸……

"나는 널 봉인에서 풀어 줬어, 이 개구리야."

"그건 고맙다 개굴."

저렇게 쌈빡하게 고맙다는 말을 하면 생색 내는 쪽은 할 말이 없어진다. 나하사는 어딘지 알지도 못하면서 말없이 걷기만 했다. 구르가 가만히 나하사를 불렀다.

"그런데 나하."

"왜?"

"나한테 고맙다는 말 아직 안 했다는 거 아나 개굴."

나하사는 걸음을 멈추었다. 둘은 서로 표정을 보지 못했다. 마족 구르는 인간 소년에게 고맙다고 말했다. 구르는 몇 번이든 말할 수 있었다. 그러나 인간 소년은 그 말을 할 수 없었다. 목숨을 구해 줬는데. 구르가 이렇게 다친 건 자신 때문인데. 그래도 나하사는 고맙다는 말을 하기가 어려웠다.

"상관없다 개굴."

구르는 쿨하게 말했다.

"내가 그냥 멋대로 도운 것뿐이다 개굴. 생색 낼 생각 없다 개굴."

……그럼 지금까진 생색 낸 게 아니었단 말인가? 반기를 들고 싶은 마음을 억눌렀다. 그래, 구르는 지금 아프니까. 어서 신전

을 찾자. 상처가 다 낫기만 해 봐라. 아주 사지를 쫙 벌려 손톱으로 그 통통한 배를 쿡쿡쿡 찔러 주겠어……!

검은 두건을 쓴 진이 문득 걸음을 멈추었다. 그리고 고개를 들어 하늘을 보았다.

"왜 그래?"

"무언가 오는군."

"응? 어디서 뭐가 온다는 거……."

나하사는 데자뷔를 느꼈다. 마치 최근에 비슷한 일을 겪은 것만 같은…….

"어?"

"뭔 소리 나지 않아?"

지나가던 사람들이 걸음을 멈추었다. 일제히 손으로 햇빛을 가리고 하늘을 올려다본다.

"꺄아아아아아……."

"헉? 비, 비명?"

"여자아이의 비명이야!"

사람들이 술렁였다. 나하사는 설마 하고 고개를 들었다. 한 번 들은 적 있던 비명이긴 한데.

말없이 보고 있던 진이 척척, 긴 다리를 움직였다. 거침없이 광장 가운데에서 벗어나 골목으로 들어가는 진의 뒤에서 꺄아아아아아, 철퍼덕, 적나라한 소리가 들렸다.

"여자아이가 떨어졌어!"

"헉, 어, 어떡해?"

"크, 크림 신전! 크림 신전으로 데려가!"

나하사는 짧은 다리로 진을 따라가며 사람들 사이를 슬쩍 돌아보았다. 예의 그 분홍 머리 소녀가 아무렇지도 않은 얼굴로 벌떡 일어나 사람들을 놀라게 하고 있었다.

"으어어어억, 살아 있어?"

"게다가 피도 안 나!"

생채기 하나도 없겠지. 후드 아래에서 구르가 조용히 물었다.

"우리 따라온 거냐 개굴?"

"설마……."

아니겠지, 했지만 의심스러운 마음은 지울 수가 없었다.

여자아이에게 들키지 않고 이곳을 뜨기 위해 다른 길로 막 진입할 때였다.

"거기 서십시오!"

헉, 저 극존대어.

"로브를 입고 가는 그대, 거기 서십시오!"

물론 나하사는 못 들은 척 계속 걸어갔다.

"뒤집어쓴 후드 밑에 개구리를 머리 위에 올리고 가는 당신!"

나하사의 걸음이 딱 멈추었다.

"개구리?"

"머리 위에 개구리라고?"

개구리라는 말을 들으면 사람들은 해제범을 떠올린다. 분홍 머리 소녀가 벌떡 일어나 삿대질하며 직시하는 곳을 다른 사람들도 함께 보았다. 마법사 로브를 입은 체구 작은 소년이 뒤를 돌아보고 있었다. 어쩐지 머리 위가 불룩한 게 뭔가 들어 있는 것 같기도 한데……

"나를 혼자 두고 갈 겁니까?"

소녀가 소리쳤다. 그러나 소년은 대답 없이 냉정하게 뒤돌았다.

"이보십……!"

소녀가 한 번 더 소리치려 할 때, 소년은 온 힘을 다해 맹렬히 달려 나갔다.

식당은 조용했다. 일부러 사람 없는 식당을 찾아왔으니 당연했다. 분홍색 갈래머리, 목깃 부분에 하얀 레이스가 달린 분홍 원피스. 하얀 피부와 커다란 청록색 눈. 하늘에서 떨어졌는데도 생채기 하나 없는 예쁘장한 소녀가 힐끔힐끔 두건 쓴 미남을 보고 있었다. 진은 불만스럽게 다리를 꼰 채 무언으로 재촉하고 있고, 구르는 탁자 위에서 우유를 할짝대고 있었다. 나하사는 소녀의 맞은편에 앉았다.

"너 대체 뭐냐?"

"네라입니다."

"어?"

"네라.G입니다."

이름을 물은 건 아니었지만.

"왜 우리를 따라오는 거야?"

"누가 뭘 따라간다는 말입니까?"

"설마 아니라고 말하고 싶은 건 아니겠지? 사막섬에서부터 졸졸 따라온 데다가, 방금 날 죽어라 쫓아온 건 뭔데?"

"말은 똑바로 하십시오."

분홍 머리 소녀, 네라가 청록색 눈을 번뜩였다.

"나는 당신을 따라온 게 아닙니다. 저… 잘생긴 분을 따라온 겁니다."

그것참 자신만만하게도 말한다. 네라가 자신을 가리키자 진이 매우 불편하게 다리를 다시 꼬았다.

"퉤."

그리고는 탁자에 침을 뱉는다. 헉… 저건 너무 심한 거 아닌가?

"아, 저 터프한 모습……!"

저건 터프한 게 아니라 더러운 거지! 그래, 갑자기 하늘에서 떨어져 우연히 꽃미남을 보고 사랑에 빠졌다고 치자. 아무리 그래도 보통 저런 모습까지 좋아하게 되나?

나하사는 점점 더 소녀가 수상해졌다.

"너 몇 살이야? 학교 안 가? 이렇게 돌아다니면 부모님이 뭐라고 안 해?

"왜 그런 걸 물으십니까? 난 루저한테는 관심 없습니다."

나도 관심 없거든? 나는 너 같은 것보다는 은빛 머리칼과 물빛 눈동자의 인어 여왕님이 훨씬 더 좋거든?! 게다가 자기도 키

작으면서……. 발끈하려던 나하사는 상대가 어린아이라는 것을 깨닫고 꾹 참았다.

"그래, 뭐 됐어. 어쨌든 중요한 건 저 녀석 그만 쫓아다녀."

"그럴 순 없습니다."

"죽일까……."

바로 나온 대답에 진이 나지막하게 혼잣말했다. 저건 묻는 게 아니었다. 마치 음식을 앞에 두고 먹을까 고민하는 것 같은 음성이었다. 엘프들이 살육당하고 있을 때도, 동족인 구르가 크게 다쳤을 때도 눈 하나 깜빡하지 않은 마족이다.

"살기가 강해, 진."

나하사가 귓속말했다. 진은 가볍게 무시하고 우아한 포즈로 찻잔을 들었다. 그래도 살기는 좀 줄어들었다.

"말로 해선 안 될 것 같다 개굴."

구르가 입가에 우유를 묻히고 말했다. 나하사는 냅킨으로 우유를 닦아 주며 여자아이를 떼어 놓을 방법을 생각했다.

"저를 떼어 놓을 생각은 하지 마십시오."

네라가 마치 나하사 머릿속을 읽은 듯 말했다.

"저는 저분이 가는 곳은 항시 따라갈 운명입니다. 그건 태초부터 정해져 있습니다. 아무도 방해할 수 없습니다."

"언제부터라고?"

"태초부터."

이 여자애 미쳤나? 크림 신전으로 데려가야 하나? 진지하게 고민할 때, 진이 차를 한 모금 마시고 입을 열었다.

"이봐, 여자."

"네, 말씀하십시오."

"세상에 운명은 없다."

뭔가 핀트가 엇나가지 않았나 싶었지만 나하사는 가만히 진이 하는 말을 들었다.

"그것은 신이 피조물의 신앙을 얻기 위해 만든 도구 중 하나에 불과하다."

여기까지는 이해할 수 있었다. 그것은 무신론자들의 줄기찬 주장 중 하나였다.

"맞습니다, 도구로써 만든 것이 운명. 그렇기에 더더욱 운명은 있는 것이고, 있어야만 하는 것입니다."

"도구가 해를 주고 있는 것을 안다면 과감히 버려야 한다."

"천천히 앞으로 나아가는 방법도 있습니다. 세상은 느리지만 성장하고 있습니다."

"무엇이 성장이지? 실체도 없는 것에 얽매여 있는 게?"

"……"

"세상은 반복되기만 한다. 무엇도 조금이라도 나아지는 것이 없다."

나하사는 진의 말이 전혀 이해가 되지 않았다. 아니, 사실은 분홍 머리 여자아이의 앞으로 나아가는 방법 운운할 때부터 이해가 안 됐다. 대체 무슨 대화를 하는 거지? 구르도 우유를 홀짝대는 것을 멈추고 미청년과 소녀를 번갈아 보았다. 뭔가 말싸움이 오간 것 같기는 했다. 여자아이는 대꾸할 말을 못 찾은 듯 가만히 있다가 곧 입을 열었다.

"아뇨, 분명 앞으로 나아가고 있는 것이 있습니다."

진이 피식 웃었다. 두건으로 가려 콧등 아래만 보였지만 입매가 올라가는 것이 무척 고혹적이었다.

"그게 뭐지?"

구르와 나하사도 그게 무엇일까 궁금해져서 여자아이를 보았다. 여자아이는 홀린 듯 그 모습을 보다가 정신을 차렸다.

"인간의 외모."

"……."

나하사와 구르가 얼어붙었다.

"아무도 부정하지 못할 것입니다."

여자아이가 자신만만하게 말했다. 물론 옛날보다 하관이 들어가고 팔다리가 길어져 사람들의 외양이 좀 더 훌륭해졌다고 하긴 하지만…… 그래도 이 상황에 외모라니! 그럼 못생긴 사람은 진화한 사람이 아니라는 거냐?

"왜 표정이 그렇습니까?"

여자아이가 나하사를 보며 물었다.

"아냐, 아무것도……."

"나하, 걱정하지 마라 개굴."

왠지 힘이 빠진 나하사를 구르가 위로했다.

"너는 인간치고 제법 괜찮은 외모다 개굴."

"어, 고마워. 너도 개구리치고 제법 귀여워."

"나는 개구리가 아니다 개굴! 위대한 개굴ㅈ……!"

나하사가 재빨리 구르의 입을 막았다.

"하하하, 애가 지금 뭐라는 거야."

"읍, 읍읍, 읍읍읍!"

"하하하, 좀 진정해 구르."

여기가 아직도 사막섬인 줄 아냐? 어디서 마족임을 당당하게 드러내고 있어? 나하사가 힘주어 구르의 입을 막고 있는데 여자아이가 묘한 표정으로 보았다.

"손 떼는 게 좋을 것 같습니다."

"응?"

"상처가 벌어지는군."

진의 무심한 말에 나하사가 재빨리 손을 뗐다. 마족의 손톱에 긁혔던 배의 상처가 검게 벌어졌다.

"구르! 으… 미안해. 괜찮아?"

"괜찮다 개굴."

"미안해. 어떡하지?"

나하사가 벌떡 일어나 함부로 손도 대지 못하고 거의 울듯 발을 동동 굴렀다.

"빨리 신전으로 가야겠다. 여기서 이러고 있을 때가 아니야."

짐 속에서 붕대를 꺼내 조심스레 둘렀다. 여자아이가 따라오든 안 따라오든 상관없다. 우선은 구르부터 치료해야 한다.

　나하사가 일어나자 진도 일어나고 여자아이도 당연하다는 듯 벌떡 일어났다.

　"야, 빨리 나가."

　바깥쪽에 선 진이 안 나가고 있자 나하사도 덩달아 못 나가서 재촉했다. 진은 맞은편에서 동그란 눈으로 직시하고 있는 여자아이를 보았다.

　"계속 따라올 생각인가?"

　"네."

　소녀가 당당하게 대답했다.

　"야, 나가라니까?"

　나하사가 재차 재촉하자 진이 귀찮은 듯 눈동자만 굴려 나하사를 내려다보았다가, 허공에 손을 들었다.

　"……?"

　왜 손을 들지? 고개를 갸웃하던 나하사는 기운이 이상하다는 사실을 깨달았다.

　"너……!"

　나하사가 진을 불렀으나 늦었다. 소녀를 향해 뻗은 진의 손바닥에서 검은 기운이 뿜어져 나왔다. 마치 칼날처럼 날카롭고 나하사가 마법을 외울 틈도 없을 만큼 빨랐다.

　쨍그랑! 소리 없이 날아간 검은 기(氣)는 허공을 지나쳐 맞은편 창가에 닿아 유리를 깨뜨렸다. 나하사는 소름이 끼쳤다. 여자아이를 일부러 비껴 쏜 것이 아니었다.

"도망쳤군."

여자아이가 사라졌다. 아무런 마법 시전어 없이, 눈앞에서 갑자기. 인간이 어떻게 저럴 수가 있지? 높은 곳에서 떨어져도 멀쩡한 것도 그렇고.

"아니, 근데 너!"

나하사가 꽥 소리를 질렀다.

"무작정 마기를 쏘면 어떡해? 그 녀석 뒤에 사람이라도 있었으면 어쩔 뻔했어? 아니, 그 네라인가 레나인가 하는 애가 평범한 인간이었으면 죽었다고!"

나하사 자신도 생명을 그렇게 중요하게 여기진 않지만, 진은 해도 해도 너무하다는 생각이 들었다.

"동료가 목숨을 잃을 뻔했는데 돕지도 않고!"

"나를 동료로 생각하지 마라."

진이 무감정하게 말했다.

"네가 내게 건 마법이 아니었다면 나는 이곳에 없었을 것이다."

"내 얘기하는 게 아니야. 나도 네놈 동료로 생각 안 해!"

진이 나하사 쪽으로 고개를 돌렸다. 소년 마법사의 진한 녹색 눈이 그를 보고 있었다.

"그렇지만 구르는 네 동족이잖아."

나하사의 품 안에서는 개굴족의 왕이 아픈 척 앓고 있었다.

"그러나 그 녀석은 네 동족이 아니다. 왜 네가 화를 내는 거지?"

물끄러미 보던 진이 말했다. 나하사는 한쪽 눈썹을 올렸다.

"그래서 뭐? 대신에 우린 동료야."

동족과 동료가 무슨 차이인지, 진은 이해하지 못했다. 그는 저 개굴족의 왕이 인간 소년을 위해 몸을 날렸을 때부터, 아니 애초에 마족과 인간이 함께 다니는 것 자체를 이해할 수 없었다.

"일단 여기 나가. 나중에 다시 말해."

나하사의 재촉에 진이 걸음을 옮겼다. 나하사는 구르를 껴안고 튀어 나갔다. 왜 갑자기 유리창이 깨진 건지 이해하지 못하는 주인에게 돈을 던지듯 건네주고 뛰었다.

"……."

진은 아직 식당 안에 있었다. 인간 소년은 짐을 그대로 두고 나갔다. 진은 낡고 불룩한 가방을 내려다보며 생각에 잠겼다.

정말 어리석군. 서로 걱정하는 인간과 마족이라니, 그보다 웃긴 것이 없다.

크림 신화의 처음은 힐본세의 토속신으로 알려진 칼리프스 신과 뿌리를 같이한다. 칼리프스 신화와 마찬가지로 하늘에서 내려온 천인과 곰, 호랑이를 소재로 한 오랜 신화에서 출발한다. 그러나 뿌리만 같을 뿐, 퍼져 나가는 전개는 사뭇 다르다.

백 일을 견뎌 여인이 된 곰은 천인을 선택하지 않았다. 천인이 마음에 다른 자가 있느냐 묻자 여인이 된 곰은 미소만 짓고 답하지 않는다. 그렇게 바라서 인간 여인이 된 곰이 하루하루 시드는 것을 마음 아프게 생각한 천인은 여인이 된 곰의 마음을 들여다본다. 동굴에서 이십여 일을 함께 보냈던 황금색 털의 호랑이가 그 마음속에 있는 것을 알게 된다. 네 어찌 의지가 모자란 자를 연모하게 되었느냐. 천인의 물음에 여인이 된 곰은 답한다. 그 호랑이는 저를 위해 떠난 것입니다. 본디 곰은 쑥과 마늘로도 살 수 있으나 호랑이는 피와 고기가 없으면 살기 어렵습니다. 그는 더 이상 굶으면 저를 해칠까 염려하여 스스로 동굴을 떠났습니다. 이 답에 감동한 천인은 독수리를 보내 호랑이를 찾으라고 명령한다. 독수리는 아흐레를 날아다녔으나 찾지 못하고 돌아왔다. 이에 천인은 구렁이를 보내 호랑이를 찾으라고 명령한다. 구렁이는 열닷새 땅을 돌았으나 찾지 못하고 돌아왔다. 여인이 된 곰은 호랑이가 자신과의 만남을 꺼리는 것을 알고 눈물짓는다. 천인에게는 현명하고 어진 친구가 있었는데 그는 바로 새벽에만 부는 바람이었다. 천인과 여인이 된 곰이 잠들지 않고 기다려 새벽녘에 바람을 만나 연유를 털어놓자, 새벽에만 부는 바람은 너희가 혼약을 맺으라고 답하고 떠난다. 고심하던 여인이 된 곰과 천인은 새벽에만 부는 바람의 말을 따르기로 하고 혼약을 맺는다. 천인과 여인이 된 곰의 혼약은 큰 경사라, 그 소식은 독수리가 날지 못한 하늘까지 닿았고 구렁이가 돌지 못한 늪 속까지 퍼져 나갔다. 마침내 혼인의 날, 여인이 된 곰이 하객을 둘러보다가 말의 탈을 쓴 호랑이를 발견했다. 천인이 미리 대기시킨 하늘의 병사들이 호랑이를 잡고 이 모든 일은 호랑이를 부르기 위한 거짓이었다 말한다. 초대받은 하늘의 사람들은 호랑이와 여인이 된 곰의 애틋한 이야기에 반하여 호랑이에게 축복을 내려 그를 인간의 사내로 만든다. 사내가 된 호랑이와 여인이 된 곰은 그 자리에서 혼인하여 다섯 달 만에 아이를 낳았는데, 아이는 일주일 만에 장성한 청년으로 성장했다.

열 달을 반으로 줄여 태어난 아들은 용모가 뛰어나고 산을 들 수 있을 만큼 힘이 장사였지만, 성격이 무척 포악했다. 그의 부모가 하늘로 올라가자 아들은 인간 세상을 통치하는 왕이 되어, 일 년 중 열 달은 전쟁을 하고 두 달은 여자를 취하며 보냈다. 왕이 지나간 곳은 피로 물들고 왕의 앞에는 눈 밖에 나지 않기 위해 몸을 굽혀 꼽추가·된 자들만이 남았다. 왕은 특히 소수민족의 살육을 즐겨 몸소 칼을 들고 마을을 괴멸시켰는데, 사람을 죽이기 전에는 항상 마지막으로 하고 싶은 말을 물었다. 그에 대한 답은 언제나 살려 달라는 호소거나, 혹은 잔혹한 왕에 대한 저주였다. 어느 날, 왕은 감을 먹다가 덜 익어 떫다는 이유로 근처에 있는 마을을 몰살시켰다. 마을 주민의 살덩이와 피비린내 한가운데에서 마지막 남은 여자아이를 죽이기 전에 잔혹한 왕이 물었다. 네 마지막 하고 싶은 말이 있느냐. 초경도 치르지 않았을 작은 아이는 피 묻은 왕의 얼굴을 보며 말했다. 당신을 용서합니다. 아들은 그날로 칼을 버리고 여자아이를 비로 맞이했다. 천 일 동안 참회의 기도를 올린 왕은 그 후 백오십 년의 생을 백성과 나라의 평안을 위해 보냈다.

왕비가 된 여자아이. 친지와 가족을 몰살시키고 자신을 죽이려 하는 자를 용서한 그 아이의 이름이 바로 크림.

모든 것을 공평하게 사랑하는 자비의 여신이다.

차별이 없는 신, 평화와 자비의 신, 크림을 섬기는 곳.

나하사는 힐본세의 크림 신전의 입구에 서 있었다. 입구 밖 숲길까지 줄이 길게 늘어서 있었다. 중간쯤에 '이곳에서부터 약 스물다섯 시간'이라는 팻말이 있고 입구 바로 앞에는 '이곳에서부터 약 세 시간'이라는 팻말이 있었다.

"줄이 길다 개굴."

"기다릴 시간 없어."

나하사는 보란 듯 문을 활짝 열고 들어갔다. 성큼성큼 걸어 접수원에게 다가갔다.

"번호표 받으셨습니까?"

나하사는 말없이 품에서 보석을 꺼냈다. 주먹만 한 루비와 그보다 조금 작은 다이아몬드, 그리고 오래된 금화들을 본 접수원의 눈이 커졌다.

"잠시만 기다리십시오."

접수원이 보석을 들고 급하게 어디론가 갔다. 나하사는 하얀 천으로 꽁꽁 싸 놓은 구르를 품에 안고 기다렸다. 병을 치유 받고자 기다리는 사람들이 도끼눈을 뜨고 후드를 쓴 소년과 키가 큰 청년을 보았다.

많은 돈을 기부하면 특권이 생긴다. 이것은 불법이 아니었다. 신전은 철저히 기부금으로만 운영되기 때문에 오히려 기부자 특권 제도는 좋은 제도였다. 그러나 크림 신전의 치유를 받으러 온 가난한 사람들에게 미움을 받는 건 어쩔 수 없었다. 저 기부금이 없다면 신전은 운영될 수 없다는 것을 알면서도 가난한 자들은 억울해했다. 당연한 일이다. 나하사는 이해했다.

"기다리게 해서 죄송합니다."

접수원은 급하게 달려와 번호표를 주었다. 2번이었다.

"외래로 하시겠습니까?"

"아뇨, 입원실로 주시면 좋겠는데."

나하사는 눈치를 살피며 조그맣게 말했다.

"진(陣)이 없는 곳으로."

"아……."

진(陣)이 없는 곳. 신전의 성스러움이 닿지 않는 곳. 마족을 위한 곳이다. 접수원이 나하사가 품에 안은 것을 보았다. 저 하얀 천에 싸여 있는 것이……

"여기 있습니다."

접수원이 조그만 키를 내밀었다.

"위로 올라가서 오른쪽 두 번째 방입니다. 기다리시면 곧 올라가겠습니다."

나하사는 며칠씩 줄 서 있다 보니 독기가 오를 대로 오른 사람들의 분노를 등에 받으며 의연하게 올라갔다.

하얀 침대 위에 구르를 조심스레 내려놓았다. 진은 의자에 다리를 꼬고 앉아 가만히 지켜보았다. 나하사는 후드를 벗었다.

"많이 아파?"

"괜찮다 개굴."

말만 괜찮지 구르는 땀까지 흘리고 있었다. 서큐버스의 날카로운 손톱이 가슴 한복판을 관통했다. 괜찮을 리가 없었다.

나하사는 미간을 찌푸렸다. 왜 그랬을까, 이 개구리는. 만난 지 얼마나 됐다고 인간을 위해 목숨을 잃을 뻔해. 이 착한 개구리는 자신의 마기가 억제되어 있음에도, 마기를 억제시킨 이가 바로 나하사임을 알면서도 걱정해 주겠다고 말하며 목숨을 걸었다. 나하사는 언제든 다시 이런 일이 일어날 수 있음을 알았다. 자신은 이 개구리에게 보답을 해 주어야 했다. 걸어 놓은 마법을 풀어 준다면 구르의 회복은 좀 더 빨라질 것이다. 하지만……

"오기 전에 환각마법을 걸어 둬야겠어."

나하사는 고민 끝에 한숨을 쉬고 주문을 외웠다. 개구리는 해제범의 상징 비슷한 게 되어서 위험하니 다른 동물로 보여야 한다. 빛이 퍼져 나가 구르를 감쌌다.

"오."

진이 가볍게 탄성했다. 커다란 녹색 개구리는 온데간데없고 보송보송한 하얀 털의 앙증맞은 토끼가 남았다.

"링딩돈는군."

분명히 그때 준 사전에 귀엽다는 말이 있었을 텐데 괜히 고대어를 쓴다.

"지금 저 시커먼스 소름 돋는다고 하는 건가 개굴?"

"아니, 링딩돋는다는 말은 옛날에는 뜻이 달랐어."

"무슨 뜻인가 개굴?"

"좋은 뜻이야."

토끼의 긴 귀가 쫑긋했다. 구르가 토끼로 변한 것은 아니었다. 다만 토끼로 보이게 하는 것뿐이다. 사막섬에서 빨간 머리 글래머 마족이 날개를 숨겼던 바로 그 방법이었다.

"왜 이렇게 안 오지……."

나하사가 구르의 머리를 쓸며 말했다. 바로 그때 똑똑, 노크 소리가 들렸다.

"안녕하십니까."

크림 신전의 신관복을 입은 말끔한 외모의 청년이 들어왔다. 크림의 신관복은 아주 연한 하늘색 바탕에 소매 부분은 반드시 먼지 하나 없는 하얀색으로 유지해야 한다. 목둘레에는 자신이 원하는 색으로 1센티미터 두께의 천을 덧댈 수 있는데, 이 청년은 특이하게도 검은색이었다.

"담당 치유사가 된 폰입니다."

청년은 냉정한 얼굴로 말했다.

"당신이 보석 몇 개로 이백 명이 넘는 이들을 새치기한 분입니까?"

말에 가시가 있어……. 그러나 사실이라 뭐라 할 수가 없다.

"그건 죄송하게 됐어요. 하지만 급해서……."

"예, 얼마나 급한지 어디 한 번 봅시다."

청년 신관, 폰은 침대 위의 하얀 토끼에게 다가갔다. 과연 심각하긴 심각했다.

"날카로운 것에 찔렸군요. 그렇지만 이 정도는 조금 이상한데……."

청년이 구르의 상처를 유심히 보았다.

"독…인가."

고개를 갸웃하는 청년을 보며 나하사는 침을 삼켰다. 청년의 표정이 심상치가 않았다.

"해독이."

목소리가 갈라졌다. 토끼가 고개를 들어 자신을 보았다. 나하사는 크흠, 헛기침을 했다.

"해독이 어려운가요?"

"예, 해독할 수는 없습니다."

나하사는 눈을 감았다. 마법사의 탑에 가자. 그곳에서도 안 되면 다시 '세계의 끝'을 찾자. 힘들겠지만, 오래 걸리겠지만 어쩔수 없다. 머리가 아파졌다. 하루빨리 마왕을 부활시키고 다 그만두고 싶은데, 할 일이 점점 늘어난다. 저 개구리는 왜 내 목숨을 구한 걸까.

"한 일주일 정도면 됩니다."

나하사가 절망에 빠지고 있을 때 청년이 말했다. 나하사는 이해를 못 해서 눈만 깜박이다가 깜짝 놀라 되물었다.

"일주일 안에 해독하지 않으면 죽는다고요?!"

"그게 아니라, 치유 기간이 일주일이란 뜻입니다. 해독할 수 없는 이유는 독이 아니라 저주에 걸렸기 때문입니다."

"저주……."

나하사가 무의식중에 되풀이하다가 눈을 크게 떴다.

"그러니까, 결국 나을 수 있다는 거죠?"

"그렇습니다."

앗싸!

"물러나십시오."

청년이 냉정한 목소리로 명했다. 나하사는 환호를 하다 말고 주춤 물러났다.

"나, 크림의 앞에 모든 의지를 다할 것을 맹세한 당신의 어린 아들이 바라노니 내 앞의 가련한 자를 도울 수 있는 힘을 주시어 마음을 옭아매는 검은 그림자를 물리쳐 당신의 빛이 가득하게 해 주소서."

긴 신성마법이었다. 눈앞에서 가족을 죽인 이를 용서하고 그의 비가 되어 나라를 화평하게 만들었던 여신, 크림의 빛이 저주에 걸린 토끼의 몸을 따스하게 덮었다.

마족을 감싼 신의 기운. 증오가 섞인 검은 기운을 융화시키는 하얀빛. 경이로운 장면이었다.

"내일 이 시간에 오겠습니다."

그 경이로움을 불러일으킨 청년 신관이 냉정하게 일어섰다.

"네……."

나하사는 얼떨결에 따라 일어나며 그를 배웅했다. 청년은 문을 열고 나가며 차가운 눈으로 나하사를 내려다보았다.

"사흘 전부터 줄을 섰던 사람들을 뒤로하고 와서 치유를 했습니다."

"……."

"내일 오겠습니다."

청년이 뒤돌아서 성큼성큼 걸어갔다. 끝까지 가시 돋친 말을 하는 걸 보니 돈으로 새치기한 게 어지간히 미운 것 같았다. 나하사는 대수롭지 않게 생각했다. 그보다 일주일이면 구르가 다 낫는다니 다행이었다.

"좀 나아졌어?"

나하사가 침대에 앉으며 물었다.

"잘 모르겠다 개굴."

"일주일 더 있어야 한대."

"졸리다 개굴."

나하사가 웃었다.

"응, 좀 자."

신성마법의 여파가 남은 건지, 구르는 정말로 나른한 듯 얼마 지나지 않아 잠들었다.

"이상하군."

긴 다리를 꼬고 앉아 있던 진이 일어나 다가왔다.

"마족에게 해를 끼치지 않는 신의 마법이라."

진이 침대에 걸터앉아 두건을 풀었다. 검은색 천을 대충 바닥에 던졌다.

"크림은 모든 것을 사랑하는 신이니까."

혹시 크림을 모를까 싶어 나하사가 설명해 주었다. 진은 구르의 몸을 감싼 하얀빛에 길고 하얀 손가락을 가져가 대보았다. 빛은 마족의 신체에 아무런 해를 끼치지 않았다.

"배알도 좋은 신이군."

"야."

나하사가 눈썹을 찌푸렸다. 그렇게 표현하냐……. 아무리 그래도 여긴 크림 신전인데.

"안 그런가?"

"어?"

자신에게 동의를 구하나 싶었는데, 진의 검은 눈동자는 자신을 보고 있지 않았다. 어깨너머 뒤를 향해 있다. 뭐지?

"으헉!"

무심코 뒤를 돌아본 나하사가 으악, 비명을 질렀다.

"야, 너!"

"동감합니다."

평온한 목소리가 어이없다.

"너 언제 들어왔어?"

아까 전 음식점에서 갑자기 사라졌던 분홍 머리 소녀가 그곳에 서 있었다.

"신관이 나간 후 들어왔습니다."

"어떻게?"

"나는 미남의 곁은, 사막섬의 경계 밖이라도 갈 수 있습니다."

차마 말을 못 잇는 나하사의 옆에 진이 섰다.

"아까 못한 싸움을 계속해야겠군."

"진 님, 저는 당신과 싸우고 싶지 않습니다."

"계속 따라온다면 할 수밖에 없지."

"절 죽이실 생각입니까?"

"사지를 잘라 하급 마물에게 던져 주겠다."

"아프겠군요."

말과는 달리 분홍 머리 소녀는 눈을 빛냈다.

"그러나 당신의 그 아름다운 손에 죽을 수 있다면 행복할 겁니다."

진이 말없이 손에 검은 구체를 만들었다.

"하지 마!"

나하사가 떽 소리를 지르며 진의 손등을 쳤다.

"환자가 바로 옆에 있는데 뭐하는 짓이야?"

"저 여자가 먼저 시비를 걸었다."

마치 '쟤가 열 받게 하잖아!' 하며 억울함을 고하는 어린아이

같았다. 나하사는 분홍 머리 소녀를 보았다.

"너도 하지 마."

"너 아닙니다. 나는 네라입니다."

"그래, 네라든 아니라든 진을 자극하지 마!"

나하사가 관자놀이를 짚었다.

"싸우려면 밖에 멀리 가서 싸우든가. 소란스럽게 하지 마. 더일 커지는 것도 싫고 거슬려!"

안 그래도 구르에게 건 마법 문제 때문에 머리 아파 죽겠는데. 나하사는 저 여자아이가 기척도 없이 사라졌다가 다시 기척도 없이 나타나는 것에 대해 더는 생각하고 싶지 않았다. 소년은 구르의 옆에 드러누웠다.

"조용히 하고 있어!"

진과 네라는 입을 다문 채 눈썹을 찌푸리고 눈 감고 누운 소년 마법사를 바라보았다. 자기가 제일 시끄러우면서.

나하사는 해가 지고 부엉이가 울 때쯤 되어서 눈을 떴다. 한 다섯 시간 정도 누워 있었는데 몸이 아직도 피곤했다. 방은 어두워 앞이 잘 보이지 않았다. 다만, 잠에서 깨지 않은 구르의 몸을 감싼 크림 신의 빛만이 하얗게 빛날 뿐이었다. 만난 지 얼마 안 된 인간을 위해 동족의 손톱에 찔린 바보 같은 마족을 한 번 쓸어 준 후 침대에서 일어났다. 방은 조용했다. 레나인지 네라인지 하는 여자아이는 없었다. 나하사는 의자에 걸쳐 놓은 로브를 뒤집어썼다.

"어디 나가는가."

갑자기 들린 낮은 목소리에 나하사가 흠칫 떨었다.

"놀랐잖아."

자세히 보니 진이 문 옆 테이블 의자에 앉아 있었다.

"안 자?"

"마족에게 잠은 무의미하다."

"그래?"

구르는 졸리다든지, 자고 싶다 같은 말 자주 했던 것 같은데. 나하사는 어깨를 으쓱하고는 문손잡이를 잡았다.

"어디 가는가."

언제부터 자기한테 관심이 있었다고 재차 묻는다.

"화장실."

"화장실은 이쪽이다."

진이 턱으로 자신의 뒤쪽을 가리켰다. 이곳은 개인 화장실도 딸린 특실인 것이다. 어딜 가느냐고 진이 다시 눈빛으로 물어보았다. 변명하기도 귀찮고 딱히 변명할 이유도 없는 것 같아 나하사는 그냥 얘기했다.

"여긴 신전이야. 웬만한 신전에는 봉인소가 있고……."

"……."

"주요봉인소는 아니지만, 그래도 그냥 가는 건 아쉽잖아."

무심한 표정으로 말하는 인간 소년을 마족 진이 물끄러미 보앉다.

"어째서 봉인을 깨는 거지?"

소년이 한쪽 눈썹을 올렸다. 뭔 새삼스러운 것을 묻느냐는 눈이다.

"마왕을 부활시키려고."

후드를 꾹 눌러쓰고는 조심스레 손잡이를 돌렸다.

"구르한텐 말하지 마. 괜히 신경 쓰니까."

조용히 말하곤 문을 탁 닫았다. 진은 하얀빛에 싸인 개굴족의 왕에게로 시선을 돌렸다. 그들의 적, 신의 힘으로 상처를 치유하는 마족. 굴욕적인 모습.

진은 신을 경멸했다. 자세한 기억은 없으나 이것만은 알 수 있었다. 인간에게 마왕을 봉인하도록 부추긴 것은 신이었다. 그래 놓고 사랑이니 평화니 운운해 봤자 우습기만 하다. 모든 것을 사랑하는 신이라는 건 인간의 상상에 불과하다고 그는 생각했다. 마계로 돌아갈 수 있다면 서큐버스가 심은 저주 따위는 당장 사라지게 할 수 있다. 진은 눈을 감았다. 잠시 후 파지직, 그의 주변 공기에 푸른 불꽃이 튀었다.

그는 작게 눈썹을 찌푸리며 눈을 떴다. 공간 이동을 할 수 없다. 마계로 돌아갈 수 없다. 그것은 곧, 기약 없이 마왕의 부활만을 기다리며 인간계에서 평생을 보내야 한다는 것을 의미한다. 마족에 대한 혐오가 극에 달한 인간과 신의 세계에서…… 평생을.

다음날 오후, 나하사는 기지개를 켜며 신전에서 나왔다. 오늘도 줄이 길어 끝이 보이지 않았다. 신전은 숲 속에 지어졌는데 이 줄은 숲 입구까지 쭈욱 이어져 있었다.

"아— 날씨 좋다."

숲에 있는지라 덥지도 않고 선선한 바람이 불어온다. 구르가 방 안에서 저주에 걸려 자는 걸 생각하면 이렇게 좋은 날씨를 만끽할 때가 아닌데 싶기도 했지만, 나하사는 돌계단에 앉아 다리를 쭉 뻗었다. 아침에 마법 염색약으로 염색해서 새카만 머리가 되었다. 수배 전단의 갈색 머리에서 벗어난 기념으로 로브를 벗고 평상복을 입었다.

상큼하게 부는 여름 바람을 만끽하며 돌계단에 앉아 있는 소년을 줄 선 사람들이 흘깃흘깃 보았다. 심심한 대기 시간 동안 꽤 좋은 눈요깃거리다. 결이 좋아 보이는 검은 머리와 동그란 녹색 눈, 아직 젖살이 빠지지 않은 통통한 두 볼, 오른쪽의 푸른 귀걸이까지. 나하사는 제법 곱상한 외모였다.

"진 님보다는 아니지만 말입니다."

"…어?"

갑자기 들린 청명한 목소리에 나하사가 옆을 보았다.

"너……!"

아니나 다를까, 분홍 머리 여자아이가 어느새 옆에 앉아 있다. 동그란 청록색 눈동자의 미소녀는 앞을 보며 무심하게 말했다.

"사람들이 조금 흘깃댄다고 재지 마십시오. 진 님의 발톱의

때만큼도 못 미칩니다."

잰.적 없거든! 얘는 왜 갑자기 나타나서 사람 약 올리고 있어?

"야."

"네라입니다."

"그래, 네라야. 말 나온 김에 물어볼게."

뭘 물어보려는 거냐는 듯 네라가 고개를 갸웃했다.

"진이랑은 원래 아는 사이야?"

"이번에 처음 뵈었습니다."

어제 음식점에서의 이상한 대화를 생각하면 본래 아는 사이였던 것 같은데. 인간이니 도구니, 세상이 나아지고 있다거나 정체하고 있다거나 하는 말들을 했었다. 나하사는 잠시 생각하다가 그냥 가볍게 한숨을 쉬고 일어섰다. 자세히 물어봐 봤자 알려 줄 것 같지도 않고 그다지 궁금하지도 않았다. 게다가 알게되면 엄청 복잡한 일에 휘말릴 것 같은 불길한 예감이 들었다.

나하사는 신전 안으로 들어갔다.

"어디 가십니까?"

네라가 따라오며 물었다. 나하사는 귀찮다는 티를 내며 대답했다.

"진은 방에 있어."

"알고 있습니다."

"그런데 왜 날 따라와?"

"진 님께서 저는 못 다가가는 결계를 쳐 놨습니다."

네라가 무심하게 하는 말에 나하사의 걸음이 딱 멈추었다.

"뭐?"

신전의 입원실에 마족이 결계를 쳐 놔?

"으악, 내가 미쳐!"

나하사가 입원실로 달려갔다. 검은 머리 소년과 분홍 머리 소녀의 화려한 질주를 신관들과 줄 선 사람들이 멍하니 바라보았다. 그중에는 어제 구르를 치유해 주었던 청년 신관도 있었다.

계단을 오르자마자 오른쪽 두 번째 방문으로 향했다. 헉헉, 숨을 고르며 문에 손을 댔다. 오, 갓……. 믿지도 않는 크림 신을 찾게 된다. 문 경계에 검은 기운이 스멀스멀 피어오르는 것을 본 것이다. 나하사는 재빨리 손을 뗐다.

"야, 진!"

소리쳐 불렀으나 안에서는 아무 말도 들리지 않았다.

"당장 이 문 안 열어?"

어떻게 신전 안에 마족의 결계를 만들어 놓을 수가 있지? 아무리 지금 이 사회가 익숙하지 않다고 해도 그 정도 상식도 없단 말이야? 구르는 뭐 하고 있는 거야, 자나?

"야, 문 열라고!"

"들은 체도 안 하시는군요."

네라가 옆에서 상황을 중계했다. 말리는 시누이가 더 밉다는 속담이 이해되는 순간이었다. 그래, 스스로 결계를 해제하지 않겠다면 방법이 없는 것도 아니다. 나하사는 봉인이나 결계를 해제하는 데에는 제일가는 마법사인 것이다.

"일·살라·배……."

"거기."

얼음이 뚝뚝 떨어지는 목소리가 돌렸다. 나하사가 조용히 외고 있던 주문을 멈추었다.

"나와서 뭐 하는 겁니까?"

구르의 전담 치유 신관, 어제의 그 냉정한 청년 신관이다.

"아, 그게, 저."

"들어가죠.

청년 신관이 성큼성큼 다가왔다. 문손잡이를 잡으려는 손을 보고 나하사가 으아악, 비명을 지르며 몸으로 막았다. 아무리 크림 신전의 신관이라도 마족이 신전 안에 결계를 쳐 놓은 걸 알면 가만있지 않겠지!

"뭐 하시는 거죠?"

"그, 저."

"시간 없습니다. 그쪽 말고도 기다리는 사람 많습니다."

나하사가 청년 신관을 올려다보았다. 청년 신관의 손이 다시 소년의 어깨로 향했다. 탁 하고 나하사가 청년 신관의 손을 쳐 냈다. 자신도 모르게 나온 행동이었다. 어쩔 수 없었다. 이렇게 노골적으로 악의와 적의를 내보이고 있는데.

무시할 수 없는 적대감이었다. 더러운 것을 보는 듯한 저 시선 은 어렸을 적부터 느껴 왔지만, 역시 싫은 눈이었다.

"저녁쯤에 부탁드릴게요."

나하사의 말에 청년 신관이 울컥했다.

"정말 제멋대로군요! 나는 지금 목숨이 위태로운 수십 명의 사람을 뒤로하고 왔습니다!"

"자꾸 그러지 마세요."

나하사도 성격이 좋은 편이 아니었다. 이렇게 노골적으로 적대적인 사람한텐 말이 틱틱 나갈 수밖에 없다.

"전 정당한 방법으로 치유의 우선권을 얻은 겁니다. 돈 받고 치유하는 게 그렇게 고까우면 기부금 제도를 없애야죠."

"......!"

"아, 죄송. 일개 신관이라서 제도를 없애자는 발언 같은 건 못하죠? 그 이상(理想)이 현실적이지 않다는 것도 잘 알 거고."

"이......!"

분노로 거친 숨을 쉬던 청년 신관이 주먹을 꽉 쥐었다. 설마 때리진 않겠지? 본인이 쏴대 놓고 눈치를 살피는데 청년 신관이 획 돌아섰다.

"저녁에 오겠습니다."

화났다는 티를 내며 성큼성큼 계단을 내려가는 뒷모습을 보고 나하사는 작게 한숨을 쉬었다. 기분 나쁘다고 구르 치유를 허술하게 해 주진 않겠지, 신관인데.

"생각보다 성격이 안 좋군요."

가만히 보고 있던 네라가 말했다.

"얼굴이 못생겼으면 성격이라도 좋아야 하는 겁니다."

여기까진 괜찮았다. 그러나 그 다음 네라가 나하사를 아래위로 훑으며 작게, 그러나 상대에게는 들리게 중얼거리는 소리에는 무심할 수가 없었다.

"키라도 크던가."

빠직.

"넌 작작 좀 따라다녀! 그리고 진, 당장 결계 안 풀어!"

나하사가 괜히 발로 문을 뻥 차며 소리쳤다.

청년 신관은 과연 크림 신전의 신관다웠다. 사적인 감정에 얽매이지 않고 어제와 똑같이 구르에게 치유 주문을 외워 주고 갔다. 의심했던 게 미안해졌다.

"왜 검은 머리가 됐나 개굴?"

구르가 중얼거리듯 물었다.

"원래 머리로 바꿔라 개굴. 시커먼스 같다 개굴."

"갈색은 이제 안 돼. 수배 전단에 갈색으로 나왔잖아."

게다가 어차피 갈색도 질리긴 했다.

"또 졸음이 온다 개굴."

"그래, 자."

그렇게 좋아하는 우유도 마다하고 눈을 끔뻑끔뻑하는 구르를 보니 안쓰러웠다. 나하사는 침대에 걸터앉아 새하얀 빛에 싸인 구르의 등을 살며시 쓸어 주었다.

"음냐."

그러나 안쓰럽고 미안한 마음도 잠시. 자려고 눈을 감는 구르를 보면서 이러고 있을 때가 아닌데… 하는 생각이 들었다. 아직 닷새나 더 이곳에 머물러 있어야 한다. 근처에 있는 작은 봉인소를 깨고 다닐까 생각했으나 그랬다가는 신전이 발칵 뒤집힐 것이다.

"이봐."

냉큼 커다란 침대의 한 자리를 차지하고 앉아 있던 진이 나하사를 불렀다.

"어제 이곳의 봉인소를 깬다고 하지 않았나."

"뭐라고 개굴?"

나하사가 대답하기도 전에 구르가 벌떡 일어났다. 나하사는 왠지 민망했다.

"너… 안 잤어?"

"나하야, 내가 너 때문에 못 산다 개굴. 좀 쉬어라 개굴. 여기까지 와서 꼭 그래야겠나 개굴?"

말투가 마치 신혼여행 와서까지 일에 몰두하는 일 중독자 남편한테 뭐라 하는 신부 같다.

"어차피 못 깼어."

나하사가 구르를 달랬다.

"걱정하지 말고 자."

"걱정하지 말라니. 내가 뭘 걱정하는지는 알고 있나 개굴."

"…소란 피울까 봐 그러는 거지?"

"……."

커다란 개구리가 나하사를 그윽하게 보았다. 나하사는 쓰윽 고개를 돌리며 외면했다. 사실은 구르가 무엇을 걱정하는지 알고 있다. 사막섬에서 열렬히 고백하지 않았던가. 널 걱정할 거라고. 나하사는 큰 맘 먹고 오글거리는 말을 해주었다.

"내가 정말 걱정되면 어서 자고… 빨리 나아."

"내 옆에 딱 붙어 있어라 개굴."

"알았어, 알았어."

"내가 다 나을 때까지 어디 갈 생각하지 마라 개굴."

"네, 네."

구르는 그 후로도 연거푸 가만히 있으라고, 쉬라고 말하다가 잠이 들었다. 구르가 잠든 것을 확인하자마자 나하사는 눈을 뾰족하게 떴다.

"야."

진이 무심한 눈으로 나하사를 보았다.

"구르 앞에서 뭐하러 말해, 그걸?"

"왜 봉인을 해제하지 않은 건가?"

진은 오히려 자신이 더 못마땅한 듯 말했다.

"어차피 우린 여기에 일주일간 있어야 하는데 바로 깨 버리면 소란이 일어나잖아."

"……."

"어제는 또… 누가 있더라고."

크림 신전 안에 있는 봉인을 누가 깨겠느냐 하는 믿음도 있지만, 크림 신전의 신관들은 언제나 바쁜 데다 주요봉인소가 아닌 그저 조그만 봉인소기 때문에 아무도 관리하는 신관이 없었다. 그것을 알고 지하의 봉인소로 향했는데 어둠 속에 인영이 보였다. 1미터 폭의 동그란 마법진 옆 바닥에 사람이 한 명 앉아 있었다. 어두워서 자세히는 안 보였지만, 신관복을 입고 있었던 것은 알아볼 수 있었다.

"마지막 날에 깨야겠어."

"한참 남지 않았나."

"응, 그렇기야 하지만……."

뒷말을 줄이던 나하사가 살금살금 일어났다.

"일단 마법진이 어떻게 생겼는지는 보고 와야겠다."

방금 구르의 딱 붙어 있으라는 말에 알았다고 몇 번이고 다짐했던 것과는 딴판이었다.

"넌 여기 가만히 있어."

나하사는 로브를 걸치고 후드를 뒤집어썼다. 살그머니 문손잡이를 잡으며 물끄러미 보던 진에게 말했다.

"구르한텐 절대로 말하지 마."

진이 끄덕이기도 전에 문이 닫혔다. 문을 닫은 나하사는 투명 마법을 시전하지 않고 어두운 복도를 조용히 걸었다. 내려오는 계단에서부터 벌써 시끌벅적 소리가 들렸다.

"사흘 기다려서 이제 겨우 받겠군."

"약 하나 받기가 이렇게 힘들어서야."

신전 로비는 빛의 돌로 환했다. 신관들은 자러 갔고 경비병과 줄서 기다리는 사람들만 남아 두셋씩 앉아서 수다를 떨고 있었다.

"자네 사흘이나 기다렸는가?"

"내 아내 병이 그리 크지 않아서 기다렸네. 나보다 급한 이들이 먼저 치유를 받아야 하지 않겠나."

나하사는 모퉁이에 숨어 투명마법을 시전한 후에 사람들 사이로 들어갔다. 한복판을 걸어도 사람들은 나하사의 존재를 눈치채지 못했다.

"그거 아는가? 그저껜가 보석을 내고 들어왔다던……."

"알고 있네. 로브 입은 소년 말이지."

"피부병이 심한 환자 바로 앞을 새치기를 했다고 하더군."

"그런 족속이야 뻔하지. 돈이면 다 되는 줄 아는 게야."

지척에서 자신 욕을 하고 있어도 나하사는 반응하지 않았다.

"분명 귀족 집안에서 편하게 살다가 재미삼아 여행이라도 다니는 거겠지!"

"이런 못 먹고 잠도 못 자고 서 있는 사람들을 보고서도… 뻔뻔한 새끼!"

안타깝게도 그 뻔뻔한 새끼는 마다스 할렘에서 태어나 죽지 못해 살다가 지금은 억지로 방랑 중이다. 나하사는 사람들의 오해도 욕설도 억울하지 않았다. 한두 번 겪는 일이 아니었다. 마다스에서는 쓰레기 취급을 받았고 이제는 학살자라는 별칭까지 얻은 마당에, 뻔뻔한 새끼라니 귀엽기까지 했다.

"혹시 모르지. 엄청 위중했던 걸지도."

"소문을 들어 보니 위중하긴 했었던 것 같네. 다만……."

중년인의 음성이 낮아졌다.

"마족."

"뭐?"

"마족?"

나하사는 걸음을 멈추고 대화를 들었다.

"마족을 데리고 왔다는군."

인간은 마족을 증오하고 두려워했다. 태초부터 악하게 태어난 마족과는 달리, 선과 악의 구분이 없이 태어난 인간은 마족을 두려워할 수밖에 없었다. 악한 짓을 해도 양심의 가책을 받지 않는 종족이기 때문에 그들은 무슨 짓이든 저지를 수 있었다. 마족은 인간을 발끝으로 부릴 만큼 강하고 사악했다. 마왕이 있었던 시절, 마족은 인간을 장난감처럼 가지고 놀며 자신들의 욕구를 채웠다. 그러나 마왕이 봉인된 후, 상황은 뒤바뀌었다. 마실 나가는 기분으로 인간들의 세계에 왔던 마족들이, 다시는 고향으로 돌아갈 수 없게 된 것이다. 처음엔 사태 파악을 하지 못했던 마족과 인간들은 얼마 안 가서 알게 되었다. 이제 인간이 승기를 잡았다는 것을.

봉인 직후, 인간들의 노골적인 적대감과 반항에 자존심이 상한 마족은 전쟁을 일으켰다. 그러나 마족이 대패했다. 2차 인마전쟁은 인간이 일으켰다. 이 전쟁에서도 역시 마족이 패배하면서 영웅의 시대가 시작되었다. 그 후로도 마족과 인간의 분쟁은 계속되었지만 언제나 인간이 승리했다. 마족을 편들어 주는 종족은 단 하나도 없었다.

팔백여 년 전, 마족은 마지막 인마전쟁을 일으켰다. 마족의 반란이라고도 불리는 이 절박한 전쟁 속에서 수많은 마족이 소멸했다. 정말 많은 수의 마족이 죽었다고 전해진다. 그 후 마족은 패배를 인정하고, 동족의 죽음을 애도하며 인간들 눈에 띄지 않는 곳에 숨어 살고 있다.

마족을 데리고 왔다는 중년인의 말에서 일어난 파장은 일파만파 커졌다. 사람들이 벌떡 일어섰다.

"그럼 지금 이곳에 마족이 있단 말인가!"

"어떻게 마족, 그 쓰레기 족속을 치유할 수가 있나!"

"쳐죽여도 모자랄 판에!"

오백 년 전, 원대륙의 이간질에 의한 종족전쟁 이후 인간들은 깨달았다. 지금 이 세계에서 아무리 인간의 힘이 우세하다지만 다른 종족들을 아예 배제해서는 안 된다는 것을. 종족전쟁으로 수많은 종족이 사라진 후에야 얻은 깨달음이었다. 이바노브 아시오는 그 이후로 마족을 차별하지 않기로 공식 발표했다.

"시X, 마족 쓰레기하고 같은 곳에 있다고 생각하니까 기분 더럽군!"

그러나 여전히 인간들 사이에서 마족이란 그런 존재였다. 인간은 여전히 마족을 증오하는 동시에 두려워하고 있었다.

마족. 다시는 고향으로 돌아갈 수 없는… 수많은 동료가 사라져 간 무덤과도 같은 이곳에서 평생을 살아야 하는 종족. 아마 영원히 인간과는 척을 지며 살게 될 종족.

알고는 있었다. 그러나 나하사는 화가 났다.

"자존심도 없나, 어떻게 크림 신전에 올 수가 있지? 마족 주제에!"

"마족을 데리고 여기에 온 그놈은 대체 뭐야? 인간 맞아? 흑마법사인 거 아냐?"

나하사는 이들이 자신을 욕하는 건 상관없었다. 다만 구르를, 그 커다란 개구리를 욕하는 것은 화가 났다. 구르는 쓰레기 같은 게 아니다. 만난 지 얼마 안 된 인간 아이를 위해 몸을 던지는, 인간을 걱정하는 마음이 있고, 인간처럼 똑같이 아프기도 하고, 좋아하는 음식도 있는 그런 생명체다. 인간다운 게 뭐지? 만약 인간답다는 게 다정하고 동정심이 많은 것을 의미하는 거라면, 구르는 이 세상 누구보다 인간답다.

"이곳은 인간들의 세계야!"

"마족은 깡그리 죽여 버려야 해!"

벌겋게 달아올라 외치는 중년인을 투명마법 중인 소년이 물끄러미 내려다보았다. 무심한 눈빛이었다. 지금 이 인간을 죽여도 자신이 죽였다는 것은 아무도 모를 것이다. 고대마법 하나면 고혈압으로 인한 심장마비로 숨진 것처럼 보이게 할 수도 있다. 아니면 뭐, 들켜서 해제범이 사람을 죽였다고 소문이 돌아도 상관없다. 소년은 무심하게 그런 생각을 했다. 영원히 말을 못하게 할 수도 있지. 혹은 앞을 못 보게 한다거나……

"세상의 악이라고, 마족은!"

소리치는 중년인의 입에서는 누린내가 났고 목 뒤에는 땟국물이 끼어 있었다. 아내의 병이 크지 않아 양보를 하였다는 사내. 그 양보하는 마음이 어째서 마족에게는 발휘되지 않는 걸까. 자존심도 없이 크림 신전에서 치유를 받는 마족이 그에게 무슨 해를 끼쳤다고 저렇게 싫어하는 걸까. 나하사는 조용히 뒤돌아섰다. 다른 생각은 하지 말자. 괜히 일을 불리지도 말자. 마왕의 부활만 생각하고 있으면 된다. 마왕의 부활만……

소년 마법사는 지하의 출입구를 간단하게 뚫고 봉인소로 들어왔다. 다행히 이번엔 아무도 없었다. 나하사는 찬찬히 살펴보았다. 구르를 봉인했던 마다스의 작은 폐신전과 비슷한 봉인소였다. 어두컴컴하고, 거미줄이 쳐져 있고 쥐가 돌아다니는 곳. 주변은 지저분했으나 봉인소 표지는 의외로 깔끔했다. 표지의 위쪽에는 희미한 마법진이 있었다. 좀 더 단순하긴 하지만 구르가 봉인되어 있었던 곳과 비슷했다. 간단하게 풀 수 있을 것이다. 구르의 치유가 모두 끝난 후 깨려고 했는데 막상 봉인소를 앞에 두니까 그냥 두고 가기가 쉽지 않았다. 어떡할까… 고민하는 나하사의 귀에 무언가 소리가 들렸다.

뚜벅뚜벅. 조용히 울리는 그것은 분명 발걸음 소리였다. 나하사는 봉인소 표지 옆에 선 채 입구를 바라보았다.

"…후우."

가벼운 한숨과 함께 등장한 이는, 나하사에게 냉정했던 구르 담당 청년 신관이었다. 그는 투명마법을 시전 중인 나하사를 발견하지 못하고 다가왔다. 마법진이 그려진 바닥 바로 앞에 무릎을 세우고 앉았는데, 나하사와 가까운 거리여서 의도하지 않아도 표정이 보였다. 무척 피곤한 얼굴이었다.

"하아……."

이번엔 깊은 한숨을 쉰다. 청년 신관은 파리한 얼굴을 팔로 감싸고 무릎에 묻었다. 꼭 외로운 어린애 같았다. 본의 아니게 자신에게 적대적인 자의 약한 모습을 보아 버린 나하사는 찜찜한 기분 그대로 봉인소에서 나왔다.

사흘째의 해가 떴다. 잠에서 깨어난 소년 마법사가 가장 먼저 한 일은 한숨을 쉬는 것이었다. 앞으로 나흘이나 남았다. 하루라도 빨리 마왕의 봉인을 깨야 하는데…….

"심심하다 개굴. 몸도 찌뿌듯하다 개굴."

나하사의 상념을 깨며 구르가 말했다.

"그렇겠지, 계속 안에만 있었으니까."

"나가고 싶다 개굴!"

"그래, 나가서 햇볕이나 쬐자."

독이 아니라 저주였으니 몸을 움직인다고 더 퍼지거나 하진 않을 거라 생각한 나하사는 구르에게 다시 토끼로 보이는 환각 마법을 걸어 주었다.

"진, 일어나."

구르를 안고 섰는데 진은 고고하게 다리 꼬고 앉아 움직이지 않았다.

"가지 않겠다."

"너 혼자 둘 거 같냐, 내가?"

"그럼 어쩌겠다는 건가."

진이 한쪽 입술을 올려 비웃었다.

"나와 싸우기라도 해 보려고?"

칠흑 같은 검은 머리칼과 새카만 눈동자, 날렵한 콧날과 붉은 입술. 언뜻 고혹적이기까지 한 모습이었다. …이게 어디다 대고 미인계야? 나하사가 씨익 웃으며 얼굴 옆에 흰빛 덩어리를 띄웠다.

"그래, 어디 한 번 진짜 싸워 볼까?"

시전어 없이 마법구를 띄우는 모습에 진이 고개를 45도 각도로 꺾으며 외면했다.

"메롱."

흠, 쳇 같은 못마땅할 때 내는 감탄사였다.

"절대 너 혼자 둘 순 없으니까 빨리 일어나!"

테이블 위에 있는 두건을 진에게 던지며 말했다. 진이 다시 메롱, 하며 두건을 잡아챘다. 저 시니컬한 꽃미남이 메롱거리는 게 재밌어서 나하사는 대륙공용어로 정정해 주지 않았다.

햇살이 따뜻하게 비쳐 오고 있었다. 바람은 선선했다. 어제도 날이 좋았는데 오늘은 더 좋은 것 같다. 신전 계단에 다리를 쭉 펴고 앉았다. 진은 기둥에 기대어 서 있었는데 표정은 무심했으나 막상 나와 보니 싫지는 않은 듯했다.

"어, 토끼다!"

"와아! 토끼가 있어!"

어머니를 따라 줄 서고 있던 아이 둘이 와아 소리를 지르며 달려왔다.

"어디 토끼가 있단 말…… 읍!"

주위를 두리번거리던 구르의 입을 나하사가 틀어막았다.

"지금 사람들에겐 네가 토끼로 보이니까 조용히 토끼인 척해."

하얀색 토끼가 귀를 쫑긋하며 끄덕였다.

"오빠, 왜 토끼 괴롭혀요!"

"토끼 숨 못 쉬어!"

"숨 잘 쉬거든."

나하사가 구르에게서 손을 떼자 아이들이 기다렸다는 듯 안아 들었다.

"털 보송보송해."

"우왕, 귀여워."

"통통하네. 배부르게 먹을 수 있을 것 같아!"

"그치!"

아이들의 손 안에서 토끼가 차마 비명도 지르지 못하고 발버둥쳤다. 나하사는 평온하게 그 모습을 바라보았다.

"너희는 언제부터 기다렸어?"

"엄마는 일주일 전부터 기다렸어."

"응, 우리는 어제 왔어!"

나하사는 아이들이 가리키는 곳을 보았다. 꾀죄죄한 모습의 젊은 여인이 서 있었다. 아직 신전의 계단에도 오르지 못했다.

"누가 아픈 거야?"

"아빠가 많이 다쳤어."

아이가 우울하게 말했다.

"우린 원래 쌀을 지어서 팔았는데 이젠 그게 돈벌이가 안 된대. 여름 끝나기 전에 가야 한다고 아직 이전에 당한 상처가 낫지도 않았는데 드래곤 산맥에 갔다가 키메라한테 당했어."

"키메라 같은 건 다 죽어 버려야 해!"

"이 세상에 마족 같은 건 없었으면 좋겠어!"

미안하지만 니네가 귀엽다고 조물대고 있는 그게 바로 마족이거든. 두 아이의 아버지가 위험을 무릅쓰고 드래곤 산맥으로 들어간 이유는 돈 때문일 것이다. 그곳에서는 비싸게 팔 수 있는 약초와 동물 가죽을 구할 수 있었다.

"나는 커서 신관이 될 거야."

한 아이가 말했다.

"그래서 일주일 줄 서지 않아도 치료해 줄 거야!"

기특한 말이었다. 이런 갸륵한 마음씨라면 신관이 될 수 있을지도 모른다. 치유마법은 이용 가치가 높으니 할 줄 알면 좋을 것이다. 아마 나는 영원히 할 수 없겠지만. 나하사는 그 점이 조금 아쉬웠다. 그러나 어쩔 수 없었다. 금지된 흑마법을 배운 자신에게 신이 은총을 내릴 리가 없다. 오히려 신을 배반하는 커다란 죄악을 저질렀으니 미움 받고 있을 터였다.

"엄청난 게 오는군요."

갑자기 들린 목소리에 나하사가 번쩍 고개를 젖혔다.

"야, 너!"

네라가 어느새 뒤에 서 있었다.

"앗, 이 언니는 누구야?"

"형아 여자 친구?"

아이들이 눈을 빛내며 묻자 네라가 눈을 내리깔았다.

"죽고 싶습니까."

진심이 담긴 나지막한 목소리에 아이들이 입을 다물었다. 나하사는 구시렁거리면서 일어났다.

"기척 좀 내고 나타나."

"무척 둔하군요. 진 님은 제가 오자마자 알았습니다. 그리고 다시 앉으십시오."

"뭐? 왜?"

"당신을 올려다보는 게 기분 나쁩니다."

네라는 나하사보다 키가 작았다.

"하하하."

나하사가 고의적으로 웃으며 턱을 치켜든 후 한껏 네라를 내려다봐 주었다. 네가 루저라고 부르는 사람이 시선 위에 있는 기분이 어떠냐! 그러나 네라는 무심한 얼굴로 계단에 앉아 버렸다.

"엄청난 게 오고 있습니다."

네라가 다시 한 번 말했다. 무슨 말인지 모르겠는데 괜히 등골이 서늘해졌다. 나하사는 우선 맑은 하늘을 올려다보았다. 음, 떨어지는 건 없군.

"대체 뭐가 온다는 건데?"

"엄청난 신성력입니다."

네라는 행렬의 끝 부분을 보고 있었다. 숲의 입구와 연결된 곳. 나하사도 네라의 시선이 향하는 곳을 보았다. 푸른 하늘과 청량한 녹색 나무. 저절로 만들어진 숲길에 빼곡한 사람들.

히히히힝!

"어……? 말 울음소리?"

나하사가 눈에 힘을 주고 보았다. 그러나 힘줄 필요도 없었다. 멀리서 풍채 좋은 검은 말이 먼지를 일으키며 달려와 순식간에 신전 입구에 도착했다.

"뭐, 뭐지?"

"긴급 환자인가?"

사람들은 줄에서 빠져나가지는 못하고 무슨 일인가 하여 바라보았다. 절대 짐을 싣는 말로는 보이지 않는 윤기 흐르는 새카만 말은 겹겹으로 싼 짐 덩이를 가득 매달고 있었고, 칙칙한 회색 로브를 입은 여성을 태우고 있었다.

"아, 바빠 죽겠는데 왜 신관이 아무도 안 나와 있어?"

시원한 여자 목소리가 들렸다. 그녀는 말에서 뛰어내리고는 로브를 시원하게 벗어젖혔다.

"헉!"

"저… 저 사람은!"

다갈색 피부와 노을빛 짧은 머리. 나올 데 나오고 들어갈 데는 들어간 몸매. 시선을 잡아끄는 매우 가벼운 옷차림.

"맨드라미!"

"해, 해바라기다!"

"사루비아거든?"

줄 선 사람들 속에서 누군가 소리치자 사루비아도 함께 소리쳐 정정해 주었다.

"으, 시간 별로 없는데, 정말! 왜 아무도 안 나와 보는 거야?"

당당하게 하얀 태양이 그려진 배지를 가슴 한쪽에 단 사루비아가 급하게 계단을 올랐다. 다갈색 피부의 섹시한 여성. 크림 신전의 유일한 여신관.

자신을 지나쳐 신전 안으로 사라지는 백양의 용사단 멤버를, 나하사가 아연하게 바라보았다. 아… 사막섬에 있어야 하는 거 아냐? 다들 조사를 위해 그곳에 모인다며…… 왜 저 사람이 여

기에 있는 거야……? 나하사의 마음을 아는 건지 구르가 발등을
툭툭 치며 위로해 주었다.

사루비아가 윤기 흐르는 흑마를 타고 이곳까지 달려온 이유는
그녀가 드래곤 산맥 신전의 샘물을 떠 왔기 때문이었다. 빨리빨
리를 외치며 안으로 들어갔던 사루비아는 즉시 신관들을 대거
이끌고 나와서 샘을 뜬 유리병을 가지고 들어갔는데, 속도가 엄
청 빨라 눈 깜짝할 새에 모든 일이 이뤄졌다.

인간의 모든 병을 낫게 하는 인간을 증오하는 샘의 물은 한 시
간 만에 조합이 끝났다. 나하사는 감탄했다. 조합법이 복잡하다
고 들었는데 그 많은 양을 한 시간 안에 해내다니 역시 크림 신
전이었다.

"치유의 샘물이다!"

"지금 안에서 나눠 주고 있어!"

일주일, 열흘씩 줄을 서서 얌전히 기다리고 있던 사람들이 소
리쳤다. 앞에 섰던 이들이 신전 안으로 달려가자 뒤에 섰던 이
들도 따라 달려갔다.

"나도 줘! 나도 치유의 샘물을 줘!"

"내 동생이 죽어 가고 있어!"

"치유의 샘물을 줘!"

행렬은 무너지고 질서는 사라졌다. 아까 구르를 쓰다듬던 아
이들도 어른들 틈바구니에 끼었고 사람이 넘어져도 뒤도 돌아

보지 않고 달려 들어갔다. 막무가내였다.

긴 시간, 인내심을 갖고 기다리던 사람들이 눈앞의 전지전능한 약 하나에 저렇게 변했다.

나하사는 그들과 떨어져서 지켜보기만 했다. 치유의 샘은 저주에 걸린 구르에게는 효과가 없었다.

"신전이 터지겠다 개굴."

구르가 악의 없이 말했다. 나하사도 동감이었다. 소년은 발치의 하얀 토끼를 안아 들었다. 구르는 몸에 힘을 빼고 나하사의 팔 안에 편하게 기댔다. 말없이 기둥에 기대서 있던 진이 나하사의 옆으로 다가와 섰다.

"추악하군."

그만하라고 기다리라고 진정하라고, 신관들이 소리치는 것을 무시하고 어떻게든 신전 안으로 진입하려는 사람들을 보며 진이 내뱉은 한마디였다.

"확실히 아름답다고 말하긴 어렵군요."

네라도 그의 말을 긍정했다.

"살려고 애쓰는 거잖아."

그러나 나하사는 밟고 밟히고 짓이기고 짓이겨지는 사람들을 보며 말했다.

"다들 절박해서 그래."

구르가 인간 편들어 주는 거냐고 웅얼댔다. 나하사는 피식 웃었다. 편드는 게 아니었다. 만약 품 안의 이 개구리가 마족이 아니라 인간이었다면, 저주가 아니라 병에 걸린 거였다면…… 자신도 저 사람들 틈바구니에 끼어 있을까. 그런 생각을 하니 비웃을 수가 없는 것뿐이었다.

치유의 샘물의 세 시간 효능이 사라지고도 한 시간은 더 지난 후에야 신전 안에 들어갈 수 있었다. 간발의 차로 치유의 샘물을 얻지 못한 사람들이 폭동을 일으킬 뻔했으나, 신관들이 재빨리 치유를 해 주어서 그런 일은 일어나지 않았다. 단 한 방울로도 말끔히 치유하는 샘물을 수십 개의 병에 가득 담아 실어 왔기 때문에 숲을 가로질러 늘어섰던 줄은 모두 사라졌다. 신전 내 입원실에 입원했던 사람들도 모두 퇴원했다.

"후……."

나하사가 한숨을 쉬었다. 그래, 모두 퇴원했다. 자신들만 빼고! 아직도 이곳에서 나흘이나 있어야 한다! 용사단 멤버가 왔는데!

"화끈한 여자였다 개굴."

"인간치고 괜찮더군."

"진 님은 그런 타입이 취향이십니까? 마법 성형이라도 해 오면 만족하시겠습니까?"

자신의 초조한 마음은 모르고 저 마족 둘과 정체 모를 소녀는 여유를 부리며 잡담을 했다. 다른 곳으로 갈까? 다른 신전……. 시간은 좀 걸리겠지만 다른 곳으로 가는 게 낫지 않을까. 나하사는 힐끗 구르를 보았다. 아직 마법을 풀지 않아 통통한 하얀 토끼 모양인 구르는 외관상으로는 전혀 아파 보이지 않는다. 정확히 어떤 저주인 건지 자세히 묻지 않은 게 후회되었다. 다시 오면 물어봐야지. 나하사가 그런 생각을 하자마자 문 두드리는 소리가 들렸다.

"들어오세요."

문이 벌컥 열리고 들어온 이는 두 명이었다. 냉정한 청년 신관과……

"헉."

"어, 꼬마 애네?"

크림 신전의 유일한 여신관, 사루비아.

"다, 당신이 왜 여기에……!"

환각마법을 풀지 않고 있어서 다행이다. 염색해서 다행이다. 갑자기 이렇게 마주칠 줄은 몰랐다.

"당신이라니, 누나라고 불러!"

푸하하하, 크게 웃으며 사루비아가 들어왔다.

"…윽."

나하사는 얼굴을 붉히며 눈을 돌렸다. 실제로 이렇게 가까이서 보니까 정말, 좀, 과하게…… 야하다. 출렁출렁…… 눈 둘 곳이 없다…….

"저 토끼가 저주에 걸렸다는 마물이구나. 어? 다른 사람들도 있……!"

사루비아는 물론이고 들어서던 청년 신관 또한 입을 쩍 벌리고 한곳을 바라보았다. 흑발의 냉미남이 외모를 그대로 드러내고 있었던 것이다. 그래, 놀랄 만하지. 이해한다. 나하사가 조용히 다가가 테이블 위의 두건을 진의 손에 쥐여 주었다.

"그 옥안을 왜 가립니까?"

네라가 못마땅하다는 듯 말했으나 진은 두건을 머리에 썼다.

"저기요."

얼굴의 광채가 조금 사라졌어도 여전히 눈을 떼지 못하고 얼어 있는 둘을 나하사가 불렀다.

"왜 사루비아 님께서 오셨는지……."

"어… 어? 아……!"

사루비아가 고개를 돌려 나하사를 뚫어지게 보았다.

"방금 뭐라고?"

"네?"

"방금 뭐라고 했어?"

헉! 설마 출렁출렁거려서 눈 둘 곳이 없다는 속마음이 들렸나!

"방금 뭐라고 했냐니까!"

"왜 사루비아 님께서도 오셨냐고……."

내가 뭔 말을 잘못했나, 왜 왔냐고 물어본 게 건방진 건가. 그런 생각을 하는데 사루비아가 갑자기 눈을 빛내더니 덥석 나하사의 손을 잡았다.

"세상에!"

"예?"

"내 이름을 제대로 불러 준 사람은 네가 처음이야!"

"……."

이 다갈색 피부의 건강미 넘치는 여인이 약간 불쌍해졌다. 아마 옷을 좀 더 걸친다면 이름을 기억해 주는 사람이 좀 더 늘어나지 않을까 싶지만.

"치유의 샘 효과를 못 본 마족이 입원하고 있다고 해서 왔어."

사루비아가 밝게 웃었다.

"저주에 걸렸다며. 내가 한 번 봐도 될까?"

물으면서 이미 침대 위의 하얀 토끼에게 몸을 향하고 있었다. 청년 신관은 나하사에겐 시선도 던지지 않고 찬바람 부는 듯한 냉랭한 태도로 사루비아의 뒤를 따랐다.

"서큐버스의 저주 같습니다."

"응, 그러네. 동족과 싸웠던 거야?"

구르는 다행히 토끼인 척, 말을 하지 않았다.

"마족이 동족과 싸우는 일은 별로 없는데. 어쩌다가 그랬어."

사루비아도 대답을 들으려 하는 건 아닌 듯했다. 그녀는 혼잣말처럼 중얼거리고는 곧 주문을 외웠다.

"나, 크림의 앞에 모든 의지를 다할 것을 맹세한 당신의 어린 딸이 바라노니……."

청년 신관의 주문과 다른 점은 아들에서 딸로 바뀐 것밖에 없었다. 그러나 마법 효과는 상당히 달랐다. 관심 없는 듯 앉아 차를 마시던 진이 사루비아의 손에서 뿜어져 나오는 빛을 보고 놀라 고개를 들었다.

"상당한 신성력이군요."

네라가 감탄했다. 청년 신관과는 비교도 할 수 없는 눈부신 하얀빛이 구르를 머금었다. 몸에 스며드는 속도도 굉장히 빨랐다.

"그렇게 강한 저주가 아니어서 다행이야."

"……."

"오늘은 늦었으니까 내일 퇴원해."

"네? 퇴원이요?"

설마, 저주를 풀었다는 말인가? 방금 주문으로? 나하사는 고개를 들었다가 눈 둘 곳이 없어 금방 다시 내렸다.

"한 시간이면 저주가 모두 풀리겠군요. 역시 대단하십니다."

청년 신관이 여느 때와 달리 흥분한 목소리로 말했다. 나하사도 감탄할 수밖에 없었다. 과연 여성인데도 크림 신전의 신관이될 만한 실력이었다.

"감사합니다……."

감사 인사는 했지만, 등골이 서늘했다. 이 강한 신성력의 주인이 자신의 적인 것이다.

"그런데 너."

사루비아는 바로 떠나지 않았다. 무언가 할 말이 있는 듯 입술을 달싹였다. 나하사는 사루비아의 그런 사소한 행동에도 조마조마했다. 뭘 고민하고 있는 거지? 왜 말하지 않는 거지? 수배

전단과는 한참 다를 텐데? 아, 귀걸이! 인어의 눈물을 빼 뒀어야
했나!

"너⋯⋯."

꿀꺽. 조용한 방 안을 울린 침 넘어가는 소리는 나하사가 아니
라 사루비아에게서 났다.

"마다스인이니?"

크림 신전은 봉인소도 아니고 포교도 아니고, 순수하게 사람
을 도우려는 목적으로 만들어졌다. 인간뿐 아니라 키메린, 오골
족, 마족 모두에게 문이 열려 있다. 돈 있는 자, 없는 자를 가리
지 않고 악한 자, 선한 자를 가리지 않는다. 그런 크림 신전이
마다스의 할렘에 세워진 것은 아주 당연한 일이었다.

마다스는 대륙의 늪이라 불리는 곳이었다. 공식적인 왕정이
없고, 극소 지역을 제외한 곳에서는 무분별한 살육과 테러가 매
일 자행되었다. 날마다 수많은 무기가 거래되었고 수많은 아이
가 노예로 팔려 나갔다. 가끔은 드래곤 산맥에서 마물들이 내려
와 사람을 죽이고 먹을 것을 빼앗았다. 그러나 피와 전투를 좋
아하는 용병들도, 대륙 북단의 분쟁 지역에서 살다시피 하는 살
육광들도 마다스에는 오지 않았다.

드래곤 산맥과 경계를 같이한 나라 마다스. 아주 오랜 옛날,
마다스의 왕이 드래곤 해츨링을 죽였고 그 피가 마다스의 땅에
스며들었다. 그 후로 마다스의 땅에서는 생명이 잉태되지 않았

다. 물은 오염되고 작물은 시들었다. 왕은 다른 나라에 도움의 손길을 청했으나 드래곤에게 저주받았다 여겨지는 마다스를 도와주는 곳은 없었다. 마다스는 대륙에서 도태되어 갔다.

"마다스인이지?"
사루비아가 다시 물었다. 이미 확신한 말투였다.
"네."
나하사는 사루비아를 똑바로 보며 대답했다.
"전 마다스 사람입니다."
사루비아는 그럴 줄 알았다는 얼굴로 고개를 끄덕였다. 뒤에서 있던 청년 신관의 얼굴이 하얗게 질렸다.
"어떻게 알았죠?"
우리대륙의 사람들은 모두가 닮았다. 민족의식이 강해 국제혼인을 하지 않았던 위유나 원인(원대륙 사람)이 아니면 외모로 국적을 아는 것은 무리였다.
"난 마다스 사람은 1킬로미터 앞에서도 알아봐."
"네?"
"물론 농담이야."
그렇겠지. 1킬로미터면 사람인지 뭔지 구별이 되긴 하나?
"사실은 100미터 앞에서 알아봐."
"……?"
나하사가 동그란 눈을 깜박였다. 믿으라고 한 말일까?

"너 정말 귀엽구나."

사루비아는 부드럽게 말했다. 열여덟 살한테 귀엽다니! 나하사는 일부러 표정을 굳혔다.

"대체 어떻게 알아본 겁니까?"

"딱 보니 마다스 사람 같았어. 우리 신전에 와 줘서 고마워."

"예? 아뇨. 저야말로 치유해 주셔서 감사합니다."

"해야 할 일을 했을 뿐이야. 기부금을 주고 입원했다고 했지? 폰, 이 아이에게 기부금을 돌려주도록 해."

"네, 알겠습니다."

냉정한 청년 신관, 폰은 아무런 대꾸 없이 받아들였다. 사루비아는 그녀에겐 하얀 토끼로 보이는 구르를 한 번 쓰다듬고는 일어났다. 나하사도 얼결에 따라 일어섰다.

"돌려주실 필요는 없어요. 그건 그냥 제가……."

"받아 줘."

사루비아가 문고리를 잡으며 말했다.

"우리를 위해서야. 너희… 마다스 사람에게 돈을 받을 수는 없어."

나하사는 여전히 이해할 수 없었다. 그러나 더 이상 거절하지는 않았다.

"잘 있어."

크림 최초의 여신관은 전 대륙을 통틀어도 흔치 않은 금색 눈동자로 살짝 웃어 주고 나갔다. 청년 신관이 여전히 창백한 얼굴로 따라 나갔다.

"몸이 가볍다 개굴."

그들이 나가자마자 구르가 침대 위를 폴짝거렸다.

"엄청난 신성력이었습니다. 마족은 조금 힘들었겠는데요."

네라가 말하며 진을 보았다. 진은 두건을 벗어 던지며 코웃음을 쳤다.

"흥, 나를 뭐라고 생각하는 건가."

"아니, 그 이전에 일단 마족에게 해가 없는 신성력이었잖……."

나하사가 한심한 듯 말하다가 말을 멈췄다. 어… 뭐라고? 나하사가 네라를 보았다. 너 방금 뭐라고?

"왜 그렇게 봅니까? 못생긴 게."

분명… 진보고 마족이라고…….

"어, 어떻게 안 거야? 알고 있었어?"

"무엇을 말입니까?"

"이, 이놈이 마……!"

"진 님이 마족이신 거 말입니까?"

나하사가 고개를 몇 번씩 끄덕였다. 녹색 눈을 커다랗게 뜨고 있는 소년은 제법 귀여웠다.

"저 토끼, 아니 개구리가 마족인 것도 알고 있었는데 진 님이 마족인 걸 아는 정도로 뭘 새삼스레 놀라고 그럽니까. 정말 심약하군요."

네라가 비웃었다. 생각해 보니 조금 전 크림의 여신관이 서큐버스의 저주라고, 동족과 싸운 거냐고 물었다. 그때 안 건가.

"그리고 진 님을 보십시오. 딱 봐도……."

네라의 분홍색 눈이 하트 모양으로 변하는 것 같다.

"인간이라고는 상상할 수 없는 외모지 않습니까."

……몽롱한 목소리였다.

기척이 느껴지더니 곧 몸이 흔들렸다.

"이봐, 일어나라."

진이 낮게 말하며 자신을 깨우고 있었다.

"왜 깨워?"

"자면 안 된다."

선잠만 자다가 이제 좀 자려고 하는데 깨우는 마족 놈이 야속하다. 나하사가 눈도 뜨지 않고 왜냐고 묻자 진이 답했다.

"오늘밤에 기회가 없다."

"뭐가?"

"봉인 해제 안 할 건가?"

나하사는 눈을 비비며 상체를 일으켰다. 네라는 이미 사라진 후였고 방은 컴컴했다. 어느새 자기 배 위에 올라가 쿨쿨 자는 구르를 조심스레 옆에 내려놓고 침대에서 내려왔다. 나하사는 잠을 원하는 몸을 다독이며 로브를 입었다.

"꾸물거릴 때가 아니다."

행동이 굼뜨게 보였는지 진이 재촉했다. 나하사가 비웃었다.

"니가 언제부터 봉인 챙겼다고……."

"한시라도 빨리 마왕을 부활시켜야 한다."

소년 마법사는 힐끗 잘생긴 마족을 보았다. 언뜻 무심해 보이는 검은 눈 안에 이글거리는 무언가가 보였다.

"갔다 올게."

"빨리 가라."

진은 따라오지 않았다. 나하사는 툴툴대며 아무도 없는 복도를 걸었다. 마왕 부활에 적극적이게 된 줄 알았는데 그냥 시키는 것뿐이잖아.

큰 문제가 생겼다.

"뭔가 있어."

비키니…가 아니라 비키니나 다름없는 옷을 입은 갈색 피부의 미인이 노을빛 머리카락을 흩날리며 팔짱을 끼고 서 있었다.

"뭐가 있다는 거냐?"

대답한 사람은 크림 신전의 대신관복을 입은 흰 수염의 할아버지였다.

"분명 뭔가 있어."

"대체 무슨 얘기를 하는 거냐, 맨드라미."

"사루비아입니다! 당신이 지어 준 이름이잖아요!"

사루비아가 발끈하며 외치더니 곧 다시 팔짱을 끼고 돌아다녔다. 조그만 봉인을 깨러 온 나하사는 본의 아니게 크림 신전의 유일한 여신관과 다섯밖에 없는 대신관 중 한 명의 대화를 훔쳐 듣게 되었다.

"우리한테 숨기는 게 있어요."

"누가 말이니?"

"니스너 실 누소즈!"

들려온 이름은 나하사의 예상보다 훨씬 부담스러운 이름이었다.

"적발의 무속검사가 너한테 숨기는 게 있다고?"

"응, 맞아요. 분명해."

사루비아의 말에, 그녀에게 이름을 지어 줬다는 대신관이 혀를 찼다.

"그는 스물넷이고, 그쯤 되는 청년이 자기 또래의 미녀한테 모든 얘기를 하지 않는 건 당연한 거지."

"알아요. 하지만 중요한 건……."

사루비아가 꿀꺽 침을 삼켰다. 대신관도 같이 삼켰다. 은신마법을 하고 몰래 듣고 있는 나하사도 마찬가지였다.

"그가 모든 사람한테 숨기고 있다는 거예요. 심지어는 파인 실 누소즈한테도!"

이십 대 청년이 자기 아버지한테 뭔가 숨기는 게 있다는 것은 그렇게 긴장한 상태로 할 말은 아니었다.

"해바라기야, 네가 그와 가까운 사이가 되고 싶은 건 이해한다. 하지만 너는 이미 크림에게 모든 것을 바치기로……."

"사루비아입니다. 그리고 자꾸 그런 식으로 몰고 갈래요?"

사루비아는 신경질적으로 짧은 앞머리를 쓸었다.

"우리는 해제범을 잡기 위해 특별히 조직됐어요. 그런데 적발의 무속검사에게는 문제가 하나 있어요."

갑자기 들려온 자신을 지칭하는 단어에 나하사가 흠칫 놀랐다. 설마, 이런 곳에서 용사단의 내부 문제를 들을 수 있을 줄은 몰랐다. 나하사는 간 크게도, 크림 신전의 유일한 여신관과 대신관이 대화를 나누는 자리에 가까이 다가갔다. 둘은 다행히 나하사가 은신마법에 쓰고 있는 마력보다 현저히 낮은 마력을 지녔다. 신성력을 따지자면 비교도 할 수 없을 만큼 높겠지만.

"대체 무슨 문제가 있다는 말이니?"

대신관이 나하사가 궁금한 것을 직접 물어보았다.

나하사는 침을 꿀꺽 삼켰다.

"그는 해제범에겐 관심이 없어요!"

이건 희소식이잖아?

"무슨 말이니? 우리의 영웅이 대륙의 봉인소를 지키는 데 관심이 없다는 건 아니겠지?"

"그는 사막섬에 오지 않았어요."

"뭐?"

대신관이 한쪽 눈썹을 들었다.

"모든 용사단이 사막섬에서 모였다고 했는데. 하프의 정보력도 이젠 믿어선 안 되겠구나."

"더 충격적인 거 알려 줄까요? 그는 용사단이 만들어지고 지금까지 한 번도 이바노브 아시오를 떠난 적이 없어요. 래이 줄과 함께!"

"지금 힐본세에서 모이기로 한 거 아니었니? 그래서 네가 이곳으로 온 거고."

"모이기로 했어요! 그렇지만 그 사람들은 이번에도 안 올 거고요!"

사루비아는 입술을 깨물었다.

"그는 알고 있었던 게 분명해요."

"무엇을 말이니?"

"먼의 귀가 잘리고 황혼의 눈물을 빼앗겼다는 것 말이에요. 그 소식을 듣고도 전혀 놀라지 않았어요."

나하사는 그럴 수도 있다고 생각했다. 니스너 실 누소즈는 10대 시절의 반을 분쟁 지역에서 보냈다. 누군가의 귀가 잘렸다는 것이 그렇게 충격적인 소식은 아닐 것이다.

"그런데 그 범인이 해제범이라고 하니까 놀라는 거예요."

투명해진 소년 마법사는 저도 모르게 고개를 들어 사루비아를 바라보았다.

"'먼이 무슨 생각을 하는지 모르겠군' 이라고 냉소적으로 말하더군요. 래이 아저씨는 옆에서 웃으면서 능청을 떨고 있고."

"…그럼 그들은 해제범이 먼의 귀를 자르지 않았다고 생각하는 거니?"

"모르겠어요. 그가 무슨 생각을 하는지 짐작도 가지 않아요. 우리는 모르고 그들만 아는 뭔가가 있어요. 분명해."

사루비아는 혼란스러운 듯했다. 반면 나하사는 땡잡은 기분이었다. 설마 니스녀 실 누소즈가 '해제범이 그런 잔인한 짓을 할 리 없어!' 하면서 믿고 있는 것도 아닐 테고. 심지어는 이바노브에서 한 번도 나온 적 없다니! 이건 그가 해제범의 일에 관심이 없다는 말밖엔 안 된다.

"사막섬의 주요봉인소는 아직 해제되지 않았어요. 그걸 찾는 게 급선무라는 생각 안 들어요? 대륙중앙전력소를 이용하면 그 다이아몬드에 담긴 마력 정도는 어느 나라, 어느 곳에 숨겨져 있든 5분 안에 찾을 수 있잖아요!"

그런데 적발의 무속검사는 황혼의 눈물을 찾지 않기로 한 거 군. 나하사의 눈이 가늘어졌다. 이건 좀 생각해 봐야 할 문제다. 대륙중앙전력소에 7서클 이상의 마력을 탐지할 수 있는 기계가 있었다니. 굉장히 중요한 정보를 얻었다.

"그는 해제범에게 관심이 없구나."

"아니, 사실 엄청 관심이 많죠."

대체 뭐야? 나하사가 느낀 황당함을 대신관도 느꼈는지 황당해하며 물었다.

"무슨 말이니, 아카시아야?"

"사루비아입니다. 그는 해제범에겐 관심이 많아요. 하지만 주요봉인소가 깨지는 것에는 전혀 관심이 없어요! 그는 다른 데에 정신이 팔려 있어요."

"주요봉인소가 깨지는 데 관심이 없다고?"

"전혀요!"

사루비아가 답답한 듯 말했지만, 듣는 해제범은 더 답답했다. 관심이 있다는 거야, 없다는 거야?

"그는 다른 일에 정신이 팔려 있어요."

사루비아가 목소리를 낮추며 말했다. 다른 일이라니. 이제야 본론으로 들어간 모양이다. 대신관이 고개를 기울였다. 나하사도 귀를 쫑긋 세웠다.

"그는…… 필리아 넥터와 연애를 하는 게 분명해요!"

"……."

"하얀 피부에 팔다리는 가늘어서 건들면 부러질 것 같고 얼굴은 주먹만 한 게 뭐가 좋다고! 할아버지, 안 그래요?"

보통 남자들은 그런 여자를 좋아한다. 하지만 대신관은 차마 자신이 어려서부터 길러 온 양딸에게 그런 가혹한 현실을 알려 줄 수 없었다.

"그러니까 네가 하고 싶은 말은… 적발의 무속검사와 필리아 넥터의 열애설 얘기였구나."

"네, 맞아요."

사루비아가 진중한 얼굴로 고개를 끄덕였다.

"…그 얘기를 꼭 이런 곳에서 해야 했니?"

대신관은 이번에도 나하사가 묻고 싶은 것을 물어 주었다.

"그럼요, 비밀스러운 얘기는 이런 곳에서 해야죠. 누가 엿듣고 있을지 어떻게 알아?"

안타깝게도 지금도 누군가가 엿듣고 있다.

"이곳은 조금 춥구나. 내 방으로 올라가자."

"안 돼요! 누가 들으면⋯⋯."

"걱정하지 마라. 꽤 벽이 단단하단다."

대신관이 봉인소 출입구 쪽으로 걸으며 말했다. 사루비아는 허리에 손을 얹고 화를 내며 따라갔다.

"아니, 그런 부러질 것 같은 여자가 뭐가 좋대요? 그 여자 가슴 실제론 A컵도 안 될걸요! 정말 남자들이란!"

"⋯⋯."

"참, 이건 누구한테도 퍼뜨리면 안 돼요. 할아버지."

안타깝게도 적발의 무속검사와 빛의 여신의 연애는 여섯 살 난 꼬마 아이도 알고 있을 것이다. 사루비아와 대신관이 출구를 나갔다. 나하사는 그들이 계단을 오르는 모습을 확인한 후 마법을 풀었다. 아 씨, 쓸데없는 가십 거리를 여기까지 와서 이야기할 건 뭐야? 어쨌든 사루비아는 중요한 사실을 알려 주고 갔다. 그녀는 니스너 실 누소즈를 좋아하는 게 분명하다.

⋯⋯퍽이나 중요하군. 괜히 시간만 낭비했다. 나하사는 좌우 앞뒤를 사삭 살폈다. 이번엔 아무도 없다.

뚜벅뚜벅 봉인소 중앙으로 걸어갔다. 찬찬히 살피니 구르의 봉인 마법진과 정말 닮아 있었고, 조금 더 조그마했다. 나하사는 오망성 가운데에 서서 주문을 외웠다. 마법진에서 빛이 퍼져 나가기 시작하자 단검으로 손가락을 살짝 베었다. 하얀빛 덩어리가 붉게 물들고, 나하사는 마법진 밖에 서서 다시 주문을 외웠다. 모든 게 구르의 봉인소와 같았다. 나하사는 김이 빠졌다. 절대 마왕일 리가 없을 것 같은데. 개구리 튀어나오는 거 아냐?

그러나 붉은빛 덩어리와 마기 가운데에서 나온 것은 개구리도 올챙이도 아니었다.

"맙소사……!"

나하사가 탄성하며 다가갔다. 어두운 지하에서 환하게 빛을 내뿜고 있는 조그만 것. 투명한 날개와 얼굴의 반을 차지하는 검은 눈. 인간을 닮은 몸. 책에서만 봐 왔던 것이 눈앞에 있다.

"정령……."

정령. 희귀종공원에도 없는 종족. 이제는 전설로 일컬어지는 존재. 소년 마법사는 차마 손도 대지 못하고 가까이에서 바라보기만 했다. 손바닥보다 작을 것 같은 하얀 정령은 공중에 둥둥 떠서 잠시 상황을 이해하려는 듯 고개를 갸웃하더니, 곧 흰자가 없는 검은 눈으로 나하사를 보았다.

『누구시죠?』

"아……."

머릿속에 직접 울려 퍼지는 소리에 나하사가 눈을 깜박였다.

"방금… 당신이."

『날 봉인에서 풀어 주었군요. 감사합니다.』

정령에겐 입이 없는데도 말이 통했다. 온화한 여성의 목소리였다. 언어는 대륙공용어도, 고대어도 아니었다. 단지 뜻이 되어서 머릿속에 느껴졌다.

『나의 소환자는 이미 이 세상에 없군요.』

정령이 조그만 머리를 갸웃거렸다. 마치 작은 새 같았다. 전설의 존재를 앞에 둔 인간 소년은 애써 정신을 차렸다.

"아시겠지만… 정령계로 돌아갈 수 없어요."

정령이 나하사를 보았다. 나하사는 침을 꿀꺽 삼켰다.

『알고 있습니다. 마계가 아직 닫혀 있지요. 우리의 왕은 아직 나타나지 않았고.』

정령은 무척 담담하게 말했다. 나하사는 안도의 한숨을 내쉬었다. 이 전설적인 존재는 다행히 구르처럼 막무가내는 아닌 모양이었다. 얘기가 쉬울 것 같았다.

"지금은 인간이 지배하는 세상입니다. 정령은 지금… 몇 없어서. 아마 당신이 인간들 사이에 나타나면 당신에게만 안 좋아질 겁니다."

『어딘가 숨어서 조용히 살라는 뜻이군요.』

나하사가 움찔했다. 정령의 외양에서는 도저히 표정을 읽을 수 없었다. 정령은 날갯짓을 몇 번 하고 나하사의 눈앞으로 다가왔다.

『우선 내 말을 들어주세요, 나의 은인.』

목소리는 화난 것 같지 않다. 나하사는 고개를 끄덕였다.

『나는 봉인되어 있는 동안, 시간의 흐름을 느낄 수 있었습니다. 물론 처음에는 무엇도 느낄 수 없었죠. 아주 두꺼운 벽이 사방을 막고 있어 조금도 움직이지 못하는 답답함 외에는…….』

이 봉인은 구르의 봉인과 똑같았다. 그렇다면 구르도 똑같은 답답함을 느꼈다는 뜻이다. 나하사는 미간을 찌푸렸다. 정령은 말을 이어 나갔다.

『다행히 시간이 흐를수록 벽은 점점 얇아지더군요. 그러나 얇아지기만 할 뿐, 없어지지는 않아서 벽에서 빠져나가는 것은 포기할 수밖에 없었습니다. 그런데 얼마 전부터… 불과 몇 십 년 전부터일 거예요. 벽 바깥에서 자꾸 소리가 들리더군요. 나의 조용한 잠을 방해하는… 소리가.』

정령의 목소리가 떨렸다. 살짝 웃는 것도 같았다.

『아주 조그만 인간의 아이였습니다. 다른 이들은 찾지 않는 자신만의 비밀의 장소라고 생각했던 건지, 아이는 이곳에 자주 왔습니다. 나는 아이가 이곳에서 자신의 친구를 험담하고, 짝사랑의 고민을 털어놓고, 부끄러웠던 일, 자랑스러웠던 일을 얘기하는 것을 계속 들어 왔습니다. 나는 아이가 고래 잡은 날도 기억하고 있지요.』

그 아이가 불쌍해진다. 아마도 아무도 없다고 생각해서 혼자 푸념을 늘어놓은 것일 터였다. 나하사는 어항 속 연자리에게 주절주절 혼자 떠든 게 생각나서 그 아이가 남처럼 느껴지지 않았다.

『인간은 참으로 빨리 자라더군요. 아이는 어느새 한 사람 몫의 일을 할 만큼 자라났어요. 이곳을 떠나 다른 어려운 이들을 도우러 간다며 긴장한 목소리로 말하고는 떠났습니다. 나는 아이를 영원히 보지 못할 것을 각오했지만… 아이는 얼마 되지 않아 돌아왔습니다. 후로는 하루도 멀다 하고 이곳에 들러서 괴롭게 중얼거렸습니다.』

"……."

『미안하다고.』

늦은 밤 봉인을 깨러 왔을 때 심각한 얼굴로 혼자 찾아왔던 청년 신관이 그 아이일 거라 추측한 나하사는 다시 미간을 찌푸리는 수밖에 없었다. 이래서 남의 사생활은 듣지 않는 게 좋다.

『잘은 모르겠으나, 버려두고 와서 미안하다고 말했습니다. 자신은 신관 자격이 없다고, 결국 아무도 돕지 못했다고… 제발 용서해 달라고 매일같이…….』

사실 그자가 어떤 고민을 하고 있든, 무엇이 미안하다는 것이든 상관없었다. 관심도 없고. 나하사는 이별이라도 했나 보지, 하면서 정령의 말을 기다렸다.

『나는 그 아이의 곁에 있고 싶습니다.』

"…어?"

눈이 번쩍 뜨인다.

"그의 정령이 되는 겁니까?"

정령이 고개를 가로저었다.

『그는 나를 느낄 수 없습니다. 보통 사람들은 나를 보지 못하지요.』

"나는 당신을 보잖아요."

『당신이 친화력이 있기 때문이겠지요.』

"아……."

그제야 책에서 보았던 것이 생각났다. 정령을 소환하기 위한 가장 기본 조건이라던 친화력.

『그 아이의 정령이 될 수는 없겠지만, 곁에 머물고 싶습니다. 허락해 주시겠습니까?』

정령이 공손하게 물었다. 나하사는 기겁하며 손을 내저었다.

"내, 내가 허락하고 말고가 뭐 있어요. 당신이 원한다면 얼마든지 그렇게 해요."

『감사합니다, 나의 은인.』

나하사는 정령술에 대한 미련 같은 건 없었다. 사막섬에서 사막 엘프 소녀가 보여 주었던 정령술은 분명 경이로웠으나, 그런 경이로움을 일으키기까지의 과정이 몹시 힘들 거라는 건 쉽게 짐작할 수 있었다. 나하사는 정령술을 배우기 위해 투자할 시간이 없었다.

"곁에 머물기만 할 뿐이죠?"

『네, 분란을 일으킬 생각은 없습니다. 마법은 풀지 않으셔도 돼요.』

모든 것을 아는 듯한 정령의 말에 살짝 미안해졌다.

나하사는 언제나 봉인을 해제할 때마다 자신의 피를 섞어 마법을 걸었다. 봉인에서 풀려나는 것의 힘을 억누르는 마법이었다. 봉인에서 무엇이 튀어나올지 모르니 당연한 절차였다.

"적당한 정도의 힘은 쓸 수 있을 거예요."

나하사는 괜히 미안해져서 말했다. 그래도 처음 보는 정령을 위해 마법을 풀어 줄 마음은 전혀 없었다. 구르가 동족의 손톱에 크게 다쳤을 때에도 풀지 않았는데.

『감사합니다. 내가 뭔가 도울 일이 있을까요?』

"그냥, 들키지 말고 잘 살면 됩니다."

대답한 나하사는 한 박자 쉬었다가 다시 입을 열었다.

"그런데 정말 괜찮겠어요? 그 사람은 당신을 볼 수 없어요."

『상관없습니다.』

"당신이 있다는 것조차 모를 텐데요."

『괜찮습니다.』

정령이 웃었다. 이번에는 웃음소리가 확실하게 들렸다. 마치 머릿속에 바람이 부는 것 같았다.

『봉인된 수백 년간… 내게 말을 걸어 준 단 한 명의 인간입니다. 나는 그 아이가 있어 버틸 수 있었습니다. 내 외로움을 달래 준 그 아이에게 은혜를 갚고 싶습니다.』

나하사는 천천히 눈을 깜박였다. 수백 년 동안 말을 걸어 준 단 하나의 인간……. 춥고 어두운 곳의 굶주린 어린아이에게 손을 내밀어 준 유일한 사람……. 그 사람이 베풀어 준 따뜻함을 조금이나마 갚고 싶어서, 그 사람의 유언이었던 마왕 부활을 위

해 고대마법과 흑마법을 배운 소년이 정령의 마음을 이해하지
못할 리가 없었다.

투명마법을 시전한 후 정령을 데리고 나왔다. 입원실 앞까지
가는 동안 정령은 조근조근 자신의 이야기를 전해 왔다. 자신은
바람의 정령이고, 도움이 필요하다면 언제든 다시 오라고. 나하
사는 고개를 끄덕였지만 사실 다시 올 리는 만무했다. 방이 있
는 복도에 도착한 나하사가 헉, 숨을 들이켜고 모퉁이로 숨었
다. 정령이 반갑게 속삭였다.

『그 아이군요.』

청년 신관 폰이 입원실 바로 앞에서 서성이고 있었다. 역시나
저 사람이 그 아이였구나. 나하사의 얼굴 주위를 맴돌던 정령이
포르르 날아갔다. 청년 신관은 귀며 볼이며 머리를 스쳐 지나가
는 정령을 전혀 느끼지 못하는 것 같았다. 나하사는 투명마법을
풀고 발소리를 내며 다가갔다. 청년 신관이 돌아보았다.

"어딜 갔다 오는 겁니까?"

"그냥 바람 쐬러요……."

나하사는 답하며 정령을 보았다. 저렇게 하얀빛을 뿜으며 움
직이는데 청년 신관은 정말, 아무것도 안 보이는 것 같았다. 머
리부터 발끝까지 정신없이 날아다니던 정령은 마침내 청년 신
관의 오른쪽 어깨 위에 앉았다.

『이렇게 생긴 인간이었군요. 푸른색 눈에, 검은 머리. 턱수염

이 조금 났네요. 아랫입술이 헌 걸 보니 요즘 속상한 일이 있나 봅니다.」

정령은 반가움을 숨기지 않았다. 턱에 조그만 얼굴을 부비기도 했고 두 팔을 벌려 안기도 했다. 청년이 아무것도 느끼지 못하는 건 상관없어 보였다. 자신을 느끼지도, 알아보지도 못하는 아이에게 정령은 조금의 서운함도 느끼지 않는 것 같았다.

저렇게 좋아하는데, 왜 저 청년은 친화력이 없는 걸까. 나하사가 쓸쓸하게 웃을 때였다.

"들어가죠."

청년 신관이 병실 문을 열었다. 나하사는 잠깐 이 병실이 청년 신관의 방이었나 생각했다. 방은 조용하고 어두웠다. 구르에게 이불을 뒤집어씌워 놓아서 다행이다. 진은 의자에 기대고 앉아 있었는데, 눈을 감고 있었으나 자는 것 같지는 않았다. 나하사는 빈 의자를 끌고 와 앉았다.

"치유는 끝난 거 아닌가요? 피곤해서 좀 자고 싶은데요."

"할 말이 있어서 왔습니다."

나하사가 움찔했다. 설마… 전에 험하게 말한 걸 앙갚음하려고? 청년이 품속에 손을 집어넣었다.

"이, 이봐요……!"

나하사가 벌떡 일어났다. 설마 칼?

"저!"

"받으십시오."

그러나 청년이 꺼낸 것은 작은 꾸러미였다. 나하사는 눈을 깜박거렸다.

"뭐죠?"

"당신이 주신 기부금입니다."

허무해지면서 묘하게 기분 나쁘다. 나하사는 눈썹을 찌푸렸다.

"괜찮아요."

"받으십시오."

"그냥 쓰세요. 어차피 난 돈 많습니다."

"받아 주십시오."

청년 신관이 선 채로 두 손으로 꾸러미를 내밀고는 허리를 숙였다. 나하사가 깜짝 놀라며 청년의 어깨를 잡고 일으켰다.

"왜, 왜 그래요?! 갑자기!"

"나는… 우리는 당신에게 돈을 받을 수 없습니다."

청년의 얼굴이 일그러졌다. 어느새 눈가가 붉어져 있었다. 코끝도 빨간 게 꼭 울려고 하는 모양새라 나하사는 입을 쩍 벌렸다.

'우리를 위해서야. 너희… 마다스 사람에게 돈을 받을 수는 없어.'

용사단, 사루비아의 말이 생각났다. 소년은 이해할 수 없었다. 뭐지? 신종 인종차별?

"도망쳐서… 죄송합니다."

"무슨 말이에요? 대체."

"도움이 필요했을 텐데… 당신들을 두고 가서……."

청년이 힘겹게, 띄엄띄엄 말하고 난 후에야 이해할 수 있었다. 이들은 마다스에 세워졌던 크림 신전을 얘기하고 있는 것이다.

마다스의 크림 신전은 한 달 만에 문을 닫았다. 꾸역꾸역 몰려드는 사람들을 감당할 수가 없었다. 아무도 도와주는 이 없었던 가난한 나라의 병든 이들은 누구에게나 도움의 손길을 내미는 따스한 빛에 중독자처럼 끌려 들어갔다.

그중엔 자신도 있었다. 아직 어렸던 자신. 뼈밖에 남지 않은 조그만 아이는 저 따뜻한 빛에 한 번이라도 닿아 보고 싶어서 좁은 신전 문 앞에 가득 몰려든 이들 사이에 끼었다. 어린아이는 깨끗한 옷을 입은 사내들의 손에서 하얀빛이 뿜어져 나오는 것을 보았다. 무엇을 하는 걸까. 그저 따뜻해 보인다는 것밖에는 알 수가 없었다. 어른들 틈바구니에서 신전 안에 들어가고자 애쓰던 조그만 아이가 떠올랐다.

나하사는 쓰게 웃었다. 자신은 들어가지 못했다. 눈앞에서 크림 신전의 문이 닫혔다. 그리고 다시는 열리지 않았다.

"죄송…합니다. 끝까지… 있었어야 했는데."

청년 신관이 재차 말했다. 이제 이해할 수 있다. 도망쳤다고 생각하고 있는 것이다. 도움이 필요한 자들을 버려두고 도망쳤다고.

"괜찮아요. 당신들이 떠났다고 사람들이 딱히 더 절망했던 것도 아니고."

마다스인들에게 돕는다, 도움을 받는다는 개념은 존재하지 않았다. 따뜻한 밥을 원하듯이 그저 따스해 보이는 빛에 닿고 싶었던 것뿐이고, 결국에는 흙을 파먹거나 굶게 되는 것처럼 빛도 사라졌다. 그저 그뿐이다. 언제나처럼. 그저 일상이었다. 그들이 왔다가, 사라진 것도.

"정말 괜찮아요. 아무도 상처받지 않았을 겁니다. 마음에 두지 마세요."

나하사가 일부러 웃어 보였다. 그러나 청년은 웃지 않았다. 정령은 청년의 어깨 위에 가만히 앉아 있었다. 청년은 아랫입술을 살짝 깨물고는 망설이다가 말했다.

"제가… 마다스에서 가장 힘들었던 건."

"……"

"고맙다는 인사가 없다는 거였습니다."

나하사는 흠칫 놀랐다. 무심코 구르가 잠들어 있을 볼록 튀어나온 이불을 바라보았다. 자고 있겠지? 그렇겠지?

"그건 미안해요. 우리나라 사람들이 좀… 그런 걸 모르죠."

"이해합니다. 그들은 그게 고마운 건지도 몰랐을 겁니다. 그저 어리둥절했겠죠. 왜 이 사람들은 내 아픔을 고쳐 줄까. 왜 내게 먹을 것을 주는 걸까."

청년이 고개를 수그렸다. 나하사는 자신보다 적어도 열 살은 많아 보이는 남자가 눈물을 뚝뚝 흘리며 우는 장면을 넋 놓고 보았다. 이상하게도 추해 보이지가 않았다.

"고마운 것도… 왜 고마워해야 하는지도 모를 만큼 절망에 익숙해진 사람들을……."

울음 섞인 목소리였다.

"그런 그들을 보는 게··· 더욱 마음이 아팠습니다."

나하사로서는 동의할 수 없는 말이었다. 절망에 익숙한 이들은 행복한 편이다. 더 이상 받을 상처가 없으니까. 그러나 이 생각을 지금 이 상황에서 입 밖으로 내뱉으면 안 된다는 건 알 것 같았다. 나하사는 자리에서 일어나 짐을 뒤졌다. 색이 바랜 손수건을 꺼내 청년에게 던져 주었다. 청년은 주저하지 않고 패앵, 코를 풀었다. 마다스의 소년은 내심 상처받았다. 눈물 닦으라고 준 건데. 그 사람이 준 소중한 손수건인데…….

"눈물 좀 그쳐요."

"미안합니다."

"미안해하지 않아도 돼요. 그 사람들은 당신이 왜 미안해하는지조차 모를 테니까."

그 말에 청년 신관의 얼굴이 더욱 아프게 변했다.

『위로 좀 해 주시죠?』

가만히 있던 정령의 한마디가 나하사의 등골을 서늘하게 했다.

"근데 진짜로 미안해할 필요 없어요. 그 저주의 땅을, 누구도 손 내밀지 않았던 그곳을 도우려고 했다는 그것만으로도 얼마나 대단한 일인데요."

나하사가 말을 멈추었다. 말하다 보니 코끝이 찡해졌다. 진은 자는 척하고 있는 게 분명하고 구르는 코 고는 소리가 들리지 않는데. 이런 모습 보이기 싫었다.

'나한테 고맙다는 말 아직 안 했다는 거 아나 개굴.'

며칠 전 구르의 말이 떠오르지 않을 수가 없었다. 고맙다는 말, 사실은 얼마든지 할 수 있다. 별것 아닌 일로는. 심지어는 좌약을 줬을 때도 고맙다고 말하지 않았던가. 그런데 정말 고마운 일에는 고맙다고 말을 못 하겠다. 이게 그냥 쑥스러움 때문인지, 아니면 가여운 나라의 핏줄 때문인지 모르겠지만.

나하사는 한숨을 쉬었다.

"당신들은 분쟁 지역에 신전을 세 곳이나 두고 있잖아요. 그건 아무나 할 수 있는 일이 아닙니다. 그런 사람들이 과거의 작은 흠집에 얽매여 있다는 게 이해가 안 되네요."

『그걸 지금 위로라고 합니까?』

정령의 목소리가 날카롭다.

"아니, 그니까 내 말은 흠집이란 게 아니라… 정말 미안해할 필요 전혀 없다는 말이 하고 싶은 거예요. 본인들이 상처받지 않은 일이니 가해자는 없는 거나 마찬가지니까……."

"받으십시오."

나하사의 말을 끊으며 청년이 기부금을 내밀었다. 저 보석을 이제는 받지 않을 수가 없다. 나하사가 떨떠름하게 받았다. 청년이 냉정하게 말했다.

"마다스인들은 위로에도 서투르군요."

정령이랑 인간이 쌍으로 아주…….

"언젠가 다시 그곳에 신전을 세울 겁니다."

"……."

"다시 세웠다가 또 문을 닫았을 때, 그때는 그 나라 사람들이 상처받을 수 있게 하는 게 제 목표입니다."

언뜻 들으면 상처 주는 게 목표라는 것 같다. 나하사는 샐쭉한 표정으로 말했다.

"그것참 사악하네요. 그렇게 미움 받고 싶나."

"하하."

청년은 만난 후 처음으로 미소 지었다. 냉정하고 차가웠던 인상이 놀라울 정도로 부드럽고 따뜻해졌다.

"어쩔 수 없습니다. 상처를 치유하기 위해서는, 우선 받은 상처가 있어야 하는 거니까요."

처음보다는 꽤나 가벼워진 목소리였다. 청년 신관, 폰이 뒤돌아 문고리를 잡았다.

"고마웠습니다."

"……."

마다스인들을 상처 입히겠다는 인간이 다시 부드럽게 미소 짓고는 방을 나갔다.

『고마웠어요.』

정령이 아직 머무르며 말했다.

『언젠가 도움이 필요할 때 오세요. 당신을 돕겠습니다.』

나하사는 멍하니 고개를 끄덕였다.

"그는 당신을 보지 못할 거예요, 영원히……."

그런데도 괜찮겠냐는 말은 구태여 입 밖에 내지 않았다. 커다란 검은 눈의 정령은 잠시 나하사를 보다가 문밖으로 사라졌다. 분명 표정을 읽을 수 없는 얼굴인데, 왠지 활짝 웃었던 것처럼 느껴졌다. 짧은 시간에 엄청 많은 일이 일어난 것 같다. 폰은 소년 마법사에게 과거의 기억을 상기시키고 떠났다.

마다스. 음울하고 잔인한 할렘의 기억.

"나하."

"그만."

침대 위의 불룩 튀어나온 부분이 슬금슬금 움직이며 말을 꺼내려 하자 나하사가 잽싸게 가로막았다.

"쪽팔리니까 아무 말 하지 마."

"……."

"진, 너도야!"

나하사는 소리치고는 침대 위에 엎드려 베개에 얼굴을 묻었다. 당장 일어나서 가야 하는데. 이곳을 나가야 하는데.

…마다스의 할렘. 춥고 어둡고 배고팠던 기억이지만, 떠올리는 건 싫지 않았다. 사실은 불행하다고 생각한 적도 없었다. 왜냐하면 기억의 끝에서 자신은 그 사람과 만나기 때문이다. 삐쩍 마른 사나운 눈의 아이에게 너무나 다정했던 사람과.

그리고 지금은…….

구르가 이불 밑에서 말없이 움직이더니 나하사의 어깨에 꼭 붙어 앉았다. 어깨에서부터 온기가 퍼져 나갔다.

나하사가 갑자기 벌떡 일어섰다.

"나하야?"

아무 말 하지 말라고 했는데도 구르가 눈을 동그랗게 뜨고 이름을 불렀다.

나하사는 작게 읊조렸다.

"로데·바·차임."

아무런 설명 없이 행한 고대마법. 주문이 끝났는데도 무언가 빛이 반짝인다든가 어둠이 내려앉는다든가 하는 변화는 없었다. 그러나 구르는 알 수 있었다. 봉인이 해제된 후부터 자신의 힘을 억누르고 있던 무언가가 사라졌다는 것을.

"앞으로는 다치지 마. 아니, 다쳐도… 절대로 나 대신 다치지는 마."

살짝 얼굴이 붉어진 나하사가 입술을 삐죽이면서 말했다. 쑥스러워하는 것처럼 보였다. 이 아이 나름의 고맙다는 표현인 것이다. 구르가 활짝 웃었다.

"싫다 개굴. 나는 앞으로도 나하가 위험하면 뛰어들 거다 개굴."

"뭐? 이 개구리가!"

나하사가 입을 떡하니 벌렸다.

"기껏 마법까지 풀어 줬구만!"

"뭐라고?"

아주 서늘하고 냉담한 목소리에 나하사가 움찔했다. 진이 무시무시한 눈빛으로 보고 있었다.

"빵꾸에게 건 마법을 푼 건가? 왜 나는 풀지 않지?"

"하하……."

"당연한 거 아닌가 개굴. 나랑 시커먼스랑 같나 개굴?"

나하사는 웃기만 하고 답을 못하는데 구르가 짜리몽땅한 허리에 손을 얹고 눈을 치켜떴다.

"후후후. 이 몸과 시커먼스의 위치는 격이 다르다는 걸 이 기회에 뼈저리게 느끼도록 해라 개굴!"

그러나 진은 늘 그렇듯 개구리는 무시하고 나하사만 바라보았다.

"이봐, 당장 내게 건 마법을 풀어라."

"날 무시하지 마라 개굴!"

"내게 이런 대접을 하고도 무사할 것 같은가."

"내 말 듣고 있나 개굴!"

이윽고 진과 구르의 '누가 더 서로 말을 무시하나' 대회가 펼쳐졌다. 원래 주제는 잊고서 상대방과는 다른 화제의 말에만 주력하는 두 마족을 보면서 나하사는 조용히 미소 지었다.

제3장

조우(遭遇)

힐본세에 경계 발령이 떴다. 비행선은 물론, 배도 뜨지 않았으며 텔레포트 게이트도 더 이상 일반인들에게 열리지 않았다. 해제범이 힐본세에 있다는 소문이 쫙 퍼졌기 때문이다.

나하사는 비행선 이착륙장 옆의 조그만 마차 주차장에 쭈그려 앉아 아침밥 대용 꽈리고추를 우물우물 씹으며 생각했다. 안 노르의 아들은 해제범이 힐본세에 있다는 것을 일주일 전에 알았을 텐데 생각보다 늦은 대처다. 무슨 일이 있었나?

"다 들었다 개굴."

앞으로의 행보에 대해 생각하고 있을 때였다. 410 마족 추모비를 진과 함께 돌아보던 구르가 폴짝폴짝 뛰어왔다.

"뭘 들어?"

"전에 있던 곳에서 나 몰래 봉인을 해제했다고 개굴!"

나하사가 움찔했다. 진 녀석이 말했구나! 그런데 움찔하는 자신이 이상하게 느껴졌다. 아니, 봉인을 깬 게 무슨 죄라고? 아니, 물론 죄는 맞지만 구르한테는 전혀 해가 되는 게 아닌데.

"좀 쉬면서 해라 개굴. 그러다 혹 가는 거다 개굴."

"그럴 만큼 부담스러운 마법진도 아니었어."

"정말 못 산다 개굴. 그래서 이번엔 뭐가 나왔나 개굴?"

"정령."

대답한 사람은 나하사가 아니었다. 두건을 쓰지 않아 그대로 드러난 꽃미모를 뽐내며 흑장발의 마족이 걸어왔다.

"약해졌지만, 그래도 상급 정령이더군."

"보였어?"

진은 대수롭지 않게 끄덕였다. 친화력이 있는 자만 정령을 느낄 수가 있다던데, 마족과 정령은 의외로 궁합이 좋은 걸까.

"그리고 봉인 해제를 쉬어서는 안 된다."

"뭐라 개굴?"

구르가 펄쩍 뛰었다.

"하루라도 빨리 마왕을 부활시켜야 한다. 지금도 이렇게 쉬고 있을 틈이 없어."

냉정한 소리였지만 사실이었다. 나하사가 꽈리고추를 마저 삼키고 일어났다.

"나하야, 앉아라 개굴. 내가 후배 교육을 좀 해야겠다 개굴!"

"그것참 든든하네."

나하사는 구르를 들어 머리 위에 올렸다. 구르는 못마땅하다는 듯이 소년의 머리통을 짧은 팔로 탕탕 쳤다.

"시커먼스, 이리 좀 와 봐라 개굴."

아니, 안 왔으면 좋겠는데. 저 키 큰 놈이 가까이 있으면 비교가 더 심하게 된다. 진은 구르를 힐끗 보고는 다시 추모비로 고개를 돌렸다. 노골적인 무시에 구르가 꽥 소리를 질렀다.

"그래, 거기서라도 들어라 개굴! 나하는 우리의 봉인을 풀어 준 은인이다 개굴. 은인에게 그런 식으로 말해서는 안 된다 개굴. 그리고 나하는 인간이라 수명이 짧은데 즐기며 사는 시간이 많아야……!"

"시끄럽다, 똥꾸."

진이 한쪽 눈썹을 우아하게 찌푸리며 한 말에 구르는 뒷목을 잡았다.

"선배님이라고! ……근데 선배의 고대어는 빵꾸 아니었나 개굴?"

"아!"

진이 가볍게 탄성을 냈다.

"실수했군. 시끄럽다, 빵꾸."

"끄아아아아아악!"

머리 위에서 구르가 악을 쓰며 날뛰어서 나하사가 귀를 틀어막았다. 그러나 심정은 이해한다. 저놈 진짜 밉상이야!

"쟤 지금 일부러 저러는 거지! 으악! 나하야, 쟤 좀 어떻게 안 되겠나 개굴!"

"이곳에서 사백이 넘는 마족이 소멸한 건가?"

"나하야, 쟤 좀 봐라 개굴! 내 말 듣지도 않는다 개굴!"

"안타까운 일이군. 역시 마왕이 어서 부활하지 않으면……."

"끄아아악! 귀는 폼으로 달고 있나 개굴?!"

늘 보는 광경이다. 나하사는 구르를 머리 위에 올린 채 후드를 썼다.

"구르, 네가 참아. 진이 더 나이가 많잖아."

아무리 마족 간 서열이 없는 시대가 되었다고 해도 본래 마족들 사이에는 계급 차이가 상당하다고 들었다. 진은 드래곤 산맥에 봉인됐을 정도로 고위 마족이니 구르와는 차이가 꽤 클 것이라고 생각했다.

"우리에게 나이는 숫자일 뿐이다 개굴!"

"나이가 바로 계급으로 이어지는 거 아냐?"

"나하가 우리가 서열을 매기는 방식을 어떻게 알고 있는 건가 개굴? 옛날에는 그랬다 개굴."

오래 살수록 약해지는 인간과 달리 늙지 않는 신체를 가진 마족은 오래 살수록 더욱 강해진다. 나하사는 마왕 부활에 필요할까 싶어서 마족에 관한 기록은 구할 수 있는 것이라면 모두 구해 읽었다. 무조건 마족을 악으로 모는 극단적인 기록뿐이라 신빙성 없는 게 대부분이지만.

"구르, 너는 고위마족이라고 했지? 몇 살 정도야?"

"우리는 나이를 세지 않는다 개굴."

"대충 몇 년 정도 살았는지도 몰라?"

구르는 생각하다 답했다.

"천 년이 넘은 건 확실하다 개굴."

"뭐?"

대륙공용어를 알고 있고 백 년 전 종이 만화 작가가 죽었다고 아쉬워하던 놈 나이가 천이 넘었다고?

"야, 내가 그런 걸 믿을 것 같냐?"

나하사가 코웃음 치자 구르가 진지하게 말했다.

"봉인이 백 년쯤 된 것뿐이지, 나는 천 살이 넘었다 개굴."

"진짜로?"

"왜 이렇게 못 믿나 개굴."

"아니……."

나하사가 미간을 찌푸렸다. 태어난 마족이라고만 생각했는데! 하지만 전에 구르가 했던 말을 떠올려 보니, 마왕이 봉인당하고도 아직 공간이 열려 있을 때 마기를 구하기 위해 내려왔다가 자기도 봉인됐다고 말했던 게 기억이 났다. 학자마다 의견이 분분하지만 마왕이 봉인당한 게 이삼천 년 전쯤의 고대시대 중기로 추측하니까… 잘하면 삼천 년이 넘었을지도 모르겠다. 지금 내 머리 위에 적어도 이천 살이 넘은 놈이 올라가 있단 말이지. 왠지 머리가 더 무거워지는 기분이다. 나하사는 짐을 들고 마차 주차장을 빠져나가며 말했다.

"그러면 혹시 진보다도 나이가 많은 거 아냐?"

"오오!"

구르가 후드 속에서 펄쩍 뛰며 반색했다.

"어이, 시커먼스 너 태어난 지……."

시커먼스가 기다렸다는 듯 답했다.

"내 마지막 기억은 5천 살 생일잔치다. 선물로 아다만티움 양말을 받았었지."

구라까네. 나하사가 피식 웃었다. 반면 구르는 침울해졌다.

"역시 나이는 내가 더 어린 것 같다 개굴."

"…힘내."

우울해하는 구르가 귀여워서 나하사는 세상에 아다만티움 양말 같은 건 없다는 사실은 알려 주지 않았다.

한 곳에만 머물러 있으면 위험하니 본래는 완전 반대쪽인 대륙 서단으로 가려고 했었다. 그러나 힐본세의 경계 발령 덕에 어디로도 갈 수 없게 됐다. 나하사처럼 발목이 묶인 이들이 비행선 이착륙장 건물 안에 우글우글 모여 있었다.

"이게 다 뭔 일이야?"

"비행선이 한 대밖에 안 뜨는 건 처음 있는 일 아녀?"

"톤토와 이바노브, 마다스 삼국으로의 육로도 모두 막혔고."

"배도 뜨지 않는다지."

사람들이 입을 모아 외쳤다.

"이게 다 해제범 때문이야!"

아무리 해제범이 힐본세에 있다지만 그렇다고 한 국가의 출입로를 모두 봉쇄했는데, 그것도 경계 발령을 내린 게 힐본세의 국왕도 아니고 대평협(대륙평화협회)도 아니며 그저 타국 사람들로만 이루어진 용사단인데도 사람들은 아무도 그들을 탓하지는 않았다. 단지 해제범을 욕할 뿐이었다.

"으으, 주위에 해제범이 있을 거라 생각하면 무서워."

"맞아, 그 사이코패스 녀석……."

"그런데 좋은 게, 대신 용사단이 여기에 오잖아?"

"적발의 무속 검사를 볼 수 있어!"

정말 긍정적인 사람들이다. 용사단에 대한 평은 언제든 달라지지 않았다. 며칠째 해제범 뒤꽁무니만 따라다니고 있는데도 용사단을 무능력하게 보는 사람은 한 명도 없었다. 그건 용사단 멤버들 덕이라기보다는 니스너 실 누소즈에 대한 사람들의 무한하고도 절대적인 신뢰 덕분이었다.

"여기 서서 무얼 하는 건가?"

진이 낮고 음험하게 말했다.

"고민 중이야. 어디로 갈지."

"가장 가까운 봉인소가 어디지?"

"이바노브 아시오의 타닐리 시에 주요봉인소가 하나 있긴 해……."

그러나 그곳은 좀 위험하고. 나하사가 한숨을 쉬었다. 어디로 가든 빨리 이곳을 벗어나야 하는데 드래곤 산맥을 통하는 방법뿐이다. 하지만 지금은 늦여름이고 이제 곧 가을이 올 것이다. 여름이 아닌 때에 드래곤 산맥에 들어가는 건 드래곤에게 맛있게 드셔 달라고 몸을 바치는 것이나 다름없었다.

비행선을 탈까? 사실 삼십 분 후에 마지막 비행선 한 대가 뜨

긴 한다. 다만 그게 이바노브 아시오의 수도로 향하고, 그 수도
에는 깐깐한 황궁마법사 안 노르와 창공의 날개의 기사단장이
있다는 게 문제다. 게다가 고소공포증이 있어서 비행선은……

"으아아! 어떡하지!"

머리를 쥐어뜯고 싶은데 머리 위에는 구르가 자고 있고. 사람
들 많은 곳에서 후드 속 구르를 꺼내 내려놓을 수도 없고. 진은
어디든 빨리 가자고 재촉하고 있고. 그런데 떠날 방도는 없고.
답답함에 머리가 아파질 때였다.

"아얏!"

"개구리다!"

"개구리가 있다!"

갑자기 터진 사람들의 비명에 나하사는 깜짝 놀랐다. 로브 후
드는 제대로 쓰고 있는데? 뭐, 뭐지?

"해제범인가?"

"해제범이 이곳에?"

건물 안이 소란스러워졌다.

"꺄아아아!"

비명을 지른 이는 나하사 근처에 있던 여자였다.

"개, 개구리……!"

시끄러운 소리에 우웅 뭐냐 개굴, 하며 일어나는 머리 위의 구
르를 손으로 꾸욱 눌렀다. 말도 안 돼, 보이지도 않을 텐데! 하
얗게 질린 나하사가 여자를 보니, 여자의 시선은 나하사를 조금

비껴가 있었다.

"무슨…… 헉!"

뭔가 하고 뒤돌아본 나하사가 깜짝 놀랐다.

"개구리다……."

참으로 건장한 체격의 개구리구나……. 진보다도 키가 클 것 같은 근육질 남자가 개구리 탈을 쓰고 서 있었다. 그리고 그 뒤로 개구리 탈을 쓴 네 명의 사내가 팔짱을 끼고 당당하게 도열해 있었다. 팔뚝에는 완장을 달았는데, 그 완장에는 러블리 lovely라고 쓰여 있었다. 나하사가 눈을 크게 떴다. 설마 러브 남매의 팬클럽?

"아, 맞아. 러브 남매의 이번 신곡이 개구리 찬가라며?"

"개구리가 콘셉트인 곡 말이지."

사람들이 이해한다는 듯 끄덕였다. 아이돌 음유시인 중에서도 러브 남매의 팬클럽은 극성맞기로 유명했다. 러브 남매가 신곡을 들고 나오면 팬클럽은 사람들이 많이 모인 곳에 불시에 나타나 무려 1도레가 넘는 영상음악기로 음악을 틀고 춤을 춘 후, 음악이 끝나면 조용히 사라진다. 그런 식으로 노래를 홍보해 주는 것이다.

"와아아아!"

"어디 구경 한번 해 볼까?"

긍정적인 우리대륙 사람들은 해제범의 상징인 개구리에 대한 것은 잊고 손뼉을 치며 러블리 주위에 빙 둘러섰다. 어쩌다 보니 나하사는 본의 아니게 관중의 맨 앞에 서게 되었다. 개구리 탈을 쓴 러블리는 묵묵히 영상음악기를 설치하고 대열을 맞추었다. 딴 딴 따라 딴, 가벼운 전주와 함께 곡이 시작되었다.

"어느 날 내가 지치고 힘들 때 손을 내밀어 준 작은 동물. 아파 쓰러져서 절망적인 순간 붉은 약초를 주고 갔네. 푸른 하늘 너머 구름 산을 지나면 미지의 세계가 있어. 우리 정령이 있고 인어가 헤엄치는 곳에서 개구리가 왔네. love love love we love 개구리 개굴 개굴 개굴 개구리의 은혜."

후드 속에서 몸부림치던 구르가 갑자기 죽은 척했다. 나하사는 피식 웃었다. 그래, 너를 마른 개구리 포로 만드는 걸 깜빡했구나. 러브 남매한테 들켜 놓고서는 뻔뻔하게 모른 체하고 있었다니. 러브 남매의 이번 신곡은 화려하지는 않았지만 박자가 익숙하고 가사가 귀여웠다. 간주 부분에서 모두가 박수를 치며 환호했다.

"오오, 이번 곡 좋다!"

"뭔가 따뜻한 느낌이야."

저 따뜻한 노래가 어느 마족에게는 사형 선고로 들리겠지.

2절이 시작되기 전에 개구리 탈을 쓴 사내가 영상음악기를 잠시 껐다.

"여기 혹시 러블리 계십니까?"

보통은 깜짝 공연 후 말없이 사라지는데, 왠지 이번엔 노래를 하다 말고 개구리 탈을 벗으며 말을 걸었다. 아주 활발해 보이는 감색 머리 청년이었다.

"이바노브의 이담 시에서 러브 남매의 이번 신곡 두 번째 공연이 있는데, 개인 비행선으로 보러 가기로 했습니다. 혹시 그쪽에 볼일이 있는 분은 공짜로 태워 드리겠습니다."

"뭐어?"

"오오!"

깜짝 소식에 사람들이 너도나도 손을 번쩍 들었다. 다들 발이 묶인 상황이다 보니 마치 복권 당첨 발표 같았다. 물론 나하사도 손을 번쩍 들었다. 이담은 이바노브의 서쪽에 위치하고 있어 소냐르와 국경을 함께하는 곳이다. 바로 근처에 드워프와 엘프가 살고 있는데, 엘프의 마을에는 주요봉인소도 하나 있다.

"다만 러블리에 한해서!"

러브 남매의 팬에 한해서만 공짜로 태워 주겠다는 말이었다. 손을 번쩍 들었던 사람 중 절반이 손을 내렸다. 감색 머리의 청년은 연이어 말했다.

"그리고 러블리임을 확인하기 위해 퀴즈를 세 개 내겠습니다!"

"좋소!"

"다 맞춰 주지!"

아직 손을 들고 있던 절반 중 또다시 반은 손을 내리고, 열대여섯 명의 사내들이 호기롭게 앞으로 나섰다. 그중에는 나하사도 있었다.

"괜찮겠나 개굴?"

구르가 작게 물었다. 나하사는 고개를 끄덕였다. 바다의 섬에서 러브 남매 팸플릿을 읽은 적이 있다. 그 내용은 모두 기억하고 있으니 괜찮겠지.

"자, 그럼 첫 번째 문제."

"오오!"

"이번 신곡, 1절만 틀어 드렸는데 2절 내용은 뭘까요? 참고로 서술형입니다."

주변이 조용해졌다.

"알겠나 개굴?"

"응."

생각보다 쉬운 문제인데 왜 아무도 답을 안 하지? 생각하며 나하사가 손을 들었다.

"오, 거기 로브를 입은 마법사 소년!"

그들이 나하사를 마법사라고 지칭하는 것은 로브를 입고 있기 때문이지, 정말로 마법사라고 생각해서는 아니었다.

"답을 알겠어?"

나하사는 러브 남매가 말했던 신곡 내용을 떠올렸다.

"붉은 약초를 주고 사라졌다가 다시 나타나서 빨간 끈에 묶인 편지도 전해 주고 가는 게 2절의 내용……."

"정확해! 어떻게 알았지?"

"아무도 모를 줄 알았는데, 굿 잡!"

러블리 완장을 찬 사내가 몸을 배배 꼬며 머리 위로 하트 표시를 했다. 나하사가 하하, 식은땀을 흘리며 웃었다. 사실 나하사는 몰랐지만, 러브 남매는 그저께 첫 공연을 가졌다. 그것도 힐본세도 아닌 톤토에서. 그런 러브 남매의 신곡 내용을 알고 있다는 것은 독실한 러블리가 아니면 불가능했다.

"자아, 마법사 소년은 통과!"

한 사내가 이쪽으로 오라며 손짓했다. 나하사가 힐끗 뒤에 서 있는 진을 보았다.

"저 한 문제 더 풀게요."

"어?"

"일행이 있어서."

두건 쓴 키 큰 사내를 가리키자 러블리 사내들은, 뭐 그래 그럼! 하고 고개를 끄덕였다. 다만 문제를 풀어야 하는 입장의 사내들은 표정을 찡그렸다.

"자, 그럼 다음 문제입니다!"

이번엔 아무도 내보라고 호기롭게 외치지 않았다.

"러브 남매가 공연 후 마지막으로 하는 고대마법 주문은?"

사내들이 어, 엄청 어렵다! 한 글자도 모르겠어! 하고 절망했다. 그러나 소년 마법사가 머리 위로 손을 살짝 드는데 가만있을 수는 없었다. 그 옆에 있던 다갈색 머리의 사내가 외쳤다.

"호로레 츄츄 파레로!"

"땡, 아닙니다!"

"비비디 바비디 부!"

"땡, 역시 아닙니다!"

답도 모르면서 소년 마법사가 맞추는 것만은 피하고 싶은 사내들이 그냥 무작정 외치는 것이었다. 얄리얄리 얄라셩이라든지 익스펙토 펙트로늄 같은 어디서 들도 보도 못한 말을 주문이라고 지껄인 사내들이 결국에는 숨을 몰아쉬며 입을 닫았다. 이번에야말로 나하사가 손을 들었다.

"오오, 거기 마법사 소년!"

"시그, 아, 웨이, 안."

나직한 목소리가 정확히 고대마법 주문을 읊었다.

"맙소사!"

"이건 정말 어려운 건데!"

러블리 사내들이 환호했다.

"거기 소년! 어서 이쪽으로 와."

"자네는 비행선 특등석에 앉아도 손색이 없군!"

"아하하."

나하사가 사내들 쪽으로 향했다. 뒤에서 진도 뚜벅뚜벅 말없이 따라왔다. 아, 비행선을 구해서 다행이야. 이제 안에서 조금 쉬다가 엘프 마을로 가서 주요봉인소를 깨야지. 그리고 그다음에는 소냐르에 가서 대일의 주요봉인소부터…….

"어, 뭐야? 마법사 군."

그때 계획을 짜는 나하사를 방해하는 소리가 들렸다.

"일행이 둘이잖아?"

"네? 하난데……."

"저 예쁜이도 일행 아냐?"

예쁜이라니……. 나하사가 불안함을 느끼며 돌아보자 진의 뒤에 가려져 보이지 않던 분홍 머리 여자아이가 서 있었다. 쟤는 또 언제 왔대?

"저를 버리시는 겁니까?"

언제부터 일행이었다고 네라가 청록색 눈을 투명하게 물들였다.

"어떻게 저런 여자아이를……."

"나쁜 놈이네!"

관중이 이쪽을 보며 수군거린다. 나하사가 작게 한숨을 쉬고는 다시 문제 푸는 이들이 있는 곳에 가서 섰다. 얼굴을 찌푸리는 열넷의 사내들에게 미안해하며 나하사는 문제를 기다렸다.

"자, 그럼 마지막 문제! 이건 좀 쉽습니다."

사내들이 꿀꺽, 침을 삼켰다.

"각자 러브 남매의 팬이라는 증거를 보여 주시면 됩니다. 팸플릿이든 완장이든 러블리 회원증이든 사인지든, 뭐든 좋습니다. 증거만 보여 주심 됩니다!"

"아앗! 나부터요!"

"나도 있어요, 회원증!"

사내들이 회원증과 사인받은 종이, 허리띠 등등을 품에서 꺼냈다. 반면 나하사는 가만히 있었다. 팸플릿은 이미 예전에 버렸고 다른 건 가지고 있을 리가 없을뿐더러, 저 외모 지상주의 녀석을 위해서 문제를 맞히고 싶지도 않았다.

"오, 웬일로 마법사 씨는 포기?"

"네, 뭐……."

"이보십시오!"

네라가 꽥 소리를 질렀다.

"나를 두고 갈 생각입니까! 내가 이대로 포기할 것 같습니까?"

"목소리 좀 낮춰. 넌 어차피 아무 때나 들어올 수 있으면서."

네라가 서슬 퍼런 얼굴을 하고 가까이 다가왔다.

"후.후.후."

심보 고약한 웃음소리다.

"나만 당할 순 없지요!"

"뭐… 으앗!"

네라의 손이 빛의 속도로 머리 위로 향했다. 나하사가 으악, 비명을 지르며 후드를 잡으려 했지만 이미 벗겨진 후였다.

"…개굴."

커다란 녹색 개구리가 튀어나올 듯한 동그란 눈으로 울었다.

"헉… 개구리다!"

"여기 진짜 개구리가 있어!"

X됐다……. 욕 싫어하는데 이렇게 가끔은 욕을 할 수밖에 없는 상황이 만들어진다. 사람들의 눈이 구르만큼이나 튀어나왔

다. 나하사는 하하, 웃으며 주문을 외우기 위해 입을 움직였다.

"밀·지알……."

"대단해!"

"라… 엥?"

"정말 대단하다, 너!"

활발해 보이는 감색 머리 청년이 눈을 빛내며 다가와 나하사의 손을 덥석 잡았다.

"이런 시기에도 개구리를 애완동물로 삼아 데리고 다니다니 넌……!"

"네?"

"진정한 러블리다!"

"…아."

그건가!

"네, 그렇습니다. 저는 러브 남매가 너무 좋은 나머지 해제범의 상징인 개구리조차 데리고 다니는 거였습니다!"

말투가 묘하게 설명조인 것은 누구도 눈치채지 못했다. 소년 마법사를 시기 어린 눈으로 보며 문제를 풀던 사내들조차 감동에 젖어 소리쳤다.

"당신 같은 러블리와 같은 자리에 있었다는 것만으로도 영광입니다!"

"자네가 비행선에 오르지 않으면 그 누구도 오를 자격이 없다!"

어린 소년한테 당신이니, 자네니 하는 호칭과 함께 존댓말을
하는 사내들은 거의 무릎이라도 꿇을 기세였다. 감색 머리 청년
이 구르를 슬쩍 만졌다.

"진짜 개구리라니!"

"개굴!"

그럼 진짜지, 가짜냐 개굴! 하고 소리치는 것 같다. 다행히 구
르는 말을 하지는 않아 주었다.

"내가 러블리의 단장이라는 것을 부끄럽게 만드는군! 자, 어
서 오르게. 어서 올라!"

국위 선양한 영웅이라도 보는 듯한 눈으로 다정하게 어깨에
팔을 두른다. 구르는 러블리의 다른 단원들이 데려가 어린아이
가 인형 가지고 놀듯 만지작거리고 있다.

"일행 분들도 어서 오시죠!"

진이 말없이 따라왔다. 네라는 갈래머리를 흔들거리며 당당하
게 걸었다.

"홋, 계획이었습니다."

웃기네. 아까 사람들 반응이 예상과 다른 거 보고 눈 커진 거
다 봤거든?

개인 비행선이니만큼 여타의 비행선처럼 크지는 않았다. 내부
는 러브 남매의 초상화로 꾸몄고 반짝이는 금색 종이로 만든 러
블리lovely라는 글자가 크게 붙여져 있었다. 썩 깔끔한 모습은

아니었다.

"이야, 이놈의 개구리 크기도 하다. 어디서 이런 걸 구했냐?"

"러브 남매한테 한 번 보여 드리지 않을래? 좋아하실 거야."

그들보다 족히 열 살은 어릴 것 같은 러브 남매를 존칭하며 팬클럽 청년들이 말했다. 구르는 시커먼 사내들의 손 안에서 이리저리 굴려지고 꼬집혔다. 이 상황을 싫어하는 게 얼굴에 다 드러난다. 쿡쿡. 왠지 통쾌한 기분에 나하사가 웃었다. 감색 머리 청년이 가까이 다가왔다.

"야, 쟤는 니 이거?"

비행선 벽에 기대앉은 진의 바로 앞에 정좌한 분홍 머리 소녀를 보고 새끼손가락을 들면서 묻는다. 나하사가 미간을 확 찌푸렸다.

"그럴 것 같아요?"

"…아니. 그러기엔 너무 어리지."

청년은 두건 쓴 키 큰 남자와 예쁘장한 미소녀를 보고는 턱을 쓸었다.

"아이돌 음유시인이 돼도 손색없을 것 같은데."

"사람들을 위해서도 그건 안 돼요."

"넌?"

"네?"

"너도 아이돌 음유시인이 돼도……."

더 들을 것도 없다. 나하사는 짐을 다시 들었다.

"얼마나 지나야 도착하죠?"

"음, 한 다섯 시간 정도 걸려."

"좀 자고 있어도 될까요?"

고소공포증 때문에 더 이상 서 있을 수도 없다. 사실은 출발도 안 했는데 벌써 다리가 후들거리고 있다. 감색 머리 청년이 오른쪽 통로를 가리켰다.

"저기 흰색 액자 달린 문이 침실이야."

"감사합니다."

쟤네만 둬도 괜찮을까 싶어 슬쩍 돌아보았는데 진은 관심 없이 차만 마시고 있다. 네라가 티 세트를 가져온 모양이다. 저 미남 마족이 차 좋아하는 건 또 어찌 알아 가지고.

"개굴!"

구르가 날 두고 가지 말라는 듯 개굴개굴 비명을 지르는 것을 듣고 발걸음이 살짝 멈칫했으나, 이윽고 비행선이 공중으로 날아오르는 느낌에 허겁지겁 걸었다. 방문을 열자마자 보이는 침대에 뛰어들어 쿵쾅거리는 심장을 진정시켰다. 아, 안 돼. 하늘로 올라가고 있어. 으아… 역시, 역시 안 되겠다.

"슬리……."

"어이?"

자신에게 슬립을 걸려는 순간, 나하사를 막는 목소리가 있었다.

"허억!"

나하사가 깜짝 놀라 일어났다. 조그만 책상 앞, 낡은 의자에

앉은 인영이 이제야 보였다. 한쪽 다리를 접어 올리고 책상에
턱을 괸 채 앉아 있다. 삼십 대 초반으로 보이는 사내는 콧수염
을 길러 양 꼬리를 위로 바싹 올렸고, 짙은 갈색 눈썹 아래 움푹
파인 눈이 무척 피곤해 보였다.

"넌 누구냐?"

음성 또한 무척 피곤하게 들렸다.

"그, 그쪽은요?"

"나는 이 방 선객인데."

"…아."

나하사가 벽에 등을 붙이며 말했다.

"죄송합니다. 차마 누가 있을 줄은 몰라서."

"아니, 뭐. 네가 그 개구리까지 샀다는 러블리냐?"

"하하, 네. 침대 좀 써도 될까요?"

그렇게 묻는 소년의 손이 침대보를 부여잡고 있었다.

"어… 써라."

"감사합니다."

사내의 허락이 떨어지자마자 나하사는 바싹 누웠다.

사내는 무심한 얼굴로 검은 머리 소년을 보았다. 시트를 목까
지 덮고서 작은 손으로 힘주어 쥐고 있었다. 눈을 꼭 감았는데
저렇게 힘줘서야 졸려도 못 잘 것 같았다. 고소공포증이군. 비
행선이 기류를 탈 때마다 몸이 움찔하는 게 눈에 다 보인다. 발
을 바닥에 붙이고 있는 게 더 나을 텐데. 혼자 방 안에서 할 것

도 없이 심심했던 사내는 고소공포증인 주제에 러블리의 비행선에 오른 소년을 관찰하면서 시간을 보내기로 했다. 사내의 암녹색 눈이 소년을 머리끝부터 발끝까지 훑었다.

검은색 머리, 녹색 눈동자였지. 키는 165, 체중은 55에서 57 정도로 보이고. 나이는 열여섯, 그러나 애콧살이 있고 동글동글해서 어려 보이는 거지 사실은 더 나이가 있을지도 모른다. 하얀 피부에 남자치고는 긴 속눈썹. 그리고 오른쪽 귓불에는……

사내는 자신도 모르게 소년의 정보를 기계적으로 머릿속에 입력하다가 흠칫 놀라며 벌떡 일어났다. 끼익, 조용한 방 안에 의자 끄는 소리가 거칠게 울렸으나 소년은 그런 데 신경 쓸 겨를이 없는 듯했다. 사내는 다시 소년의 귀걸이를 보았다. 저 푸른색 보석은 분명……. 사내의 얇은 입술 한쪽이 씨익 올라갔다. 어깨가 잘게 떨렸다.

이거 이거, 오랜만에 찾아온 재미있는 상황이군!

푹 자지 못했다. 눈 밑이 어두워졌을 거다. 나하사가 으으 신음하며 몸을 일으켰다.

"깼냐?"

"헉!"

옆에 아까 보았던 갈색 머리의 사내가 여전히 그 자세 그대로 앉아 있었는데, 옷만 바뀌어 있었다. 붉은색, 푸른색, 흰색, 검은색, 노란색, 다섯 색의 긴 천을 덧대 입은 복장은 크루모만의

민족의상이었다.

"도착하기 삼십 분 전에 깼군."

"벌써 그렇게 됐어요?"

선잠이 든 줄 알았는데 그래도 꽤 잔 모양이다. 나하사가 뻗친 머리를 벅벅 긁으며 일어났다. 사내는 실실 웃으며 나하사의 일거수일투족을 보고 있었다. 왠지 아까 자기 전에 보았던 피곤한 인상과는 사뭇 달랐다. 새로운 장난감을 얻은 소년 같은 얼굴을 하고 있었다. 문을 열고 나오자 사내도 따라 나왔다.

"저기."

"어이, 꼬마."

둘이 동시에 입을 열었다. 나하사는 조금 발끈했다.

"저 꼬마 아닙니다."

"그래, 몇 살이냐?"

"열여덟이에요."

"어른이구만."

사내의 웃음이 좀 더 짙어졌다.

"내 아들보다 나이가 많네. 실례했어."

"네? 아들이 있어요?"

"그래. 나만 한 키의 아들내미가 있지."

"그렇게 안 보이는데."

고작 삼십 대 초반으로 보이는 사람에게 장성한 아들이 있다니 놀라웠다. 나하사와 사내가 도란도란 이야기를 하며 화려하게 내부 장식을 해 놓은 공동 객실로 들어섰다.

"개굴!"

기다리고 있었다는 듯 구르가 나하사의 품 안으로 뛰어들었다. 작지도 않은 게 자꾸만 품으로 안기려고 하는 걸 보니 괴롭힘을 꽤 많이 당한 듯싶었다.

"이제 왔나."

"늦군요."

진과 네라도 각자의 방식으로 인사했다. 둘은 아까 보았던 그 자세 그대로였다. 진이 찻잔을 들어 홀짝 비우자 네라가 곧바로 새로 따랐다. 뭐지, 저거? 마르지 않는 찻주전자도 아니고.

"여, 러블리!"

"러브 러브!"

영상음악기 근처에서 안무를 맞춰 보던 팬클럽 사내들도 러블리만의 방식으로 인사했다. 나하사는 머리 위에 하트를 그리는 대신 목례를 해 보이고 진 옆에 앉았다.

"오, 토마스 씨도 같이 있네."

"토마스 선생님. 지금 우리 안무 맞춰 볼 건데 같이 하실래요?"

"난 나중에."

토마스라고 불린 갈색 머리 콧수염 아저씨가 실실 웃으며 나하사의 맞은편에 앉았다.

"이 개구리군."

"네? 아, 네."

구르가 화들짝 놀라며 나하사의 품에 더더욱 숨으려 한다. 나하사는 웃으며 구르의 등을 쓰다듬었다. 걱정하지 마, 안 보낼게. 얼마나 고생했으면 이럴까. 아무래도 진과 네라는 전혀 도와주지 않았던 모양이다. 잠들어 버린 자신도 할 말이 없지만.

"어이, 소년. 나는 토마스다."

콧수염이 자기소개를 하며 손을 내밀었다. 나하사는 움찔했다가 손을 내밀었다.

"하하, 반가워요."

"……"

"……"

"그쪽 이름은?"

그냥 넘어가 주길 바랐는데! 쫓기는 입장에서 본명을 밝히는 건 무척 어리석은 행동이지만, 나하사는 소중한 이가 붙여 준 이름을 속일 수 없었다.

"나하사입니다. 바다라는 뜻이고요."

"그렇군. 나하사라……."

이름을 들은 후에야 토마스가 손을 놔주었다.

"나이는 열여덟 살이고… 부모는?"

"네?"

"무슨 학교에 다니고 있나?"

"……"

"혹시 학교에 다니지 않나?"

갑자기 웬 호구조사인지 모르겠다. 나하사가 살짝 눈을 찌푸리자 콧수염이 하하, 웃으며 손을 내저었다.

"미안해, 직업병이라서."

"무슨 탐정이라도 돼요?"

"그 비슷한 거지."

애매한 대답을 들은 나하사가 더욱 미간에 주름을 만들었다. 그 표정을 본 토마스의 웃음은 더욱 진해졌다.

토마스는 이 소년을 분석하고 있었다. 아니, 요즘 들어 유명한 한 인물에 대해 알고 있는 정보와 눈앞의 소년을 대조하고 있다는 게 더 정확한 표현일 것이다. 토마스는 확신했다. 커다란 녹색 개구리. 오른쪽 귓불에 달린 인어의 눈물. 조그만 체구와 녹색 눈동자. 검은 머리는 염색이라도 했나 보지? 이 소년이 해제범이다. 해제범을 만난 것이다.

"아, 알겠다!"

돌연 소년이 손뼉을 쳤다.

"당신도 선생님이죠?"

"음?"

"왠지 그럴 것 같은데. 선생님들이 제 나이쯤 되는 아이들을 가만두지 못하나 봐요."

소년이 말하며 싱긋 웃었다.

"……"

토마스는 오랜만에 말을 잃고 멍하니 보았다. 그래, 듣던 대로 곱상한 생김새긴 하다. 그런데…….

"배가 좀 고프네."

소년이 중얼거리며 짐을 뒤적거리더니 뭔가를 꺼냈다. 흰 바탕에 빨간띠가 둘러진 튜브였다. 개구리가 못 볼 것을 본 것처럼 치를 떨고는 소년의 품을 빠져나간다.

"뭐냐?"

호기심을 이기지 못하고 토마스가 물었다.

"맛있는 거요."

먹어 볼래요? 하고 소년이 튜브를 내민다. 궁금한 것은 꼭 알아야만 직성이 풀리는 성미인 토마스가 새끼손가락에 튜브를 짜 보니, 새빨간 내용물이 나왔다. 두근거리며 입으로 가져갔다.

"……!"

토마스가 소리 없는 비명을 질렀다. 뭐, 뭐지? 혀가 뜨겁다! 이건 독? 이럴 수가! 내 정체를 어떻게 알고! 역시 이 녀석은 극악무도한……!

"푸하하하, 자요."

극악무도한 소년이 활짝 웃으며 내민 것은 우유였다. 토마스는 잡아채듯 가져가 벌컥벌컥 마셨다.

"크아……."

"맛있죠?"

입안이 뜨겁고 입술은 덴 것 같다. 아직도 혀가 끊어질 것 같은데 극악무도한 소년은 눈을 빛내며 물었다. 토마스는 혀를 찼다. 엘프 육십을 학살하고 먼의 귀를 자른 게 이 녀석이 아닌 건 알고 있으나, 순간적으로 진짜 독약을 먹인 줄 알았다. 그런데 뭐? 맛있냐고?

"취향 한 번 고약하군."

"……"

"매운 걸 좋아하냐?"

"네."

다시 말하지만 토마스는 호기심이 많은 사내였다.

"어째서 매운 게 좋은 거지?"

"아하하."

소년은 그냥 웃고 말았다. 소년이 새끼손가락에 빨간 소스를 짜서 혀로 핥는 것을 보고 토마스는 다시 물었다.

"어째서 매운 게 좋은 거냐니까?"

"네?"

"세 번 말해야 되겠냐?"

소년은 잠시 놀란 눈을 했다.

"진심으로 물어본 거였어요? 그냥 놀라서 그런 게 아니라?"

"나는 궁금한 건 반드시 알아야 해. 대체 이렇게 매운 걸 좋아하는 이유가 뭐야?"

소년이 다시 웃었다.

"정말로 이유를 물어보는 사람은 처음이네요."

"그래서, 이유가 뭐냐니까. 이렇게 매운 건 고통스럽기까지 한데. 아직도 매워 죽겠구만."

"바로 그거예요."

먼의 귀를 자르고 엘프를 학살했다고 알려진 잔인한 흑마법사
가 부드럽게 미소 지었다.

"맛이 강하고, 오래 남잖아요."

"……."

"무언가를 먹었다는 느낌이 나서 좋아요. 다른 맛은 금방 사
라지더라고요. 게다가 매운 건 왠지 배도 빨리 부르는 것 같고."

극악무도한 소년은 해맑게 웃으며 매운맛을 음미했다. 토마스
는 멍하니 소년을 보았다. 모든 것이 정보와 같다. 곱상한 생김
새도, 녹색 눈동자도, 커다란 개구리와 오른쪽 귓불에 달린 인
어의 눈물도. 그런데… 다르다.

"아저씨, 힐본세의 고추장 먹어 본 적 있어요? 이건 내 특제
고추장이라서 그거보다 훨씬 매워요."

자랑스러운 말투. 의기양양한 표정. 자신이 좋아하는 분야의
이야기를 하니 발그레해진 볼. 드래곤 산맥의 절대보호봉인소
를 해제한 자. 잔악무도한 흑마법사.

다르다. 달라. 이건… 그야말로 그 나이 또래 소년이 아닌가!

"너는 왜 여행을 하는 거냐?"

토마스가 문득 진지한 목소리로 물었다. 극악무도해야 하는
소년은 대수롭지 않게 대답했다.

"할 게 있어서요."

"그게 뭔데?"

"구르야, 우유 마실래?"

소년이 노골적으로 대답을 회피했다. 흰 우유를 커다란 개구리에게 주자 개구리는 펄쩍 뛰어오르며 기뻐했다. 토마스가 희한한 것을 보는 눈으로 개구리를 보았다. 마족이라고 들었는데. 개구리 생김새의 마족이라면 분명 개굴족일 것이다. 저런 식으로 조련하는 건가. 소년은 개구리가 얼굴과 몸을 하얗게 물들이며 우유를 마시는 모습을 웃으며 보았다. 개굴족의 마족과 소년의 유대감은 꽤 강한 듯했다.

"나하사."

이름이 불리자 소년이 퍼뜩 놀라며 토마스를 보았다.

"할 게 있어서 여행을 한다고? 그건 꼭 해야만 하는 일이냐?"

"네, 내가 하지 않으면 안 돼요."

"그 할 일을 다 마친 후에는 무엇을 할 거지?"

"⋯글쎄요."

소년은 눈을 내리깔고 고민했다. 고민 시간은 길지 않았다. 소년은 손에 쥔 튜브를 보며 나직하게 답했다.

"쉬어야죠."

이담에 도착했다. 드디어 비행선에서 내려 땅을 밟았다. 대지 위에 서 있는 안정적인 느낌에 나하사가 몸을 부르르 떨었다.

"오줌은 뒷간에서 싸라."

진이 차갑게 말하고 지나갔다.

"더럽군요."

네라도 그 뒤를 따랐다.

"아니, 사람이 살다 보면 실수할 수도 있지, 뭘 그렇게까지 말하나 개굴. 안 그런가 개굴!"

구르가 머리 위에서 분노하며 속삭여 주었으나 조금도 위로가 되지 않았다.

"일단, 안 쌌거든?"

"나한테까지 숨길 필요 없다 개굴."

"입이나 닫고 있어."

어떻게 저렇게 당연하게, 이런 데에서 오줌 쌌다고 생각할 수 있지? 황당한 표정을 지은 나하사의 머리 위에서 구르는 자긴다 이해한다며 자기도 어렸을 적에 한 번 지렸다는 둥 얄미운 이야기만 했다.

"조용히 하랬지."

"개, 개굴!"

나하사는 구르를 들고 양 볼을 주욱 잡아 늘였다. 대롱대롱 매달린 묵직한 개구리가 개굴개굴 울며 자비를 호소했다.

"여, 왜 괴롭히고 그래?"

러블리 단장이라던 감색 머리 청년이 쾌활하게 웃으며 다가왔다.

"동물을 괴롭히면 안 되지."

"개구리는 신성한 동물이라고."

러블리 사내들이 걸어오자 구르가 히끅 울음도 그치고 바동거렸다. 나하사는 순순히 풀어 주었다. 소년의 가슴팍에 매달린 커다란 개구리를 보며 사내들이 씨익 웃었다.

"나도 개구리 한 마리 키워야겠어."

"그렇지? 해제범의 상징이고 뭐고."

"자꾸 보니까 귀여워."

구르가 사내들을 너무 싫어해서 나하사는 슬쩍 구르를 감싸며 물러났다.

"데려다 주셔서 감사했습니다."

"음?"

감색 머리 청년이 의아한 듯 물었다.

"공연 보러 안 가?"

"아뇨, 전 일이 있어서."

"뭐어?"

"왜에!"

청년들이 말도 안 되는 것을 들은 것처럼 몸을 배배 꼬며 몰려들었다.

"당연히 같이 가야!"

"공연 보러 온 거잖아?"

윽, 나하사는 살짝 찌푸렸다. 이거 귀찮아질 것 같은데. 진과 네라는 도와주려는 기미라고는 전혀 없이 무심하게 이쪽을 보고 있다. 마법을 써서 빠져나가는 건 너무 오버인 것 같고.

"그냥 둬라."

고민하는 그때, 토마스가 비행선에서 나오며 말했다.

"할 일이 있다잖냐."

청년들은 그래도— 하고 대답하며 못마땅해했지만 나하사의 팔을 붙잡은 손에서는 힘을 뺐다. 그들은 토마스의 말을 상당히 잘 들었다. 얘길 들어 보니 토마스는 러브 남매와도 아는 사이인 것 같았다.

토마스는 청년들을 비행선 착륙 등록을 하라고 보내고는 나하사 앞에 섰다. 슬쩍 얼굴을 빼드는 개구리를 쓰다듬었다.

"나하사."

"…네?"

딴생각을 하던 나하사가 놀라며 고개를 들었다. 요즘 통 구르 입에서만 이름을 들었더니, 다른 이의 입에서 나오는 자신의 이름은 상당히 신선했다.

"내가 너를 만난 건 우연일까?"

"네?"

작별 인사가 아니라 갑자기 엉뚱한 말이 나와서 눈을 동그랗게 떴다.

"20억이 넘는 사람 중 8퍼센트인 러브 남매의 팬. 그 러블리 중에서도 힐본세 비행선 착륙장에 있었던 사람. 그 사람이 나와 함께 비행선을 타고, 그 사람의 정체가…….."

무슨 얘긴가 하고 듣고 있던 나하사가 움찔 놀랐다. 정체?

"…인 경우."

"무슨… 경우요?"

꿀꺽, 침을 삼키며 묻자 토마스는 그저 웃어 주었다. 개구쟁이 소년 같은 웃음이었다.

"나는 재미있는 것을 좋아해. 그중에서도 너는 나를 상당히 즐겁게 하지."

"……."

뜻을 알 수 없는 말에 나하사가 긴장했다. 금방 눈에 힘을 주고 노려보았지만, 토마스는 겁내지 않고 다시 싱글벙글 웃었다.

"그럼 앞으로도 열심히 해라. 또 보자, 나하사."

토마스가 손을 들었다. 나하사는 어깨를 작게 떨다가 고개를 들었다. 그는 소년의 머리를 부드럽게 쓰다듬었다.

손을 흔들고 떠나는 사내의 뒷모습을 보며 구르가 말했다.

"특이한 사람이다 개굴."

"응……."

내가 뭘 어떻게 즐겁게 한다는 거지. 앞으로도 무엇을 열심히 하라는 소리였을까. 나하사는 찝찝하게 뒤돌아섰다.

제4장
마법사와 정의의 용사

이담을 떠나 드워프 도시로 향했다. 어차피 엘프가 사는 곳에 가려면 드워프의 도시를 지나야 한다. 가는 김에 협곡에 있다는 봉인소도 하나 깰 생각이었다. 드워프 도시는 험한 산속 동굴을 지난 다음에 나오는 넓은 분지에 있다. 동굴은 지하로 나 있고 갈수록 좁아져 나중에는 나하사조차 고개를 숙여야 할 정도였다. 그러니 진이 불평하는 것이 당연했다.

"넓게 만들고 싶군."

마기를 날리겠다는 뜻이다.

"참아."

참으라고는 했지만 이해했다. 사람들이 많이들 지나다녔을 텐데도 통로는 좁고 어둡고 더러웠다.

"이런 더러운 곳에 진 님을 들이다니 죄송한 줄 아십시오!"

"그럼 니가 청소해 놓으시든가요."

"나하야, 배고프다 개굴."

"나도 배고파. 조금만 참아."

"아무래도 좁은데 역시 안 되겠나?"

"진 님, 옥안(玉顔)에 돌 부스러기가 닿지 않게 조심하십시오."

"나하야, 배고프다 개굴."

아, 이 녀석들 여기서 버리고 가면 안 될까?

통로를 나왔을 때에는 이미 해가 져 있었다. 그러나 드워프는 원인 뺨치는 기술자. 빛의 돌로 원대륙의 가로등을 흉내 내어 만든 것이 곳곳에 세워져 있어서 마을을 돌아다니는 데 지장을 주지는 않았다. 선선하기보다는 서늘한 바람이 불었다. 아담한 집, 아기자기한 가게들과 깔끔한 거리가 마치 동화 속 평화로운 마을을 보는 것만 같았다. 망치를 등에 멘 드워프 연인이 나하 사에게 시선도 주지 않고 지나갔다. 관광객에게 불친절한 종족 이라고 듣긴 했다. 나하사는 그것이 오히려 편했다.

"우선 씻을 곳부터."

진이 말했다. 이번엔 나하사도 동감이었다. 마을 입구에 관광 객을 위한 여관이라는 간판의 3층짜리 작은 여관이 있었는데, 이 도시에서 유일하게 관광객이 묵을 수 있는 곳이라는 설명이 쓰여 있었다. 다른 곳은 드워프의 130에서 150센티미터 키에 맞춰져 있기 때문에 다른 종족이 묵을 곳은 그곳밖에 없었다.

"방 두 개하고 지도 좀 주세요."

"여기 있소."

배까지 오도록 수염을 기른 드워프가 퉁명스레 돈을 받고 지 도와 열쇠를 건네주었다. 2층으로 올라가는데 손님이 없는지 몹 시 조용했다. 방문 앞에서 구르를 꺼내 진의 머리 위에 발돋움 하여 올려 주었다.

"씻고 바로 나갈 거야."

"여기서 자지 않고 개굴?"

"마침 해가 졌으니까. 봉인 깨고 바로 엘프 마을로 가자."

"피곤하지 않나 개굴?"

사실 무지 피곤하다. 몸은 둘째 치고 정신이 너무 힘들다. 비행선은 역시 무리다.

"나는 여기서 씻을게. 너넨 저쪽으로 가."

"이보십시오!"

네라가 발끈하며 외쳤다.

"왜 당신이 욕실 하나를 쓰려고 합니까? 여자인 내가 따로 쓰는 게 당연한 거 아닙니까?"

"넌 집에나 가."

"이보……!"

나하사가 문을 쾅 닫고 들어갔다. 네라는 복도에 서서 벙찐 표정으로 닫힌 문을 보았다. 저, 저, 무례한! 흉하게 입을 쩍 벌린 네라를 진과 구르가 지나쳐 갔다.

"저 녀석은 본래 저렇지."

"한 번도 같이 씻은 적이 없다 개굴."

진과 구르가 대수롭지 않게 말하고 다른 방으로 들어갔다. 네라는 나하사가 들어간 방의 닫힌 문을 잠시 보았다. 같이 씻지 않는 이유. 벗은 몸을 보이려고 하지 않는 이유. 그건 아마…….

지금은 밤. 하늘은 어두웠으나 드워프의 도시는 밝기만 했다. 평탄한 대지는 협곡으로 둘러싸여 있고, 드워프의 왕족이 사는 성은 북쪽의 날개 협곡이라 불리는 곳에 있었다. 나하사는 그곳으로 향했다. 날개 협곡은 엘프가 사는 곳과는 정반대에 있었지만 그곳에도 봉인소가 하나 있다. 우선 그 봉인소를 깬 후에 엘프 도시의 주요봉인소를 깰 계획이었다.

씻고 나오니 네라는 없었고 구르와 진이 투닥거리고 있었다. 여관을 통해 마차를 불렀다. 값을 미리 지불하고 기다리고 있자 곧 마차가 달려왔다. 회색 수염을 길게 기른 드워프가 안녕하슈, 인사했다. 서툰 발음의 대륙공용어였다.

"이렇게 밝은데 지나가는 사람은 없으니까 이상하다 개굴."

마차 안에 들어온 후, 구르가 조그맣게 말했다. 나하사는 후드를 벗었다. 머리 위의 커다란 개구리의 모습이 드러났다.

"어, 모습 보여도 되나 개굴?"

"아무도 없으니까 뭐. 그런데 드워프가 볼 때는 절대로 말을 하면 안 돼."

나하사가 덧붙여 설명했다.

"드워프는 궁금한 건 꼭 알아야 하는 종족이거든. 잡아가서 해부할 거야."

"으으, 알겠다 개굴."

구르는 두려움에 몸을 떨었다. 나하사는 창밖을 가린 커튼을 걷었다. 마차는 꽤나 빠른 속도로 달리고 있었는데 흔들리지도 않고 승차감이 굉장히 좋았다. 이 마차는 馬車(마차)라고 부르기는 하지만, 말의 힘으로 움직이는 것은 아니다. 지금도 마부석에는 드워프 혼자만 있을 뿐, 말은 없다. 드워프의 마차는 원대륙의 전력과 우리대륙의 마력을 합쳐서 만든, 빠르고 편안하고 안전한 이동 수단이다. 전력을 제외하고는 원인의 도움 없이 드워프들의 기술만으로 만든 그들의 자랑거리였다.

"불편하군."

반면 진이 불만스레 말했다. 일반 인간의 키를 기준으로 만들어진 마차라서 진은 허리를 잔뜩 굽히고 앉아야 했다.

"그냥 바닥에 앉아."

"바닥? 설마 얼굴도 알 수 없는 인간들이 바깥에서 묻혀 온 흙부스러기가 묻은 더러운 부분을 말하는 것인가?"

"……"

나하사가 짐 속에서 손수건을 꺼냈다. 진이 냉큼 빼앗아 갔다. 크림 신전의 폰에게 상처받고 깨끗이 빤 손수건인데, 이제는 마족의 궁둥이 아래에 깔려야 한다니 신세가 처량했다.

"난 좀 자고 있겠다 개굴."

구르가 머리에서 내려와 무릎 위로 올라왔다. 묵직한 무게와 따뜻한 온기가 싫지 않았다. 나하사는 한쪽 손으로 구르의 턱을 쓸면서 창틀에 팔꿈치를 대고 턱을 괸 상태로 바깥 풍경을 구경했다. 매끄러운 도로를 따라 수도로 향할수록 야밤인데도 바깥 풍경 속에 드워프의 등장 횟수가 많아졌다. 수염을 기르고, 기다란 모자를 쓴 흔히 아는 드워프의 모습뿐 아니라, 수염을 자르거나 염색을 한 드워프도 많이 보였다. 땅굴 파는 것을 좋아하고, 반짝반짝한 보석과 그 가공 기술이 적힌 비급이 아니면 쳐다보지도 않는다는 드워프에 관한 속설은 이제 옛날 얘기였다. 원대륙의 높은 과학기술 문명이 들어온 지금, 드워프들의 관심사는 비단 보석뿐 아니라 건물, 가재도구, 자신의 외모에까지 점차 넓어졌다. 원대륙의 전력이나 최신 기술이 가장 큰 영향을 준 종족은 인간이 아니라 드워프였다. 당연한 일이었다. 드워프는 기술에, 특히 신기술에 민감한 종족이니까.

드워프의 문화는 급변했다. 오랜 시간 동안 종족의 혼에 쌓인 정신적인 문화보다 훨씬 빠르게 변하는 밖의 문명을 받아들이는 건 어려운 일이었다. 인간에게 팔기 위해 만든 무기가 드워프들의 손에서 쓰였다. 그들은 몇 번 전쟁을 치렀고, 결국에는 뿔뿔이 흩어졌다. 이바노브 아시오의 드워프 도시는 그중에서도 급변한 문명을 받아들이고, 자신들의 문화로 여기며 사는 친원파 드워프들이 대다수인 곳이다.

마차가 멈추었다. 잠시 딴생각을 하던 나하사가 바깥 풍경을 보니 그림으로만 보았던 날개 협곡이 눈앞에 있었다.

"구르, 일어나."

"우웅. 다 왔나 개굴?"

"진, 너도 일어나."

어느새 얼굴도 알 수 없는 인간들이 바깥에서 묻혀 온 흙 부스러기가 묻은 더러운 부분에 누워서 쿨쿨 자고 있던 진을 깨우고 마차에서 내렸다. 마부에게 값을 지불하고 마차가 떠나는 것을 본 다음, 후드를 벗었다. 신선한 공기가 확 끼쳐 왔다.

"공기 좋다!"

원대륙의 기술은 환경 파괴의 주범으로 악명이 높은데, 날개 협곡의 공기는 산뜻하고 선선한 게 그야말로 자연 그 자체였다.

"호수다 개굴!"

눈앞에 펼쳐진 아름다운 푸른 호수를 보고 풀쩍풀쩍 구르가 뛰어갔다. 풍당, 개구리가 호수에 뛰어드는 소리가 시원스럽게 들렸다.

"꽤 괜찮은 풍경이군."

진이 흡족한 얼굴로 호숫가에 걸어갔다. 넓고 투명한 호수, 동화 속에 나올 법한 아기자기한 통나무집, 배경으로 펼쳐진 크고 높은 산. 산봉우리에 걸린 하얀 달까지, 아름다운 풍경이었다. 다만 이질감을 느끼게 하는 것은, 하늘은 어두운데 풍경은 밝다는 것이었다. 빛의 돌이 달린 나무들은 낮과 밤을 잊은 듯했다.

나하사도 호숫가로 걸어갔다. 호숫가에는 간판이 걸린 조그만 집이 한 채 있었는데, 야심한 시각인데도 불이 켜져 있었다. 진이 간판을 읽었다.

"발릴의 구두상점⋯⋯."

그리고는 성큼성큼 걸어 대뜸 문을 연다. 나하사가 속으로 한숨을 쉬었다. 구두 장인 발릴의 신발은 실제로 한 번 보면 사지 않고는 못 배긴다고 했다. 디자인이며 질이며 으뜸이라고. 현재 나하사가 신은 신발도 발릴의 것이었다. 그래서 진이 눈치채지 못하기를 바랐는데! 구르가 호숫가에서 첨벙첨벙 놀고 있는 것을 확인한 나하사도 진을 따라 상점 안으로 들어갔다.

"이보시오. 시간이 너무 늦었지 않소."

낮은 천장 아래 진이 몸을 잔뜩 웅크리며 검은 구두를 보고 있었고, 수염이 없는 드워프가 옆에서 쩩쩩거리고 있었다. 나하사는 꾸벅 인사했다.

"소년, 동료요? 예의도 없는 인간이구려."

"쟤가 좀 그래요. 죄송합니다. 야, 진. 나가자."

"존트 멋지군."

고대어까지 곁들여 가며 구두를 찬양하는 것을 보니 예감이 좋지 않다.

"이걸 사야겠다."

진은 구두 두 켤레를 들었다.

"이것도."

그리고는 다른 것을 손으로 가리켰다.

"저것도."

"……"

"오른쪽에서 세 번째도 괜찮군."

"야!"

"윗줄에 있는 검은 구두와 갈색 구두도 사겠다."

이건 뭐 떼쟁이 아기도 아니고! 그러나 말리는 시간보다 그냥 사 주는 시간이 더 짧다는 것을 아는 나하사는 순순히 지갑을 꺼냈다. 발릴은 기가 막힌다는 얼굴로 그들을 보았다.

"다 사겠다고? 값이 얼마인 줄 알고 있소?"

"얼마 정도 해요?"

"다 합치면 300도레가 넘소."

나하사의 손이 멈추었다. 현금은 그 정도가 안 되니 보석으로 값을 지불해야 했다. 그런데… 나하사는 뛰어난 보석 세공사지만, 구두 장인 발릴의 눈에 들 만한 보석을 만들 수 있을지는 자신이 없었다.

"지금 루비 세 개와 토파즈 하나가 있는데요…….."

자신 없게 보석을 꺼내는 것을 보고 진이 쓰윽 앞으로 나왔다.

"드워프는 아름다운 것을 좋아하지."

"어?"

그리고는 훌쩍 두건을 벗는데 그 모습이 마치 슬로우 모션처럼 펼쳐졌다. 공중에 흩날리는 윤기 흐르는 검고 긴 머리카락, 고개를 흔들자 마치 검은 파도처럼 일렁인다. 얼굴을 가린 머리카락을 쓸어 넘기는 하얀 손가락. 빨려들 것 같은 깊은 흑안과 매끄러운 콧날. 자신 있게 올라간 유려한 입매.

발릴은 넋을 잃은 채 진을 보았고, 진 뒤에서 나하사는 으웩 토악질 시늉을 했다.

"이럴 수가… 실제로 존재하다니……!"

발릴이 감탄했다. 마치 '이런 외모가 실제로 존재하다니 이것은 엄청난 축복입니다' 라며 조잘대는 네라를 떠올리게 했다.

"맨 위에 있는 부츠도 가져가도록 하지."

진이 계산하라며 나하사를 툭 쳤다. 외모를 무기로 쓰는 진을 속으로 욕하며 나하사는 보석을 꺼냈다. 그때, 발릴이 의외의 말을 했다.

"소년, 좀 더 가까이 오시오……!"

"네?"

"뭐?"

나하사와 진이 함께 놀랐다. 특히 진은 경악을 했다.

"내가 아니라, 이 녀석?"

나가려다가 빛의 속도로 달려와 나하사의 조그만 머리통을 툭 건드렸다.

"야, 너 방금 그거 되게 기분 나쁘다?"

"흐, 흔들리고 있소……!"

"네?"

나하사는 기분 나쁜 진이 서 있는 방향으로 한 걸음 뒷걸음쳐야만 했다. 왜냐하면 발릴이 더 기분 나쁜 모습으로, 헉헉 숨을 가쁘게 쉬며 다가오고 있었기 때문이다.

"오, 오오… 오오오…… 흔들려…….."

"왜, 왜 그래요?"

"소년, 귀, 귀, 귀의 그것은……!"

"귀? 아······!"

나하사가 재빨리 오른쪽 귀를 손으로 감쌌다. 그러나 이미 다 봤을 것이다. 끝났다. 아, 보석 좋아하는 드워프에게 인어의 눈물을 보이다니.

"소소소소년 구구구경 조오오옴 하하하면 아아안 되겠소? 하아하아하아!"

원대륙 사람들에게도 소문이 자자한 구두 장인 발릴이 거칠게 숨을 내쉬며 다가왔다. 두 손을 허공에 들고 핏발 선 눈으로 말을 더듬거리며 다가오는데 무척 불쾌했다.

"구경만이죠?"

"아아아아아아알겠소, 구구구구구구구구경만. 하아하아하아하아하아."

으아, 기분 나빠! 나하사는 귀걸이를 빼지는 않고 귀에 매단 채로 감싸고 있던 손만 내렸다. 발릴의 눈이 번뜩였다. 콧구멍이 벌렁거리고 입에서는 침이 질질 흐른다.

"내 생애에, 인어의 눈물을 실제로 볼 날이 올 줄이야······!"

은은하고도 깊은 푸른 바닷빛의 보석. 인어족의 고결하고 순수한 마음이 만들어낸 전설의 보물. 인어의 눈물.

이제는 희귀종공원에서나 볼 수 있는 인어들이기 때문에 인어의 눈물은 사라졌을 거라고 생각했다. 모두가 사라졌다고 알고 있었다. 인어의 눈물이 나왔다는 소식에 경매장이나 귀족의 연회장이 떠들썩해진 적이 있긴 했지만, 결국에는 전부 가짜로 판명 났다. 전설로밖에 남지 않은 그 보석을 지금 발릴은 실물로 보고 있는 것이다.

"그만 좀 가까이 올래요?"

나하사가 뒤로 물러섰다. 귀를 뜯어서라도 가져갈 기세다.

"한번 만져 보면 안 되겠소?"

"그쪽이라면 허락해 줄 것 같아요?"

수염이 없는 드워프 발릴은 의지가 담긴 눈빛을 던졌다.

"내 몸을 묶어도 좋소, 한 번이라도 만질 수만 있다면."

"아, 왜 이게 진짜라고 확신하는 건데요? 이거 가짜예요."

"그건 진품이오."

발릴은 확신하며 말했다.

"소년이여, 그 보석은 인어의 마음이 담긴 진실한 보물이오. 그대를 소중히 여겨 생애 한 번뿐인 눈물을 흘려 만들어낸 것이오. 인간이여, 그대가 그것을 진실이라고 믿지 않는다면, 그것은 그대를 위해 눈물을 흘린 인어에게 가혹한 일일 것이오."

심각한 말에 나하사도 덩달아 진지해져 허리를 굽혔다. 그러자 발릴과 시선이 좀 맞았다.

"알아요. 맞습니다. 이건 진짜예요."

그것도 인어족 여왕의 눈물이다.

발릴이 한 걸음 다가왔다. 나하사는 움직이지 않았다. 발릴은 장갑을 벗고 떨리는 손을 들었다. 정말로 만져도 되는 건가. 오히려 발릴이 의심할 정도로 인간의 소년은 미동조차 없었다. 연장을 다루느라 거칠어진 손이 세상 그 어느 것보다 아름다운 푸른 보석으로 향했다.

손끝이 닿았다. 떼었다가 다시 닿았다. 다음에는 살짝 보석을 쥐어 보았다. 그래도 소년은 움직이지 않았다. 발릴은 이번에는 힘주어 쥐었다. 그래도 소년은 마찬가지였다.

"…고맙소."

마침내 발릴은 손을 떼었다. 보석의 감촉이 남아 있는 것 같다. 전설의 보석. 이 세상에서는 사라졌을 거라고 생각했던, 영원히 볼 수 없으리라 생각했던 보석을 실제로 보고 만지기까지 했다.

"아니 뭐, 보석 하나 만지게 하는 게 뭐가 어렵겠어요."

"날 믿어 줘서 고맙소."

"딱히 믿은 건 아닙니다. 그쪽이 훔쳐가도 되찾을 자신이 있어서 그런 거지."

나하사는 허리를 펴고 일어섰다. 잠깐 쭈그리고 있었을 뿐인데 허리가 아프다. 역시 체력 보충 운동을 해야겠어. 이번에도 나하사는 생각만 했다.

"그럼 마저 계산을……."

발릴은 나하사가 내미는 보석을 거절했다.

"마음에 드는 것은 모두 가져가도록 하시오."

"네? 공짜로요?"

드워프가 고개를 끄덕였다.

"인어의 눈물을 보여 준 것에 대한 조그만 보답이오."

발릴은 진이 지목한 구두를 하나하나 꺼내 정성스레 포장했다. 그동안 진은 못마땅한 얼굴로 뒤에서 팔짱을 끼고 서 있었고, 나하사는 정말로 공짜로 받아도 되는 걸까 생각했다.

"그대는 인어의 눈물이 가진 힘을 알고 있소?"

발릴이 포장한 구두를 건네며 말했다. 나하사가 고개를 끄덕였다. 알고 있다. 주인이라 인정한 자의 소원을 들어준 후, 물거품으로 변해 사라진다. 이에 관련된 신화도 여러 개라 모르는 이가 없는 대륙의 상식이다. 발릴은 다시 물었다.

"그렇다면, 그 힘이 언제 발휘되는지는?"

나하사가 덥석 드워프의 거친 손을 잡았다.

"알아요?"

고맙게도 연자리가 대륙 3대 보석 중 하나를 친히 선사했으나, 나하사에게는 빛 좋은 개살구였다. 사용 방법을 몰랐던 것이다. 소원을 들어준다고? 대체 그 소원이란 건 어떻게 빌어야 하는 거지? 구르가 생명이 위태로울 정도로 다쳤을 때에도 힘을 발휘하지 않는 인어의 눈물에 화도 났었다. 엘프가 바로 치유해 주지 않았다면, 구르는 죽었을 것이다.

이곳에서 마족의 죽음은 상당히 큰 의미를 지닌다. 지금 호수 안에서 첨벙첨벙 물장구치며 놀고 있는 저 커다란 개구리가 영원히 사라질 뻔한 것이다.

"방법을 알아요?"

"인어의 눈물이 지닌 힘을 발휘시키는 방법에는 수백 가지 설이 있소."

보석에 관심이 없어 주요봉인소인 황혼의 눈물 외에는 아는 게 없는 나하사와는 달리, 드워프들은 모든 종류의 보석을 꿰고 있는 종족이었다. 그중에서도 전설의 보석인 인어의 눈물에 관한 것은, 무기 장인이 아닌 드워프라면 거의 한 번씩은 개별적으로 조사까지 할 정도였다.

"그중에서도 가장 지지를 받고 있는 건… 알고 있소? 인어의 눈물은 스스로 의지를 가진 보석이라는 것."

"스스로… 의지를?"

"그렇소."

발릴은 포장하는 동안 벗어 두었던 장갑을 다시 끼며 말했다.

"고결하고 순수한 인어의 의지가 담겨 있다고 하오. 그 의지의 발현이 곧 힘의 발현인 것이고, 그 방법은 무척 간단하오."

"……."

"인어의 눈물과 그 주인의 마음이 합쳐지면 되는 것이오."

"합쳐지다니 그게 무슨 말입니까?"

설마 저 눈도 코도 입도 없는 보석과 계속 대화하면서 정이라도 쌓으라는 건가.

"마음이 같아지는 것을 뜻하오. 인어의 눈물은 제 주인을 위하고 생각하는 마음밖에 없기에, 주인에게도 자기 자신을 위하고 생각하는 마음이 있어야만 하오. 그렇게 마음이 같아진 바로 그때 보석의 힘이 발휘되는 것이오."

나하사는 잠시 발릴의 말을 정리했다.

"그러니까, 내가 나를 위하고 생각하면 보석의 힘이……."

"참 쉽죠잉?"

"……."

"으흠, 대륙공용어를 배운 지 얼마 안 돼서 사투리가 나왔소. 미안하오."

"…괜찮습니다."

"보석의 힘이 발휘되는 방법이 워낙 쉽기 때문에 이것을 손에 넣은 자들은 대부분 쓸모없는 것에 힘을 써 버리고 만다고 전해진다오."

나하사는 당황스러웠다. 쉬운 건가? 쉬운 거야? 자기 자신을 위하고 생각하는 일이 그렇게 쉽나?

"본인이 위험하다고 생각만 해도 바로 힘이 발휘된다오. 그러니 조심하시오, 쉬운 일에 쓰지 않도록."

"하지만……."

나하사는 사막섬에서의 일을 떠올렸다. 붉은 머리 마족의 날카로운 손톱이 자신에게 향했을 때에도 발휘되지 않았다. 충분히 위험한 상황이었다. 생명을 잃을 수도 있다는 것은 알고 있었다. 그러나 발휘되지 않았다.

"인어의 눈물을 직접 볼 수 있어서 영광이었소. 부디 즐거운 여행이 되기를 바라오."

"어, 저기."

나하사가 물어보려는데 어깨에 툭 얹어지는 손길이 있었다.

"진?"

어느새 두건을 쓴 키 큰 마족이 무심한 눈으로 내려다보고 있었다.

"가지."

"어?"

진은 나하사의 손에서 구두 봉투들을 빼앗아 들고는, 다른 손으로 로브의 목깃을 잡고 질질 끌면서 상점에서 나왔다.

"야, 잠깐만!"

"고마웠소, 소년!"

발릴이 손을 흔들며 인사했다. 나하사도 얼결에 손을 흔들어 인사를 했다. 호숫가까지 끌고 간 진이 손을 놓자 나하사는 목깃을 탁탁 털었다.

"왜 그래, 진? 물어볼 거 있었는데."

"무엇을?"

"내가 위험하다고 생각하면 인어의 눈물의 힘이 나온다는데 사막섬에서는 안 나왔잖아. 넌 구.경.만. 하고 있어서 몰랐겠지만, 위험한 순간이었거든."

"정말로 위험했나?"

진이 물었다.

"정말로 위험하다고 생각했나?"

"그야……."

고개를 주억거리던 나하사가 문득 멈추었다. 진의 검은 눈동자가 빤히 자신을 보고 있었다. 나하사는 생각했다. 자신은 그때, 정말로 위험하다고 생각했었나. 자신에게 던진 질문은 또다른 의문을 불러일으켰다. 제 주인을 위하는 인어의 눈물과 마음이 같아질 정도로… 나는 나를 위하고 있나?

"지금 둘이서 뭘 하고 있는 겁니까?"

"으익?"

갑자기 뒤에서 앙칼진 외침이 들려서 깜짝 놀랐다.

"진 님! 그 인간의 어깨에서 손을 떼십시오. 고귀한 손에 때가 탑니다!"

그러자 진이 바로 손을 떼더니 탁탁 턴다. 이제는 거의 원래 멤버였던 것처럼 끼어드는 분홍 머리 여자아이가 냉큼 진과 나하사 사이에 꼈다.

"키도 작은 게 진 님 가까이에 서다니 깡도 좋군요."

"야, 넌 갑자기 나타나서 왜 사람을 놀리고 그래? 키는 숫자에 불과하거든?"

"인어의 눈물도 제대로 쓰지 못하면서 어디서 사람인 척입니까?"

"……."

나하사가 눈살을 찌푸렸다. 대체 언제부터 있었던 거야? 다 들었나?

"어쨌든 출발하지. 여기서 이렇게 시간을 보낼 때가 아니다."

진이 빵꾸를 데려오겠다며 구르가 놀고 있는 곳을 향해 척척 걸어갔다. 구르고 뭐고 전부 핑계고, 네라를 피하고 싶어서 그러는 게 눈에 훤했다.

"어서 출발하십시오. 진 님이 빨리 봉인을 깨기를 바라고 계시지 않습니까."

"말 안 해도 그럴… 헉?"

나하사가 깜짝 놀라며 네라를 보았다.

"보, 보, 봉인을 깬다니 그게 무슨 말이야? 나, 나, 난 모르겠는데."

"모르는 척 마십시오. 당신들이 해제범인 거 이미 다 알고 있습니다."

"뭐?"

저 녀석이 마족인 것도 알고, 해제범인 것도 안다면… 대체 뭘 믿고 이렇게 따라다니는 거지? 나하사의 의문이 눈빛에 나타난 건지 네라가 설명했다.

"저 정도의 미남이라면 그런 중대한 역할 정도는 맡고 있어야 합니다. 진 님은 분명 봉인 해제에 결정적인 역할을 하겠죠? 다 압니다."

안타깝게도 봉인 깨는 건 전부 다 나 혼자 하는데.

그러나 굳이 알려 줘서 콩깍지를 벗기고 싶진 않다. 게다가 어차피 믿지도 않을 것이다. 네라는 말이 없는 나하사를 보더니 위로하는 것처럼 말했다.

"그렇다고 풀 죽지는 마십시오. 언젠가 당신이 키가 더 커진다면 좋아해 줄 의향이 조금은 있습니다. 당신도 생긴 건 괜찮으니까요."

"미안하지만 내 쪽이 싫거든요."

"솔직해져도 좋습니다. 나는 상당한 미모를 지니고 있으니 당신이 나를 좋아하는 마음은 이해합니다."

"미안하지만 난 이미 마음에 둔 사람이 있거든요."

나하사가 연자리를 떠올리며 말하고는 구르에게 향했다.

구르를 데리고 온다던 진은 호숫가에 앉아 멍때리며 하늘만 보고 있다.

"이보십시오!"

네라가 쩍쩍 소리 지르며 나하사를 쫓아왔다.

"마음에 둔 사람이라니 누굽니까? 나보다 예쁩니까?"

"훨씬 아름다우시지."

"나보다 눈이 크고 나보다 피부가 좋습니까?"

"응. 난 네가 피부가 좋은지도 잘 모르겠는데? 그분이 워낙에 비단결 같아서."

"…제길."

제길 오늘부터 녹차 팩이다, 하는 말을 언뜻 들은 것 같기도 했다. 구르는 누가 개구리 아니랄까 봐 호수를 들락날락 아주 축제 분위기였다.

나하사가 가까이 오자 구르가 풀쩍 뛰어올랐다. 그런데 옆에는 구르보다 훨씬 조그만 청색 개구리가 있었다.

"미니야, 인사해라 개굴. 이 인간은 나하라고 하고 내가 키우고 있다 개굴. 나하도 인사해라 개굴. 이 근방에서 가장 예쁜 암컷 개구리 미니다 개굴."

"개굴개굴!"

나하사는 두어 번 눈을 깜박인 후에야 인사했다.

"…안녕? 미니……."

그것참 작달막하고 귀여운 개구리다. 한입 거리도 안 되겠다.

"근데 안타깝지만, 만나자마자 헤어져야겠다. 구르야, 더 머무를 시간이 없어."

설마 데리고 다닐 생각은 아니겠지, 그 개구리? 으스스하게 웃으며 눈으로 묻자 구르가 움찔하며 끄덕였다.

"알았다 개굴. 집에 바래다주고 오겠다 개굴."

"응, 얼른 갔다 와. 잘 가, 미니."

구르와 암컷 개구리가 풍덩 호수로 뛰어들었다. 투명한 호수는 어두웠는데도 헤엄치는 구르가 보일 정도로 맑았다. 원인의 기술을 썼는데도 이렇게 보존된 자연이라니, 역시 드워프는 대단하다. 어떤 사람들은 드워프의 기술은 사실상 이미 원인의 것을 뛰어넘었다고 하던데, 그 말이 사실일지도 모른다.

"진, 너도 일어나. 갈 거야."

진은 옆에 꼭 달라붙어서 내 피부가 많이 이상합니까? 안 좋습니까? 하는 네라가 귀찮은 듯 팔을 한 번 휘젓고는 일어섰다.
구르도 곧 호수에서 나왔다.

"어땠나, 나하야? 예쁘지 않았나 개굴?"

"…응, 참 귀여운 개구리더라."

"그렇지만 내 아내들보단 못하다 개굴."

로브로 구르를 닦아 주던 손길이 딱 멈추었다.

"아내들?"

구르가 고개를 끄덕였다.

"나는 360명의 아내가 있고 8400명의 자녀가 있다 개굴."

"……"

"왜 그러나 개굴?"

입을 뻐끔거리던 나하사가 으아아아악 괴성을 지르며 머리를
쥐어뜯었다.

"이건… 이건 배신이야!"

말도 안 돼! 이 개구라가 3백이 넘는 아내가 있다고? 개구리
주제에 8천이 넘는 자식이 있단 말이야? 나쁜 놈! 나쁜 새끼! 나
쁜 개구리! 바람둥이! 믿었는데! 말도 안 돼! 왜 순수한 개구리
인 척한 거야! 나를 가지고 놀았어! 별별 생각을 다 하는 나하사
의 귀로 네라와 진의 대화가 들렸다.

"진 님, 저는 당신의 361번째 아내가 되어도 좋습니다."

"내가 마지막으로 품은 여인이 2만 명째가 넘었다."

나하사는 완전히 얼음이 되었다.

"나하야, 왜 그러나 개굴?"

360명의 아내가 있는 개굴족의 왕이 고개를 갸웃하며 물었지만 전혀 귀여워 보이지 않았다. 나하사는 하, 하하, 허탈하게 웃으며 속으로 중얼거렸다. 2… 2만…… 2천도 아니고……. 그래, 다들 그렇다 이거지. 그래 뭐, 난 관심 없으니까. 난 그냥 마왕만 부활시키면 되니까 뭐. 남녀 관계 같은 거 싫다고. 마다스에서 질리도록 봤어!

육체는 그에 따르지 못하지만 정신 나이는 18살, 한창때의 소년은 눈물을 머금고 동료들의 승리(?)를 인정했다.

날개 협곡을 한 번 보면 그 웅장함과 숭고한 자연의 아름다움에 넋을 잃는다는데 한밤중이어서 그런지, 아니면 정신적인 충격을 받아서 그런지 나하사는 별 감흥이 없었다.

"굉장한 경치군."

"아름답습니다."

"이건 우리 마족이 아무리 힘을 써도 불가능하다. 오직 자연만이 이뤄낼 수 있지."

"아뇨, 마족만이 가능합니다."

네라가 황홀한 눈으로 진을 보며 말했다.

"진 님 같은 외모는 오직 마족만이 가능한……."

그 얘기였냐! 그래, 그렇게 잘생겼으니 아내가 2만이 넘었겠지. 그런데 그게 가능한가? 하루에 한 명이라고 해도… 생각하던 나하사가 급격하게 도리질을 쳤다.

"나하야, 아까부터 왜 그러냐 개굴?"

"내가 뭘."

"왜 얼굴색이 빨개졌다 파래졌다 하냐 개굴?"

"내가 언제?"

구르가 툴툴대는 소년을 보며 쿡쿡 웃었다. 이럴 때 보면 완전 애 같다. 그러나 이걸 입 밖으로 내뱉었다가는 나하사한테서 사지를 쭉 늘이며 배를 간질임당하는 응징을 받을 것이다.

"드워프들은 이런 곳에서 사는 건가 개굴?"

양쪽에 펼쳐진 웅장한 협곡은 드워프에게 지배당하고 있었다. 협곡의 틈새 하나하나에 드워프들이 집을 세워 놓았는데, 위태로워 보이는 모습과 달리 여느 곳보다 안전하게 설계되었다고 한다.

"이제 조용히 들어가 있어."

시니컬해진 나하사가 후드를 꾹 눌러 구르의 몸을 덮었다.

"플라잉flying."

올라가는 계단이 있었으나 안 그래도 체력이 약한 게 흠인데 언제 다 올라가겠는가. 거기다가 저 높이에서 떨어지면 즉사고 귀찮기도 하고, 왠지 지금은 모두 다 마냥 귀찮고 싫은 기분이기도 해서 그냥 마법을 썼다. 평소라면 절대 쓰지 않았을 것이다. 이런 높이에서 플라잉이라니. 하나같이 키가 작은 드워프들이 휘둥그레진 눈으로 쳐다보았다.

"마법해도 괜찮은 거냐 개굴?"

"아, 몰라."

"나하 갑자기 성격이 변한 것 같다 개굴."

"시끄러워."

그저 고추장이 먹고 싶을 뿐이다.

봉인소는 협곡의 맨 꼭대기에 있었다. 나하사는 신전 옆에 착지하여 가로등을 흉내 내 만든 빛의 돌이 달린 기다란 기둥 뒤에 숨었다.

"이봐."

진이 두건도 벗고 검은 머리를 바람에 휘날리며 당당하게 서서 나하사를 불렀다.

"야! 나 지금 숨은 거 안 보여?"

"앞으로는 말을 하고 날아라."

"알겠으니까 숨어!"

진이 다른 기둥 뒤에 척 붙었다. 그러나 진을 가리기에는 기둥이 너무 얇았다.

"아닛?"

"저기에 무언가가 있다!"

윽! 이미 경비를 서던 드워프들이 이쪽을 발견했다. 나하사는 긴장했다. 드워프는 최고급 재료만을 가지고 강한 무기를 만드는 종족으로 유명했다. 더 좋은 무기를 위해 북국해(北國海)에 있는 드래곤의 레어를 턴 전적이 있는 놈들이다. 요즘 들어온 원인의 기술로 신무기를 개발했다는 얘기도 있었다.

"누구냐!"

"모습을 보여⋯⋯!"

신무기가 무엇인지 보려고 일부러 마법도 쓰지 않고 기다렸는데, 달려온 드워프 병사 둘은 모두 창을 들고 있었다. 나하사는 조금 아쉬웠다.

"당신은⋯⋯!"

나하사가 아쉬워하는 사이, 드워프 병사 둘은 진의 앞에 서서 목이 아플 정도로 진의 얼굴을 올려다보며 굳어 있었다.

"아⋯⋯."

빛의 돌 아래에서 고아하게 빛나는 하얀 살결. 물결처럼 흐르는 검은 머리칼과 아름다운 얼굴선. 부드러운 눈썹 아래 살짝 내리깐 보석 같은 검은 눈. 날 선 콧날과 유려한 입매⋯⋯.

"이, 이곳에는 어인 일이십니까?"

드워프 병사가 갑자기 어색한 존대를 했다.

"봉인소 구경이십니까?"

"제가 안내하겠습니다."

"아뇨, 제가 하겠습니다."

"아니, 제가 하겠습니다."

강함과 아름다움을 사랑하는 종족, 드워프는 미(美)의 힘에 쉽게 무릎 꿇었다. 나하사는 어이가 없어 웃음만 나왔다. 누군지를 먼저 물어봐야 하는 거 아냐? 아니, 일단 침입자인 게 분명하잖아? 뭘 안내야, 안내는!

"저 인간과 함께 나를 봉인소에 들여보내라."

그런데 웃긴 건 진은 드워프의 행동을 당연하게 받아들인다는 거다. 얼굴에 아주 만족스러운 미소가 떠나지 않는다.

"인간 말씀이십니까?"

나하사가 할 수 없이 반대쪽 기둥 뒤에서 나왔다.

"하하, 안녕하세요……."

"인간이 이곳엔 무슨 일이오?"

진한테 살랑거릴 때는 언제고 차갑게 묻는다. 후드를 뒤집어 써서 얼굴도 보이지 않는 인간이 살갑게 보이진 않을 것이다.

"그게……."

"아는 사이십니까?"

드워프가 진에게 물었다. 진이 과연 제대로 대답할까 싶어서 나하사는 긴장했다. 그런데 나온 답은 의외였다.

"동료다."

드워프보다 나하사가 더 놀랐다. 눈을 크게 뜨고 진을 보자 진은 무심하게 시선을 마주치고는 곧 앞서 걸어갔다.

"제가 안내하겠습니다!"

드워프 둘이 안내하는 척하며 진의 옆에 붙었다. 노골적으로 얼굴만 보고 있다. 나하사는 키 큰 장발 마족의 뒷모습을 보았다. 동료라니. …분명 진심이 아니었겠지?

"안 가십니까?"

"으악!"

갑자기 귓가에 들려온 음성에 깜짝 놀랐다. 네라가 언제 나타난 건지 얼굴을 들이밀고 있었다.

"꼭 그렇게 후드를 눌러써야 합니까? 제법 괜찮은 외몬데 아쉽군요."

"맞다 개굴. 답답한데 후드 좀 벗으면 안 되나 개굴."

구르가 기회다 하고 냉큼 동조했다. 나하사는 일부러 보란 듯 후드를 더욱 눌러썼다.

"내 맘이야. 조용히 따라오기나 해."

드워프 둘과 진이 앞서 걷고 그 뒤를 나하사와 네라가 따랐다. 드워프들은 쉴 새 없이 종알댔는데 진은 단 한 번도 대꾸하지 않았다.

"그런데 이 야심한 시간에 갑자기 신전엔 왜 오신 겁니까?"

경비 드워프들은 발릴보다 대륙공용어에 능숙했다.

"저 녀석이 오자고 해서."

진이 나하사를 가리키며 책임을 전가했다. 드워프 둘의 시선이 나하사를 향했다.

"구경하고 싶어서요. 날개 협곡의 신전은 유명하잖아요."

나하사가 가식적으로 웃으며 답해 주었다.

"하긴 그렇긴 하오."

"소문이 퍼졌나 보군. 방금도 인간들이 와서 구경하더니."

순간 나하사가 어깨를 떨었다. 왠지 서늘한 바람이 목 뒤를 스치고 지나갔다.

"인간들이 왔다고요?"

"그렇소. 원인과 함께 왕성에 들렀다가 봉인소에 왔다고 했소. 얼굴을 가려서 수상해 보였소."

"그들은 이 근처에 커피커피(보석 세공의 전설적인 장인의 이름)의 동굴이 있어서 겸사겸사 온 거지. 그대들처럼 신전 구경이 목적인 건 아닐 거요."

"네……."

날개 협곡의 신전은 유명하긴 하지만 사실 관광 명소는 아니었다. 올라오는 길이 길고 위험하며, 신전은 오히려 작고 초라한 편에 속했다. 그런데 그곳에 일부러 들르다니… 얼굴까지 가렸다니. 불안감이 점점 커졌다.

"그 사람들은 지금 어디 있죠?"

"신전 안에 있을 거요."

으… 다 재워 두고 시작해야 하나. 고민하며 걷는 도중에 어느새 신전 입구에 다다라 있었다. 중요봉인소가 아닌 신전이라 굉장히 작고 조용했다. 신전 안은 빛의 돌이 아닌 촛불을 켜 놓아 음침한 분위기였다.

"수고하셨어요."

"음?"

계속 따라갈 생각이었던 드워프가 고개를 갸웃하는 순간,

"슬립sleep."

나지막한 음성에 털썩, 두 드워프가 상황 파악도 하지 못하고 바닥에 쓰러졌다.

"항상 이런 식입니까? 거칠군요."

네라가 눈살을 찌푸렸다.

"죽이지 않는 게 어딘가 개굴."

구르가 극단적인 논리를 펴며 나하사의 편을 들어 주었다. 몸을 뒤척여 후드를 스스로 벗기고선 나하사의 머리 위에서 바닥으로 풀쩍 뛰었다.

"이번 봉인 해제는 나도 돕겠다 개굴."

"어? 아냐, 괜찮아."

"나하가 우리를 위해 그렇게 고생하는데 가만히 있을 순 없다 개굴."

딱히 너넬 위한 건 아닌데…… . 도와준다고 말은 하지만, 막상 봉인을 풀 때에는 넋 놓고 구경하는 수밖에 없을 거다.

나하사는 빛의 구를 동동 띄우고 걸었다. 신전 안은 아무도 없는 것처럼 조용했다. 경비병도 없고, 주의 문구도 없고. 새벽에만 부는 바람의 신화가 조각된 벽과 아름답게 장식된 촛대가 아니었다면 폐신전으로 오해해도 할 말이 없을 정도였다. 구경 왔다는 인간들은 어디쯤 있을까?

"이번에는 마왕님이 계실 것 같나 개굴?"

"글쎄. 그럼 좋겠지만 여긴 주요봉인소도 아니라서…… ."

자연스럽게 대답하던 나하사가 말을 멈추었다. 네라를 보자,

네라는 표정 변화 없는 무심한 얼굴이다.

"왜 봅니까? 나한테 반했습니까?"

"……."

무심코 마왕 부활이 목적이라는 걸 말했는데… 못 들었나?

"아, 어서 마왕님이 부활해야 하는데 개굴."

안도하는데 구르가 확인 사살을 했다.

"야!"

"왜 그러냐 개굴?"

"아니, 그, 마왕이라니, 무슨 말을 하는 건지 모르겠네 아하하."

"나하야, 니 제정신이고 개굴?"

급 사투리를 쓰는 구르 놈을 밟을까 말까 고민하는데 네라는 여전히 반응이 없었다. 말도 안 돼. 설마 쟤는 진이 미남이라는 이유 하나만으로 마왕을 부활시키려는 것조차 용납할 수 있다는 건가?

"앞에 인간이 둘 있군."

제일 앞서 걷던 진이 걸음을 멈추며 말했다. 나하사가 깜짝 놀라 앞을 보았으나 아무것도 없고 어둡기만 했다.

"그렇군요. 하나는 신성력이 꽤 높고 다른 인간은… 무척 강한 기운입니다."

정말 보이는 건지, 진의 말이라서 무조건 따르는 건지 네라가 동조했다.

"상당한 실력자 같군."

"진 님보다는 아니겠지요?"

"지금의 나보다는 강할지도 모른다."

헉! 그 정도란 말이야? 아직 쓰잘머리 없는 것에 불과하지만 드래곤 산맥에 봉인된 마족보다 강한 인간이라면······.

"구르야, 너도 느껴져?"

"음, 이 기운은 왠지 익숙하다 개굴."

익숙한······. 불안감이 점점 실체화되고 있는 것 같다. 설마 아니겠지······. 에이, 아닐 거야. 어떻게 가는 데마다 족족 그쪽 인간들이랑 마주칠 수 있겠어? 이게 무슨 삼류 작가가 쓰는 환상소설도 아니고.

"니네는 일단 여기 있어. 내가 가서 보고 올게."

"싫다 개굴! 나도 갈 거다 개굴!"

"들켜도 나 혼자 들키는 게 나아. 누가 있을지 모르는 거잖아."

만약 정말로 용사단이 있다면, 진하고 네라는 들키지 말아야 한다. 아직 저 둘의 수배 전단이 없어서 그나마 다행인데, 저 둘마저 생기면 그야말로 골치 아픈 상황이 된다. 갑자기 끼어든 분홍괴생명체 네라의 수배 전단 걱정까지 해야 하는 처지가 새삼 한심스러워 나하사는 한숨을 쉬었다.

"꼼짝 말고 여기 있어. 아니, 이왕이면 저 기둥 뒤에 숨어 있어."

"나하야!"

"제발 말 좀 들어."

"나하야말로 제발 말 좀 들어라 개굴. 고위마족을 둘이나 두고서 써먹을 생각은 안 하고 왜 혼자서 다 하려고 하나 개굴!"

예전 같았으면 상황 심각한 거 모르는 구르의 말에 화나서 그냥 재워 버렸을지도 모른다. 그러나 나하사는 마법 주문을 외우는 대신에 구르 앞에 쭈그려 앉았다. 뾰족하게 눈 뜬 개구리는 그다지 무섭지 않았다. 답답하지도 않았다. 나하사는 구르가 걱정하고 있기 때문에 이러는 것임을 알고 있었다.

"5분만 기다려."

나하사가 짐을 뒤졌다.

"앞에 있다는 인간들 재워 놓고 기다리고 있을게. 여기 우유 먹고 있어. 알았지?"

그러면서 흰 우유병을 꺼내 주는데, 마치 엄마 곧 갔다 올 테니까 피자 먹고 있어 하고 말하는 것 같았다. 개굴족의 왕은 상냥한 말투에 쉽게 속아 넘어갔다.

"알았다 개굴! 5분만 기다리겠다 개굴!"

"응."

다시 한 번 구르를 쓰다듬고 떠나는 인간의 소년을 보며 진과 네라는 생각했다. 개구리 조련사다……

"살라·바·마·치알라."

투명마법을 할까 하다가 존재감 자체가 옅어지는 은신마법을 썼다. 투명마법과는 달리 형체를 투과하지는 않으나, 소리를 내도 들리지 않는 마법이다. 부유마법으로 부웅 떠서 날아간 지 얼마 안 돼서 인간 둘의 형체가 보였다. 성인으로 보이는······!

쿵!

"음?"

"어? 무슨 소리가······."

바닥에 떨어진 나하사가 은신마법 중인데도 불구하고 기둥 뒤로 헐레벌떡 기어가 숨었다.

"아무것도 없네요. 쥐였나?"

"무게감이 꽤 있는 소리였는데."

존댓말을 하는 선한 인상의 갈색 머리 통통한 중년인. 하늘색 천이 뒤에서부터 어깨를 감싸고 앞으로 내려와 매듭을 세 번 묶고 늘어져 있다. 저 매듭이 하나만 더 묶이면 이칼리노의 대신관이 된다는 뜻이다. 그러나 저 중년인은 문제가 아니었다.

"분명 무언가 떨어지는 소리였어."

그 옆에는 굵은 컬의 붉은 곱슬머리를 어깨까지 기른 단단한 체격의 사내가 서 있었다. 나하사의 손으로는 잡지도 못할 것 같은 넓은 어깨에 다부진 등과 허리가 완벽한 역삼각형을 이루고, 키가 거의 진만큼이나 큰데 다리도 진만큼이나 길다. 한마디로 황금비율. 짙은 눈썹 아래의 붉은 눈동자에서는 그리 많은 나이가 아님에도 위압감이 느껴진다. 허리에는 황금 손잡이가 달린 검을 차고 있는 남자. 저런 복장의 사내는 나하사가 알기로 이 대륙에 단 한 명밖에 없다. 나하사는 기둥 뒤 공간에 숨어서 머리를 쥐어뜯으며 속으로 외쳤다.

니스너 실 누소즈(그리고 래이 줄)!

으아아아아아! 왜 저 사람(들)이 여기 있냐아아아아!

'얀·쟈밀·바.'

다시 고대마법을 펼쳤다. 이번엔 극상의 투명마법으로. 나하사는 기둥 뒤에 숨어 고민했다. 그러나 고민한 시간은 채 10초도 되지 않았다. 도망가자. 결론을 내린 이상 당장 움직여야 한다. 저 영웅 니스너 실 누소즈는 저번의 투명마법도 통하지 않았다. 나하사가 아주 살짝 움직였을 때다.

"방금, 파장이 이상했는데?"

흐억! 이것 봐!

니스너가 나하사가 숨은 기둥 쪽으로 성큼성큼 다가왔다.

나하사는 숨을 멈추었다. 어차피 보이지도 않을 텐데 움직임까지 멈추었다.

"니스너 님?"

"여기서 뭔가가……."

니스너는 꼭 보이는 것처럼 똑바로 걸어와서 나하사 바로 앞에 섰다. 나하사는 앉아 있었고 니스너는 서 있었는데 안 그래도 체격이 큰 사람이 저렇게 내려다보고 있으니, 나하사는 자기가 더 작아진 것 같았다.

"음……."

안 보이겠지? 나하사가 덜덜 떨며 고개를 들었다. 다행히 눈은 마주치지 않았다. 니스너는 나하사가 아닌 허공을 보고 있는 것이다. 그는 중얼거렸다.

"뭔가 있는 것 같은데……."

"참, 저번에도 그러시더니."

래이 줄이 고개를 설레설레 저으며 나타났다.

"그 고대마법사를 만났을 때가 생각나는군요. 투명마법을 간파하시다니 정말 대단하셨습니다."

"그런데 지금 딱 그 느낌이야."

"예?"

말도 안 돼! 존재감을 느낀단 말이야? 극상으로 펼쳤는데! 나하사가 혹시나 해서 몸을 살짝 움직였다. 왼쪽으로 기어가자 니스너의 눈도 왼쪽으로 향한다. 다시 오른쪽으로 가자 니스너의 눈 역시 오른쪽으로 움직인다. 소… 소름 돋아……!

니스너가 손을 뻗었다. 나하사의 몸이 아닌 허공을 스쳐 지나갔다. 적발의 무속검사는 잘생긴 눈썹을 살짝 찌푸리고 무언가 있는 것 같은 허공을 지그시 응시했다.

"신기하군."

"전 니스너 님이 더 신기합니다."

나도 당신이 더 신기해.

"고대마법이란 거… 참 신기해."

"고대마법이라뇨. 설마 여기에 해제범이 와 있다는 말씀이신 건 아니겠죠?"

"맞는 것 같은데."

나하사의 얼굴이 하얗게 질렸다. 니스너는 씨익 웃었다.

"여기서 만나다니 반갑군. 봉인을 깨러 온 건가?"

저건 완전히 확신하는 말투!

"니스너 님?"

심지어 니스너 실 누소즈는 나하사의 앞에 아예 다리를 접고 앉아 버렸다.

"힐본세에 있는 줄 알았는데 어떻게 여기 와 있는지 모르겠군. 경계 발령을 내렸는데……. 역시 배후가 있는 건가?"

"니스너 님?"

"대답 좀 해 보아라, 소년."

"실례지만 니스너 님, 지금 미치신 것 같습니다."

래이 줄의 정말 실례되는 말에도 니스너는 호쾌하게 웃었다.

"이 느낌을 전할 수가 없어서 안타깝군. 내가 태어날 때 받은 축복 중에는 한 번 겪은 사람의 기운은 잊어버리지 않게 하는 축복이 있었지."

니스너의 설명이 있고 나서야 래이 줄의 표정이 변했다.

"그럼 정말로 이곳에 해제범이!"

"정확히, 내 눈앞에."

래이 줄이 횡재했다며 신께 감사를 드렸다.

나하사도 신을 찾았다. 오, 갓……. 자, 이제 여기서 어떻게 빠져나가야 하나. 나하사의 머릿속에 수십, 수백 가지의 마법 주문이 스쳐 지나갔다. 재울까? 아니면 역시 기절시킬까? 기절은 하려나? 시간을 멈춰도 움직이는 사람인데!

"왜 대답을 하지 않는 거지?"

우리대륙의 모든 이들이 추앙하는 영웅이 진심으로 이유를 모르겠다는 듯 물었다.

"말이 없다면 내가 먼저 선수를 치는 수밖에."

니스너의 몸에서 붉은 기운이 스멀스멀 피어올랐다. 저게 뭘 의미하는 건지는 모르겠지만, 닿으면 안 좋은 일이 일어날 것 같은 예감이 마구마구 든다.

"밀 · 지알라 · 완!"

시간을 멈추는 고대마법을 짧게 외치고 니스너의 앞에서 잽싸게 피했다. 래이 줄은 멈춰 움직이지 못했으나, 니스너는 천천히 손가락을 움직이더니 곧 완전히 움직이기 시작했다. 인간이 고대마법의 효력을 깨는 광경은 정말 무시무시한 느낌이었다. 여기서 날아서 도망간다고 해도 금방 따라잡겠지. 나하사는 그들과 조금 떨어진 곳에서 시간을 멈추는 고대마법을 해제했다. 래이 줄이 어깨를 부르르 떨었다.

"후아… 대단하군요. 이건 어떤 고대마법이죠?"

"나중에 안 노르에게 물어봐야겠군."

니스너가 쯧, 혀를 차며 일어나 주위를 쭉 둘러보았다.

나하사는 멀찍이 떨어진 기둥에 기대어 둘을 바라보았다. 평범한 고대마법은 모두 효과가 없으니 어쩔 수 없다. 다음은… 마신 시그의 힘을 빌린 흑마법으로. 그래도 한때나마 존경했던 영웅에게 강력한 흑마법을 쓰는 것은 탐탁지 않았다. 하지만 어쩔 수 없다. 상황을 살피며 속으로 주문을 욀 때였다.

"잠깐, 거기!"

"지금 뭣들 하나 개굴?"

오, 갓… 아니, 오, 시그……

익숙한 목소리들이 들리더니 통로 쪽에서 갈래머리 소녀와 커다란 개구리 한 마리가 튀어나왔다.

"설마 어른 둘이서 애 괴롭히고 있는 건가 개굴! 어른이 쪼그만 꼬맹이 괴롭히다니 그게 할 일인가 개굴!"

국민적 영웅이며 살아 있는 전설인 적발의 무속검사를 꼬마 괴롭히는 나쁜 어른으로 매도하면서 개구리가 폴짝폴짝 뛰어왔다. 진은 저 뒤에서 천천히 걸어오고 있었고, 네라는 왠지 멍하니 얼어 있었다.

"우리 나하 괴롭히지 말… 어? 나하 어딨나 개굴?"

은신마법 중인 나하사는 구르의 눈에는 보이지 않았다. 나하사는 으아악! 저 녀석이 내 이름까지 말하고 있어! 속으로 괴성을 질렀다.

"오! 우리 기사단의 마스코트가 왔군."

니스너가 천천히 돌아서며 말했다.

"잡아갈까요? 폐하께서 좋아하실 겁니다. 말하는 개구리."

래이 줄이 맞장구친다. 폴짝폴짝 뛰어오던 구르가 제자리에 멈췄다. 커다란 개구리는 눈알을 굴렸다. 봉인에서 풀려났던 첫날 보았던 붉은 머리 인간과 갈색 머리 인간이 저기에 있다. 나하는 보이지 않고 자신을 잡아갔던 인간 둘은 여기 있고. 개구리가 커다란 눈을 깜박였다.

"나하가 어디 있을까 개굴……"

구르가 토실토실한 엉덩이를 씰룩거리며 뒤뚱뒤뚱 돌아섰다. 나하사는 이마를 짚었다. 저 바보……. 구르를 인질로 잡을 게 뻔해 먼저 구르를 데리고 있어야겠다 싶어서 기둥 뒤를 벗어나는데, 잊고 있던 분홍 머리 소녀가 흥분한 얼굴로 통로를 걸어가는 게 보였다. 니스너 쪽으로.

"당신은 잘생겼군요."

"음?"

"인간이면서 상당한 외모입니다. 진 님과는 다른 야성미가 느껴지는군요."

네라의 눈이 반짝반짝한다. 나하사는 속으로 다시 마신 시그를 찾았다.

"세상에! 불처럼 타오르는 붉은 머리, 남성미가 느껴지는 붉은 눈동자와 뚜렷하고 강한 얼굴선."

"……"

"한 손으로도 안 잡힐 근육과 이 도드라진 힘줄…… 아!"

네라가 니스너 실 누소즈의 팔 근육을 손으로 살짝 쓸더니 연약한 귀부인 흉내를 내며 쓰러졌다. 영웅의 넓은 가슴으로.

"허, 참."

매너남 적발의 무속검사가 조그만 분홍 머리 소녀를 한 손으로 받치며 혀를 찼다.

"이 아이는 누구지?"

"저 개구리와 함께 온 걸 보면… 해제범의 여자 친구는 아닐까요?"

"아닙니다."

네라가 니스너의 품 안에서 정색했다.

"저는 진 님의 20001번째 아내입니다."

"진?"

"당신의 아내가 되어 줄 의향도 있습니다."

"…그거 고맙군."

니스너가 피식 웃고는 네라를 돌려세웠다.

"꺅!"

네라가 황홀한 비명을 질렀다. 니스너는 네라의 허리를 단단히 껴안고 턱 아래에 두꺼운 팔을 가져다 댔다.

"보고 있나 소년!"

네라를 인질로 잡을 생각이구만? 두꺼운 팔뚝 안에서 거친 숨을 내뿜고 있는 저 외모 지상주의 여자를 꼭 구할 필요가 있나 싶다. 이 기회에 네라는 저 검사님한테 떠넘겨야지. 흐흐, 사악하게 웃는 나하의 귀에 구르의 목소리가 들렸다.

"소년? 나하를 말하는 건가 개굴? 나하가 어디서 보고 있나 개굴?"

구르 저 자식이! 아직 안 도망갔었나! 이 개구리야, 도망 좀 쳐! 기둥 뒤에 공간 있다고! 나하사가 이를 바득바득 갈며 구르만 데리고 가기 위해 슬금슬금 움직였다. 그러나 계속 천천히 움직일 수는 없었다. 이칼리노의 신관 래이 줄이 앞으로 나선 것이다.

"그럼 저 개구리는 내가 맡죠."

나하사의 얼굴이 새하얗게 질렸다.

"라, 이칼리노……."

"아, 안 돼, 구르!"

래이 줄이 라 이칼리노로 시작하는 신성마법을 외침과 동시에 나하사가 구르에게로 뛰어들었다.

"나하?"

"으윽!"

소년 마법사는 구르를 감싸고 웅크렸다. 나하사는 등에 불로 지지는 것 같은 충격을 느꼈다. 고통으로 집중력이 흐트러져 자동으로 투명마법이 풀어졌다.

"아니?"

고통스러워하는 소년 마법사의 모습을 보며 래이 줄의 눈이 동그랗게 커졌다.

"인간에게는 해를 끼치지 않는 신성마법인데……!"

니스너가 잘생긴 눈썹을 찌푸렸다.

"고통스러워하는군. 무슨 마법을 쓴 건가, 래이?"

"아닙니다. 보십시오. 상처는 없습니다."

과연, 이상한 모습이었다. 옷도 찢어지지 않아 눈에 보이는 상처 하나 없는데 저 어린 소년은 웅크린 채로 신음하고 있었다.

"나하야!"

"으……."

소년은 아픔에 정신을 차리지 못하는 와중에도 커다란 개구리를 품에 꼭 껴안은 채 놓지 않았다.

"구르… 괜찮, 아?"

"…나하사."

신음을 하면서도 커다란 개구리를 걱정하는 인간의 어린아이. 니스너는 흠, 헛기침을 하며 한쪽 눈썹을 삐딱하게 올렸다. 품 안의 커다란 개구리는 소년이 좀처럼 정신을 못 차리자 으스스한 한기를 내뿜으며 빠져나왔다. 개구리가 음산하게 말했다.

"감히 이 아이를 다치게 하다니……."

"아니, 저 소년을 다치게 하려던 건!"

래이 줄의 다급한 변명은 통하지 않았다.

"인간들이여, 그대들의 죗값을 치러야 할 것이다……."

분노한 개구리의 몸이 커지기 시작했다. 개구리가 눈을 감았다. 그리고 다시 뜬 개구리의 눈은 붉게 변해 있었다. 피처럼 검붉은 눈. 커다래지면서 몸이 변형했다. 튀어나온 눈은 들어가고 윤기 흐르던 녹색은 탁한 흙색으로 변했으며, 등과 다리에 회색 종기 같은 것이 돋았고 뒷발에는 물갈퀴와 함께 날카로운 발톱이 나왔다.

"이럴 수가⋯⋯!"

"이거 놀랍군."

래이 줄은 경악하고 니스너 실 누소즈는 감탄했다. 집채만큼 커져 신전의 천장에 거의 닿을 듯한 저 마물은 더 이상 개구리라고 부를 수 없었다.

벌어진 커다란 입에서부터 붉은 혀가 날름거리고 검은 털이 갑옷처럼 몸을 덮었다. 무척 섬뜩한 모습이었다.

―크아앙!

검붉은 눈의 마물이 몸을 뒤틀며 포효하자, 몸에서 검은 기운이 뿜어져 나왔다. 마기로 추정되는 검은 기운은 신전의 바닥과 기둥에 그림자처럼 퍼져 나갔다. 기둥이 마치 모래처럼 바스러지는 것을 보고 래이 줄이 황급히 주문을 외웠다.

"라, 이칼리노, 빛의 길!"

래이의 몸에서 하얀 기운이 뿜어져 나와 마물의 사악한 기운과 맞섰다.

"으윽⋯⋯!"

그러나 아주 잠시였다. 래이 줄이 신음했다. 하얀빛은 마물의 기운에 닿자마자 무(無)로 스러져 갔다.

"강하군요."

래이가 난처하다는 듯 웃었다. 신성력을 최대한 끌어 올려 빛의 막을 만들었다. 침식해 오는 검은 기운을 간신히 막았다.

"도움이 필요합니다, 니스너 님."

"저 마스코트가 왜 이렇게 화가 난 거지?"

"네?"

"이봐, 래이. 개구리가 왜 갑자기 화를 내지?"

"그야, 동료가 부상당해서……?"

뭐 그런 당연한 걸 묻느냐는 식으로 대답하던 래이 줄이 눈을 크게 떴다.

―크아아!

"크윽!"

래이 줄이 한 걸음 밀려났다. 천장이 무너지고 동료가 신음하는 상황에서 적발의 무속검사는 입꼬리를 들어 올렸다. 여자들이 보았다면 한눈에 반할 미소였다.

"재미있군. 인간 동료를 걱정하는 마족이라……."

"인간인지… 아직 알 수 없습니다."

래이 줄이 식은땀을 흘리며 말했다.

"인간에게 통하지 않는, 윽… 신성마법이 통했으니까요."

"흐음, 그런가."

니스너 실 누소즈가 흥미롭게 구경하는 와중에 래이 줄의 하얀 막은 점점 뒤로 밀려나고 있었다.

"궁금한 건… 후…… 잡아 놓고 물어보죠?"

"그래야지."

"그럼 일단 저 좀 도와주시죠!"

진짜 못 버틸 것 같았다. 래이 줄의 도움 요청에 니스너 실 누소즈가 분홍 머리 여자아이를 잡고 있지 않은 빈손을 허리춤의 검 손잡이에 갖다 댈 때였다.

"그만두십시오!"

금방이라도 넘칠 듯 밀려들어 오던 검은 마기가 멈추었다.

"그만하십시오, 구르르무."

분노한 마족을 가로막은 것은 니스너 품 안의 작은 소녀였다.

"잠시만 놔주시겠습니까? 저 아이를 치유한 다음에 다시 오겠습니다."

네라가 자신을 인질로 잡은 사람에게 정중하게 부탁했다.

"무, 무슨 말도 안 되는……."

이제 좀 살 만해진 래이 줄이 해괴한 표정을 짓는 사이 니스너는 힘을 풀었다.

"갔다 와라."

"네."

무슨 아이 학교 보내는 부모마냥 인사하고 인사를 받는다. 정상인인 래이로서는 입을 쩍 벌릴 수밖에 없었다.

치마를 살랑이며 통통 뛰어가는 해제범 동료의 뒷모습을 보며 래이 줄이 소리쳤다.

"그냥 보내 주면 어떡합니까!"

"다시 오겠다고 하지 않았나."

"그 말을 믿어요?"

"믿는다. 진심이었어."

니스너는 언제나처럼 말이 통하지 않는다.

―크아앙!

그때 마물이 다시 울부짖어 래이와 니스너가 동시에 그쪽을 바라보았다. 분홍 머리 소녀와 대치한 마물은 마치 비명을 지르는 것 같았다.

"구르르무! 정신 차리십시오. 그 아이는 괜찮습니다. 내가 치유하겠습니다!"

―크릉…….

마물의 울부짖음이 약해지자 분홍 머리 소녀가 쓰러진 소년에게 다가갔다.

―크아앙!

그러자 다시 마물이 거세게 울부짖었다.

"으윽!"

다시 마기가 몰려오자 래이 줄이 뒤로 물러섰다. 니스너는 혀를 차며 래이 줄의 앞을 가로막았다. 이대로 있으면 신전이 무너질 것이고, 그랬다가는 저 아이도 성치 못할 것이다.

"이 아이는 지금 치유가 필요합니다. 구르르무, 정신 차리고 보십시오!"

소년을 보호하려는 듯한 마물과 그 마물을 진정시키려는 소녀. 흔치 않은 광경이다.

"계속 보고만 있으실 겁니까?"

래이 줄이 물었다. 무속검사의 힘이라면 마물 따위 문제도 아니었다. 그러나 니스너는 팔짱을 끼고 지켜보기만 했다.

"재미있는걸."

니스너는 마물과 분홍 머리 소녀, 쓰러진 소년을 지나 그 뒤에서 무심한 얼굴로 서 있는 흑장발의 남자를 보았다.

"그래서 보고만 있을 거냐고요!"

"까다로운 상대가 있어."

"예?"

래이 줄도 니스너의 시선을 따라 덩달아 남자를 보았다. 엄청난 미남이었다.

강한 기운의 붉은 머리 인간을 보던 진은 무심하게 고개를 돌렸다. 쓰러진 소년은 도통 일어날 기미를 보이지 않았다. 진은 무미건조한 어조로 말했다.

"어서 치유하지 않으면 망가지겠군. 인어의 눈물은 발휘될 것 같지도 않고……."

"진 님, 도와주시겠습니까?"

구르는 네라마저 나하사에게 다가오지 못하게 막고 있었다. 마기가 닿은 천장이 무너져 내리기 시작했다. 네라가 간곡한 눈

으로 진을 보았다. 잠시 고통스러운 얼굴의 나하사를 지켜보던
진이 고개를 끄덕였다.

"구르르무."

진이 나직하게 구르의 이름을 힘을 실어 불렀다.

"그 인간의 아이를 보아라. 네 마기에 잠식당하고 있다."

—크르릉…….

"신전이 무너지면 이 인간의 아이는 바스러지고 만다. 구르르무,
눈을 뜨고 보아라."

—크릉…….

진의 말이 들리는 건지 구르가 내뿜는 마기가 약해졌다. 네라
가 서둘러 나하사에게 다가갔다. 몸을 웅크리고 신음하고 있었
다. 등 쪽에 문제가 있는 것 같아 네라가 손을 내미는데,

"손대지 마!"

정신을 잃은 줄 알았던 소년이 기겁하며 소리쳤다.

"내 몸에 손대지 마!"

"……"

나하사는 헉헉 숨을 몰아쉬며 일어나 앉았다.

"괜찮습니까?"

네라가 걱정스럽게 물었다. 나하사는 답하지 않았다. 소년은
도저히 그 귀여운 개구리였다고는 상상할 수도 없는 마물을 보
았다. 검붉은 눈과 마주쳤다. 탁한 흙색의 몸체와 회색 종기가
난 털가죽. 그러나 조금도 흉측하다거나 무섭다는 생각은 들지

않았다. 그런 생각을 할 수 있을 리가 없다. 어떤 모습이어도, 알고 있던 모습을 떠올릴 수 없을 만큼 달라지더라도, 저 마물은 우유를 사 달라고 애교를 부리고 아픈 인간의 아이를 위해 축제 구경을 포기하고 대신 몸을 내던져 동족의 저주에 걸려 죽을 뻔해도 원망의 말을 하지 않는.

구르. 소중한 동료 구르인 것이다.

"구르."

나하사가 네라의 부축을 받으며 일어났다.

"난 괜찮아. 돌아와……."

아주 나지막한, 가는 음성이었다. 네라는 저 말이 효과가 있을까 의심했다. 그러나 마치 거짓말처럼 거대한 마물의 몸이 점점 작아졌다. 반응한 것이다. 저 작은 목소리에. 단 한 번에. 아무리 네라라도 이번만큼은 놀라지 않을 수 없었다. 곧 주먹만 한 개구리 크기로 돌아온 마물이 소년의 품 안에 뛰어들었다.

"나하야."

"구르."

죽었다 살아 돌아온 이들의 상봉마냥 진한 감동의 현장이 이어졌다. 그 모습을 보며 네라는 부드럽게 웃었고 그들의 적, 신관 래이 줄은 냉소했다.

"희극이 따로 없군요. 저 울어야 합니까?"

이칼리노의 신관인 그가 보기에 마족과 인간의 우정은 이해할 수 없는 것이라, 모든 장면이 마치 잘 꾸며진 연극 같기만 했다.

"어서 잡아가죠, 니스너 님."

"아니."

"예?"

이제 보니 니스너는 아주 흥미로운 눈으로 적들을 보고 있었다. 입가에는 미소마저 맺혀 있었는데 여간 기분 좋지 않고는 보이지 않는 미소였다.

"오늘은 그냥 보내 주도록 하지."

"니스너 님!"

"말했잖아. 까다로운 상대도 있다고. 우리 둘로는 무리야."

적발의 사내는 적 중에 까다로운 상대가 있는 덕분에 그들을 그냥 놓아줘야 하는 지금 이 상황이 상당히 만족스러운 듯했다.

"하지만 대화는 좀 하고 싶군."

니스너의 목소리는 감동적인 상봉 중인 구르와 나하사에게도 들렸다. 사실 나하사는 지금 간신히 서 있는 상태였다. 등에서부터 시작된 열이 온몸으로 퍼져 나가고 있었다.

"대화를 할 수 없다면 잡아갈 수밖에 없지만……."

니스너가 씨익 웃으며 나하사를 보았다.

저건 협박이다. 나하사는 네라의 부축을 물리고 비틀거리면서도 혼자 힘으로 섰다.

"괜찮습니까?"

네라가 안쓰러운 눈으로 물었다. 조금도 괜찮지 않지만 고개를 끄덕였다.

"네라야, 나하를 치유해 줘라 개굴."

"어?"

이게 무슨 말인가 해서 네라를 보니, 손 안에서 하얀빛이 빛나고 있다. 신성마법이 아닌 백마법이었다.

"치유마법을 할 줄 안단 말이야?"

그런 엄청난 마법을 하면서 아무것도 못하는 척하다니! 갑자기 치솟는 배신감에 이제는 머리까지 아파졌다.

"자세한 건 나중에 이야기하겠습니다."

네라가 하얀빛을 등에 대자 조금 편안해진 기분이었다. 그러나 이미 열은 퍼진 상태였고 머리는 여전히 아팠다. 한숨을 쉬며 앞을 보니 래이 줄과 적발의 무속검사가 이쪽을 보며 뭐라고 속닥속닥하고 있었다. 그러고 보니 이제 일행을 모두 들켰구나. 이젠 네라와 진의 수배 전단까지 붙을 것이다. 그 생각을 하니 더욱 머리가 아팠다.

"조금 나아졌나 보군. 그럼 이제 대화를 해 볼까."

니스너가 다가왔다. 히익, 나하사는 식겁해서 그가 다가온 만큼 뒤로 물러섰다. 그 모습을 본 니스너는 다행히 더 이상 다가오지 않아 주었다.

"무슨 말이 하고 싶은데요?"

"차갑군."

자신이 생각해도 대륙의 영웅에게 너무 차가운 태도였다. 그러나 어쩔 수 없다. 나하사는 새삼 자신의 처지를 인식했다. 어

"진짜 안 잡게요?"

"조용히 좀 해라."

"……."

니스너의 날카로운 눈빛에 금방 입을 다물었다.

"말해 봐라. 왜 봉인을 해제하는 거지?"

"……."

"뭘 찾고 있는 거냐?"

물론 나하사는 전혀 대답할 마음이 없었다. 구르를 안고 그대로 돌아섰다.

"아무도, 아무도 널 나쁘게 말하지 않았다."

니스너가 조급한 듯 말했다.

"마이아 소냐르와 칼 더 그레이트의 생명을 구하고, 이바노브 아시오 학교의 검술 선생에게 치유의 샘을 가져다주고, 아이돌 음유시인들을 반원파에게서 구해 주었지."

적발의 무속검사 입에서 나온 자신의 전적에 나하사는 걸음을 멈출 수밖에 없었다.

"나는 모든 이들을 직접 심문했다. 아무도 너에 대해 나쁜 말을 하지 않아서 오히려 내가 나쁜 놈이 된 기분까지 들더군. 심지어는 나도 널 나쁘게 보고 있지 않으니까 말이야……."

래이 줄이 옆에서 반박하려 했으나, 니스너가 다시 노려보자 깨갱 입을 닫았다. 그는 움직이지 않는 소년을 보며 말을 이었다.

"매운 걸 좋아하는 어린 소년."

"⋯⋯?"

"조금 키가 작지만 다정하고 어른스러운 아이."

"⋯⋯."

"너에 대한 검술 선생과 아이돌 음유시인의 평이었다. 혹시 만나게 되면 고맙다는 말을 전해 달라고 하더군. 그 덕에 네가 해제범이라는 말은 꺼내지도 못했어."

무슨 말을 하는 건가 했다. 나하사는 드래곤 산맥에서 잠시 함께했던 이젠 이름도 가물가물한 오지랖 넓은 아저씨와 듬직한 앤디 러브, 눈물이 많은 미야 러브를 떠올렸다.

"나하사."

이름을 불렀다. 역시, 이미 알고 있었구나.

"무엇을 찾고 있는 거지?"

그는 천천히, 다정하게 물었다.

"내가 도와주겠다. 난 어디에 무엇이 봉인되어 있는지 알고 있어."

나하사가 뒤돌아섰다. 잘생긴 붉은 머리의 남자는 부드러운 눈으로 이쪽을 보고 있었다. 다정한 목소리와 상냥한 행동에 속아선 안 된다. 나하사는 마음을 다잡았다. 봉인소의 기록은 대부분 남아 있지 않다. 소실되었다기보다는 아예 처음부터 무엇을 봉인했는지 기록해 놓지 않은 것이기 때문에 아무리 니스너실 누소즈라도 알 수 있을 리가 없다. 그리고 안다고 해도⋯⋯.

"도와줄 수 없을 거예요."

나하사가 쓰게 웃으며 말했다.

"돕겠다. 도울 수 있다."

태어나면서 모든 신에게서 축복을 받았다고 일컬어지는 자의 목소리는 심금을 울리는 데가 있었다. 그의 말을 들어주고 싶은 마음이 드는 건 어쩔 수 없었다.

"무작정 봉인을 해제하는 것은 그만둬라."

"……."

"봉인은 위험한 것이 많아. 마물이라거나 저주라거나."

"…마왕이라거나."

나하사의 말에 래이 줄의 얼굴이 하얗게 질렸다. 단 한 마디일 뿐이지만 그 말이 의미하는 바는 컸다.

"설마……?"

"맞아요, 마왕. 그게 내 목적입니다."

나하사는 될 대로 되라는 심정으로 말해 버렸다. 이칼리노의 신관이 입을 쩍 벌리고 석화되어 간다. 반면 니스너는 표정 변화가 없었다.

"그런가, 마왕… 마왕의 부활이라……."

적발의 영웅이 연거푸 중얼거렸다.

"돕지 못하겠군."

니스너는 진심으로 안타깝다는 듯 말했다. 저 여상한 어조에 나하사가 도리어 이상하게 생각했다. 왜 놀라지 않는 거지?

"하나 물어봐도 되겠나?"

그는 소년의 답을 듣지 않고 바로 물었다.

"그 후에는 뭘 할 거지?"

"그 후?"

"마왕이 부활한 후."

질문을 받자 문득 나하사의 머릿속에 떠오른 것은 비행선에서 만난 콧수염 아저씨의 물음이었다.

'그 할 일을 다 마친 후에는 무엇을 할 거지?'

그 물음에 자신은 어떻게 대답했더라.

"…쉬어야죠."

그러자 니스너는 토마스처럼 거기서 멈추지 않고, 다시 물었다.

"쉰 후에는?"

"……."

"그 후에는?"

나하사는 고개를 숙이고 천천히 눈을 감았다가 떴다.

마왕을 부활시키고…… 평생을 옭아매는 속박에서 자유로워지고. 사람이 없는 깊은 숲에 들어가 작은 집을 만들어서 마당에는 고추밭을 일구고 매운 음식을 만들어 먹고, 해가 뜨면 숲 탐험을 하고 해가 지면 집에 들어와 자고… 그리고 그 후에는…….

"그 후엔……."

말을 잇지 못하는 자신을 구르가 올려다보았다. 나하사는 개구리를 슬쩍 외면하며 고개를 돌렸다. 마왕을 부활시킨 후 자유롭게 숲 속에서 쉬고 있는 모습은 숱하게 상상했다. 그런데 쉰 후라니. 휴식, 그다음 일이라니.

"소년, 너는 나의 은인이다."

나하사가 고개를 들었다. 적발의 무속검사가 진심 어린 눈으로 보고 있었다.

"나는 너를 돕고 싶다. 꼭 마왕을 부활시켜야만 하는 건가?"

소년은 지체 없이 고개를 끄덕였다.

"나는 마왕을 부활시켜야만 해요."

"어째서?"

……그건 아마, 당신이 나를 도우려는 이유와 같을 거예요.

대답하려다 말았다. 그 말을 입 밖에 내뱉는 순간 자신이 저 적발의 무속검사의 은인이라고 인정하는 꼴이 된다. 그런 오만한 생각을 할 수 있을 리가 없지!

"아마 너의 계획은 어려울 거다, 소년."

"어렵기는 무슨. 아예 불가능하죠. 마왕의 부활이라니."

석화에서 깨어난 래이 줄이 고개를 설레설레 저었다.

"우리의 소문을 듣지 못했나 봅니다, 해제범? 백양의 용사단 몰라요?"

물론 안다. 사람들이 죄다 난리를 떠는데 모를 수가 없다. 그런데 어떻게 자기 입으로 백양이니 용사단이니 할 수가 있지?

정말 오만한 신관이다. 나하사는 무안 주려고 입을 열었다.

"네, 전혀 모⋯⋯."

"설마, 백양의 용사단을 모른다고?"

모른다고 대답하려는 찰나 이어진 니스너의 말에 나하사는 자연스럽게 말을 바꾸었다.

"⋯르는 게 말이 되나요? 당연히 알죠. 적발의 무속검사가 있는 곳인데."

"이런, 나뿐이 아니지. 우리 용사단원이 누군지 알고 있나, 나하사?"

니스너가 친근하게 이름을 불러왔다.

"우선 마인 아시오의 기사단장, 지바이 다원이 있지."

"⋯⋯."

"모르는 게 없다고 알려진 학자(學者) 노와 더 그레이트, 크림 신전의 유일한 여신관 맨드라미."

사루비아일 텐데요.

"해바라기 양입니다."

"아, 해바라기던가. 그녀의 이름은 항시 헷갈려서."

정말 너무한다. 그녀는 그와 열애설이 난 여인에게 성적 모욕을 줄 정도로 그를 좋아하는데⋯⋯. 애초에 이름을 틀린 니스너보다 해바라기라고 고쳐 준 래이 줄이 더 못되게 느껴지는 건 역시 대륙적 영웅에 대한 기본적인 호감 때문일 것이다. 혼자 납득하는 나하사에게 니스너는 계속 용사단 멤버를 읊었다.

"창공의 날개 기사단장과 대마법사 안 노르도 있고, 그의 아들은 한 번 본 적이 있지? 녀석은 마법은 물론 검술에도 재능이 있다더군."

하늘색 머리 불량아가 머릿속을 스쳐 지나갔다. 확실히 키도 크고 체격이 좋기는 했다.

"그뿐만 아니라 여기 있는 래이 줄은 이칼리노의 대신관 자리를 앞에 두고 있어. 그 뜻은 곧… 네가 안고 있는 그 마족 개구리를 눈 깜빡할 사이에 소멸시킬 수 있다는 뜻이지."

래이 줄이 에헴, 헛기침했다. 방금 전 마물 모습의 구르한테 잔뜩 쫄았으니 이런 말 듣기가 민망하기도 할 것이다.

"반면 너는 혼자야. 처음에는 위아이나 퀴시 쪽을 의심했는데 알고 보니 혼자더군. 혼자서 우리를 피할 수 있을까?"

"왜 그렇게 단정하죠? 위아이나 퀴시가 아니라 다른 곳이 도와주고 있을지도 모르잖아요?"

"우리도 그렇게 생각했다. 혼자 힘으로 드래곤 산맥의 봉인을 깨는 것은 불가능하니까. 그런데 다른 단체들도 혈안이 되어 너를 찾고 있더군. 처음 봤을 때도 너는 혼자였고, 인어족의 여왕을 봤을 때도 혼자였고."

니스너가 조용히 말했다.

"지금도 너는 혼자지."

나하사는 쓰게 웃었다. 혼자라……. 분명 아무런 배후가 없다는 뜻의 혼자인데 아득한 기분이 든다. 새삼스럽게 이런 기분은 느낄 필요가 없었다. 맞는 말이었다. 자신은 혼자다, 그 사람이 죽고부터 계속. 나하사는 입을 열었다.

"전 지금 비록 혼자지만."

"누가 혼자냐 개굴!"

품 안에 안겨 있던 구르가 소리쳤다.

"나하한테는 나, 개굴족의 왕 구르르무가 있다 개굴!"

소년 마법사가 눈을 크게 뜨고 입도 살짝 벌린 채로 품 안의 개구리를 쳐다보았다.

"나하는 혼자가 아니다 개굴!"

"구르……."

나하사가 개구리를 떨리는 손으로 쓰다듬었다.

"우리 둘만 있는 것도 아니다 개굴!"

"…뭐?"

구르가 360마리의 암컷 개구리와 8400마리의 올챙이를 데리고 온 게 아니라면 둘뿐이 맞다. 나하사가 고개를 갸웃거릴 때 앞에서 멋진 저음이 들려왔다.

"이 녀석을 죽게 놔둘 순 없지."

놀랍게도 진은 미소를 짓고 있었는데 무척 근사했다. 남자도 반할 것 같은 부드러운 미소를 지은 그는 뚜벅뚜벅 다가와 나하사의 어깨에 척 손을 올렸다.

"마왕을 부활시키기 위한 소중한 도구니까."

그거였냐!

"나도 마찬가지입니다."

이번 목소리의 주인은 아까까지 니스너의 단단한 팔뚝 안에서 헉헉대던 네라였다.

"당신도 굉장히 잘생겼지만 역시 진 님의 외모가 훨씬 더 뛰어나고."

그녀는 아주 심각하게 설명했다.

"이 소년은 키만 크면 제법 출중한 외모가 되리라 봅니다. 그 때문에 전 이 소년의 편이 되도록 하겠습니다. 약속을 못 지켜서 미안합니다."

"이제 2 대 2가 됐군."

여전히 무심한 표정의 진이 말했다.

"왜 2 대 2냐 개굴. 4 대 2다 개굴!"

"사실상 2 대 2지. 하나는 개구리니까."

"진 님, 저는요? 저는 왜 뺍니까?"

"아까 나 못 봤나 개굴? 개굴족 왕의 포스가 느껴지지 않았나 개굴!"

"제정신 못 차리고 이 녀석에게 마기를 내뿜은 놈이 말이 많군."

"진 님, 저를 빼는 이유는 무엇입니까?"

나하사가 이마를 짚었다.

이 녀석들의 만담 듣는 거야 한두 번이 아니지만, 열이 올라서 그런지 지금은 좀 어지러웠다. 아니, 많이 어지러웠다. 아이들장기 자랑이라도 보는 듯한 표정을 짓고 있는 적발의 무속검사를 생각하면 여기서 정신을 잃어서는 안 되는데.

"다들 조용히 좀 해. 지금 그게 문제야?"

"진 님, 제가 연약해서 싸우지 않길 바라서 제하신 겁니까?"

"본체가 되었을 때 제정신이 아니라면 본체가 되지 않느니만 못하지."

"오랜만에 변한 거라서 그렇다 개굴!"

아무도 말을 들어 주지 않는다. 다들 자기 얘기만 하고 있다. 차라리 혼자가 낫겠어! 저 인간들 앞에서 이게 무슨 꼴인가 싶어 한숨을 쉬었다. 그런데 앞을 보니 그 인간들은 아주 재미있게 이쪽을 보고 있었다.

"해제범 일당 꽤나 재밌지 않나?"

니스너가 아주 즐겁게 말했다.

"애들 같은데요. 편 가르기라니."

말은 이렇게 하지만, 래이는 사실 이마를 짚고 한숨 쉬는 저 해제범 소년을 보며 동지 의식을 느끼고 있었다. 괴팍한 용사단 멤버들 사이에서 혼자 정상인인 자신이 홀로 괴로워하며 한숨만 늘어난 모습이 겹쳐진 것이다.

"나하사."

니스너가 아주 익숙하게 이름을 부르자, 소년이 네… 하고 자연스레 대답하려다 간신히 멈추었다.

"이름 부르지 마세요! 우리는 적이잖아요."

"아니, 나의 적은 따로 있다."

"네?"

"니스너 님!"

래이 줄이 창백해져서 소리쳤다. 기밀을 쉽게 입에 담지 말라는 무언의 압박에 니스너는 어깨를 으쓱하고 화제를 전환했다.

"우리 용사단은 다섯이 넘으니 너희도 어서 동료를 더 만들어라. 6 대 6으로 합의 보지."

"……."

"혹시라도 마왕을 부활시킬 마음이 없어진다면 말해라, 당장 수배 전단에서 내려줄 테니."

"네……."

"곧 무너질 것 같은데 어서 가라."

상냥하게 충고까지 해 주는 니스너를 보며 나하사가 어리벙벙하게 고개를 끄덕였다. 진짜 그냥 놔줄 생각인가?

"진짜 그냥 놔주시게요?"

래이 줄도 똑같이 의문을 품었는지 놀라며 물었다. 마왕을 부활시키려는 목적을 밝힌 해제범을 그냥 놔주겠다고? 해제범 본인이 생각해도 말이 안 된다.

"이런, 내가 보낸다고 해도 래이가 잡을 것 같군."

그럼 그렇지.

"래이는 내가 잡고 있을 테니, 너희가 먼저 나가라."

"네?"

나하사보다 래이가 더 놀랐다.

"니스너 님!"

"그만 좀 해라. 사내가 한 약속인데 지켜야지."

"하지만!"

"시끄럽군. 나하사, 어서 가라."

나하사는 저 말을 믿어야 할지 혼란스러운 상태여서 섣불리 움직이지 않았다.

"어서 가지 않고 뭐합니까?"

"나야 싸우는 것도 좋지만 나하는 다쳤는데 괜찮겠나 개굴?"

"어차피 마왕의 봉인도 아니었다는데 여기서 쓸데없는 힘쓰지 말고 그냥 가지."

네라와 구르와 진이 연달아 재촉했다. 솔직히 마신의 힘을 빌린 흑마법을 쓸 각오까지 했는데 이렇게 되니 허무한 감도 있다. 하지만 이런 기회를 놓쳐서는 안 된다. 흑마법도 안 통할지 어떻게 알아? 게다가 아직도 머리가 아프고 등이 심하게 지끈거렸다.

"그럼 가, 갈게요⋯⋯."

"그래, 다음에 보자."

니스너가 친근하게 손을 흔들며 인사했다. 마치 친인과의 작별 인사 같지만 나하사에게는 저주의 말처럼 들렸을 뿐이다.

해제범을 잡기 위해 조직된 용사단의 리더는 정말로 가만히 팔짱 끼고 서서 해제범을 보내 주었다. 소년의 뒷모습이 작아지

다가 슉, 하고 사라졌다. 마법을 쓴 듯했다.

"후, 갔군요."

"그렇군."

그들의 모습이 완전히 사라진 것을 확인하자, 래이 줄이 으아아아! 소리를 지르며 주저앉았다.

"졸 무서웠어요!"

비속어를 섞어가며 말한다.

"대체 그 마물은 뭡니까? 그렇게 커다랗고 징그러운 마물은 처음 봤습니다! 게다가 그 마물을 고작 몇 마디 말로 제압한 그 미남 마족은 뭐고, 내 신성마법을 고작 백마법으로 치유한 분홍 머리 소녀는 대체 뭐고!"

그랬다. 래이 줄은 개구리가 마물로 변했을 때부터 대공황에 빠져 있었다. 다만 자신도 이런 재능이 있었는지 차마 몰랐던 필살의 연기력을 발휘해 아무렇지도 않은 척한 것이다.

"마왕을 부활시킨다잖아. 저 정도 파티는 되어야지."

니스너는 어깨를 으쓱했다. 그는 가볍게 숨을 내쉬며 말했다.

"아무튼 놀랐어. 그 정도의 일이 목적일 줄이야."

"연기 잘하시던데요. 전 니스너 님이 정말 안 놀란 줄 알았습니다?"

"너야말로 연기 잘하던데. 나는 네가 정말 놀란 줄 알았다고."

두 사내는 서로 올려다보고 내려다보며 씨익 웃었다. 니스너가 래이 줄에게 손을 내밀었다. 래이 줄이 적발 영웅의 단단한 손을 잡고 일어났다.

"황명 덕에 좋은 걸 알았네요."

"그렇지."

"사실 긴장했어요. 들킬까 봐."

"음."

니스너가 동감이라는 뜻으로 고개를 끄덕였다. 소년은 마왕의 봉인이 아니면 다른 봉인에는 관심이 없는 것 같았다. 그래서 다행이다. 이 신전에 무엇이 봉인돼 있었는지 꼬치꼬치 물었다면 서로에게 난처한 상황이 펼쳐졌을 것이다.

니스너는 허리춤의 검 손잡이를 만졌다.

"뽑아 보시죠."

래이 줄이 니스너가 지금 원하고 있는 것을 콕 집어 말했다.

채앵―!

얼마든지 소리가 안 나게 뽑을 수 있으면서 일부러 천천히 소리를 내며 뽑는다. 백원(白圓)의 문양이 새겨진 황금 손잡이 아래로 쭈욱 뻗은 미려한 검신이 차가운 은빛으로 빛났다. 래이가 침을 꿀꺽 삼켰다.

"이건… 정말, 섬뜩할 정도로."

"아름다워."

니스너가 감탄했다. 그리 날카로워 보이진 않으나 차가운 은빛으로 빛나는 검은 마치 살아 있는 것만 같았다.

단단한 어깨와 좌중을 압도하는 키, 보기 좋은 근육으로 짜인

몸. 그을린 다갈색 피부와 풍성한 적발의 사내가 황금 손잡이, 은날의 검을 빼어 들고 있는 모습은 위풍이 당당하여 마치 화폭에서 튀어나온 것만 같았다.

"이건 니스너 님께 큰 힘이 될 겁니다."

"그래."

우리가 아닌 니스너 님이라는 호칭을 적발의 용사는 당연하게 받아들였다. 그는 천천히 검을 집어넣었다.

주요봉인소도 아닌 날개 협곡의 신전에 이런 명검이 잠들어 있을 줄 누가 알았겠는가.

하얀 달의 영웅, 잔 라이언의 검이.

"모두 황제 폐하 덕분입니다."

래이가 말했다. 니스너는 고개를 끄덕였다. 그러나 말한 래이나 끄덕인 니스너나 진심이 아니었다. 모든 명은 황태자의 머리에서 나온다는 사실을 둘 다 알고 있었다.

"어서 보답을 하러 가야겠군."

니스너는 허공에 손을 들었다. 두꺼운 다갈색의 손목에 검은 밴드를 하고 있었는데, 하얀 동그라미가 중앙에 그려져 있었다. 백양의 표시다.

"인벤토리inventory."

검사인 니스너의 입에서 마법 주문이 흘러나왔으나 사실 엄밀히 말하면 마법은 아니었다. 원대륙의 기술과 우리대륙의 마력을 합쳐 만든 아직 상용화되지 않은 아이템으로, 그 예속하고 있는 주인이 시전어를 외우면 특정한 공간을 부를 수 있다. 그 공간은 실제로 현실 세계에 있는 공간으로, 사방에 마법진이 그려진 공간이다. 마법진으로 둘러싸기만 하면 어느 크기든 어디서든 부를 수 있기 때문에, 상용화된다면 스크롤만큼 엄청난 폭풍을 몰고 올 것이다.

니스너 앞에 나타난 투명한 공간에는 물체가 하나밖에 없었다. 주먹만 한 조그만 갈색 주머니. 그는 허리를 굽혀 주머니를 주워 들고 끈을 풀었다. 갈색 주머니 안에는 손가락 한 마디쯤 되는 길이의 아주 연한 붉은빛의 빗방울 모양의 보석이 있었다.

"완전히 색을 찾은 건가?"

"아뇨, 아직 멀었습니다."

래이가 옆으로 와 황홀한 눈으로 보석을 보았다.

"훨씬 붉어질 겁니다."

"……."

"마치…… 황혼처럼."

그들이 보고 있는 것은 사막 엘프의 수장이 귀와 함께 잃었던 주요봉인소, 황혼의 눈물이었다.

제5장
시험

"악몽을 꾸는 것 같다 개굴."

잠이 든 소년을 보던 커다란 개구리가 말했다.

"몸이 아프니까요."

분홍 머리의 여자아이가 물수건의 물기를 짜내며 답했다. 커다란 개구리는 이해가 되지 않는 듯 고개를 갸웃했다.

"아픈 거랑 악몽이랑 무슨 상관인가 개굴?"

"인간은 마족과는 달리 복잡한 존재입니다. 몸이 아프면 마음까지 함께 병들게 됩니다."

분홍 머리 여자아이는 소년의 이마에 물수건을 올려 주었다. 그때까지 가만히 팔짱을 끼고 서 있던 흑장발의 미남자가 소년이 누워 있는 침대 옆의 빈 침대에 걸터앉으며 말했다.

"약한 게 뭐 구경거리라고."

냉소적으로 말하고는 읽던 책을 들었다. 지금 앓고 있는 인간의 아이가 구입해 준 우리대륙의 역사서였다.

"나도 내가 왜 이러는지 모르겠다 개굴. 약한 존재가 가여운 적은 처음이다 개굴."

구르는 한숨처럼 말했다. 가엽다는 단어의 뜻조차 몰랐던 자신이 이렇게까지 변할 줄은 몰랐다. 마족인 그로서는 지금 소년에게 느끼는 자신의 감정이, 아니 소년에게 감정을 느낀다는 것 자체가 영 어색했다.

"마족도 생명체입니다. 감정을 느끼는 게 당연하지요."

네라가 그리 말했을 때, 소년의 입에서 다시 신음이 흘러나왔다. 셋의 눈길이 일시에 소년에게 향했다.

"열이 심합니다."

네라는 살포시 눈썹을 찌푸렸다. 미지근해진 대야의 물을 버리고 다시 새 물을 떠서 물수건 하나를 더 축였다. 그리 익숙한 모양새는 아니었지만 나름 열심이었다. 꾹 쥐어짠 후, 소년의 이마 위에 있던 물수건과 바꾸었다. 네라는 이 일을 반나절 내내 반복하고 있었다.

"나하가 깨어 있을 때 지금의 반만이라도 좋게 대한다면 나하도 널 싫어하진 않을 거다 개굴."

구르가 충고했다. 전날 네라가 잘생긴 적발의 영웅에게 인질로 잡혔을 때, 이 소년이 주저하지도 않고 진심으로 버리고 가려고 했던 걸 알게 된 네라는 조금 속상해했다. 그걸 구르가 눈치채고 있었던 것이다. 네라의 얼굴이 어두워졌다.

"아닙니다. 서로 싫어하는 티를 내고 있는 편이 좋습니다."

"나하를 좋아하지 않나 개굴?"

"모르겠습니다. 다만, 안쓰럽습니다."

그러자 구르가 귀엽게 한숨을 내쉬었다.

"나도 나하가 안쓰럽다 개굴."

이번에는 그늘졌던 네라의 얼굴이 한결 밝아졌다. 인간의 아이에게 측은지심을 느끼고 있는 마족의 모습은 생각보다 보기 좋은 것이었다.

"넌 될 수 있으면 말하지 마라. 듣는 사람 속 터지니까."

진이 책을 탁 덮으며 말했다.

"저게 뭐가 안쓰러운가. 두 번이나 목숨을 잃을 뻔했는데 두 번 다 인어의 눈물이 발휘되지 않았다. 저런 것도 인간이라 생각하나?"

"그 드워프가 잘못 알고 있었을지도 모른다 개굴."

구르가 나하사를 편들었다. 진은 고개를 저었다.

"아니, 레알이다. 나는 드워프에게 듣기 전부터 알고 있었다."

그래도 믿는 눈치가 아니자 진이 덧붙였다.

"인어족 여왕에게서 직접 들었다."

진의 입에서 의외의 단어가 튀어나왔다. 구르와 네라가 동시에 소리를 질렀다.

"인어족 여왕님을 아나 개굴?"

"인어족 여왕을 아십니까?"

구르와 네라는 서로 힐끔 보았다. 그러나 상대방이 먼저 말하라는 양보의 시선이 아니라 자기가 먼저 말하겠다는 시선이었다.

"연자리 님은 참 아름다운 분이지 않나 개굴?"

"그런 분을 아셔서 제게 관심이 없었군요!"

"지금 나하가 달고 있는 인어의 눈물도 연자리 님의 선물이다 개굴."

"하지만 전 인어족 여왕과는 다른 매력이 있습니다. 놓치고 후회하지 마십시오."

각자 자기 얘기만 하는 건 나하사가 잠들어 있을 때나 깨어 있을 때나 똑같았다. 진은 우선 구르에게 말했다.

"내가 아는 인어족 여왕은 연자리라는 이름이 아니었다. 바뀌었나 보군."

사실 진이 알고 있는 인어족 여왕은 초대 여왕이라 구르가 모르는 게 당연했다.

"그녀의 이름은……."

"연자리든 연가시든 그게 중요한 게 아닙니다. 제 이름은 불러 준 적도 없으면서 다른 여자의 이름을 부르려 하지 마십시오."

"그래, 중요한 건 저 녀석이 인간이 아니라는 사실이지."

진이 앓고 있는 소년을 손가락질하며 말했다. 화제가 다시 나하사에게로 돌아왔다.

"나하가 왜 인간이 아닌가 개굴!"

"이기(利己)가 없는 인간이라는 건 있을 수 없다."

진은 냉소하며 답했다. 그가 보기에 누워 있는 소년은 인간인 척하는 빈껍데기일 뿐이었다.

"진 님, 너무 섣부른 판단입니다."

네라는 소년의 이마에 놓인 물수건이 미지근해진 것을 알고 다시 갈아 주며 말했다.

"이렇게 악몽을 꾸고 있는 것 자체가 인간이라는 증거 아니겠습니까."

"그렇다면 왜 너의 치유마법이 통하지 않은 거지?"

진이 정곡을 찔렀다. 구르가 깜짝 놀라 개굴, 딸꾹질을 하며 소리쳤다.

"치유마법이 통하지 않았다니 무슨 말인가 개굴?"

래이 줄과 구르, 그리고 니스너 실 누소즈조차도 네라의 치유마법이 통한 줄 알고 있었으나, 사실 네라가 치유한 것은 래이줄의 신성마법으로 인한 몸의 상처, 즉 마법의 열기로 인한 화상(火傷)뿐이었다. 네라의 마법이 통했다면 나하사는 지금 이렇게 앓고 있지도 말아야 했다. 진은 그것을 꿰뚫어 보았다. 네라가 조금 의기소침하게 입을 열었다.

"정확히 말하면 신성치유마법이 통하지 않은 겁니다. 이 아이에게는 백마법이 아닌 치유마법은 통하지 않습니다."

"이칼리노의 공격마법인 반(反)마족마법은 통하고 말이지."

구르를 향했던 래이 줄의 마법에 맞았는데 소년은 고통에 나뒹굴었다. 이칼리노의 신성마법은 다른 말로(주로 이칼리노를 비꼴 때) 반마족마법이라 부르는데 그 마법이 효과가 있다는 것은, 소년이 마족에 더 가깝다고 해석할 여지를 주는 것이었다.

"인간이 아니다."

진이 자신만만하게 비웃으며 한 말에 누구도 반박하지 못했다. 그들 셋은 끄응, 신음을 내며 앓는 소년을 보았다.

구르는 소년의 머리맡으로 풀쩍 뛰었다.

"뭐 됐다. 인간이든 아니든 상관없다 개굴."

그 말은 진심이었다. 구르르무는 이 아이가 어느 종족이든 개의치 않았다. 다만 그는 이 아이가 가여웠다. 이렇게 앓고 있는 모습보다는 매운 것을 먹고 활기차게 웃는 모습이 보고 싶었다. 그저 그뿐이었다.

심한 감기에 걸렸다. 머리가 어지럽고 눈앞이 침침했다. 마른침만 자꾸 삼키며 몸을 떨었다.

"괜찮니?"

그 사람이 이마에 물수건을 올리며 물었다.

"그러게 왜 비가 오는데 밖에 서 있었어?"

걱정스러운 목소리였다.

"따뜻한 집 놔두고."

부드러운 손이 머리를 쓸었다. 눈을 천천히 감았다가 떴다. 아이는 입술을 달싹이며 힘겹게 말했다.

"당신이… 안 와서……."

하루 내내 기다렸는데 오지 않았다. 늦을 거라고 말은 했지만, 당신이 집에서 잠을 자지 않는 건 처음이라 걱정되었다. 또다시 혼자가 된 기분이 들어 집에 있을 수가 없었다. 열이 오른 볼에 그 사람의 손길이 느껴졌다.

"나하사."

그 사람은 자신이 지어 준 이름을 나지막하게 불렀다.

"폭우 때문에 다리가 잠겼어. 아무도 배를 내리려 하지 않아서 사람을 찾느라 오래 걸렸단다."

"……."

"늦어서 미안하다. 다음번에는 함께 나가자꾸나."

그 사람은 이불을 목까지 올려서 덮어 주었다. 힘겹게 숨을 내쉬며 눈을 깜박였다. 흐린 눈에 그 사람이 비쳤다. 안타까운 얼굴.

"저……."

그 사람을 위로하고 싶은 마음에 입을 열었지만, 단어가 되지는 못했다. 아직 저 사람을 뭐라고 불러야 할지 몰랐다.

"좀 자는 게 좋겠다, 나하사."

아이가 말을 고르는 사이, 그 사람은 다정하게 말했다.

"한숨 자고 나면 괜찮아질 거야. 자, 눈 감고."

거역할 수 없는 말에 아이는 눈을 감았다. 그 사람이 부드러운 손길로 머리를 쓸어 주는 게 느껴졌다. 약을 먹은 직후라서 눈을 감자마자 깊은 어둠이 퍼져 나갔다. 다시 눈을 뜨려 하자 그 사람의 손이 부드럽게 눈을 가려 왔다.

"이제 혼자 두지 않을게. 그러니 겁내지 마라."

쉬…… 괜찮아. 계속 옆에 있을 거다.

자… 눈을 감고.

그 사람이 차분하고 조용하게, 부드러운 목소리로 말
하는 것을 들으며 아이는 잠들었다.

툭, 뺨을 건드리는 축축한 촉감을 느꼈다. 눈을 뜨자마자 보인
것은 커다란 녹색 개구리였다.

"으악!"

나하사가 비명을 지르며 일어났다.

"왜 소리를 지르나! 깜짝 놀랐다 개굴!"

"놀란 건 나야, 이 개구리야. 왜 바로 앞에서 그러고 있어?"

구르는 입을 다물었다. 다른 때 같으면 개구리가 무슨 괴물이라
도 되냐고, 아니 그 이전에 자기는 개구리가 아니라고 아득바득 따
질 텐데 이상하다. 나하사가 고개를 갸웃하며 이불에서 나왔다.

"벌써 해가 중천인데 잘도 자는군."

진이 은색 찻잔을 입가에 대며 차갑게 말했다.

"늦잠이라니, 역시 어린아이입니다."

십 대 초중반으로 보이는 네라 역시 찻잔을 입가에 대며 차갑
게 말했다. 나하사가 한숨을 쉬었다. 익숙한 아침의 모습이다.
이제 네라가 원래 멤버인 것처럼 끼어드는데 그거 가지고 뭐라
할 기력도 없다.

"열두 시밖에 안 됐네. 아침에 잠들었으니 따지고 보면 늦잠
도 아니라고."

"그럼 더 자라 개굴."

구르가 침대 위에서 풀쩍 뛰어내리며 말했다. 나하사는 허리를 잡고 기지개를 켰다.

"으아! 깬 김에 그냥 일어나지, 뭐."

"그냥 더 자라 개굴."

구르가 이상하게 잠을 강요한다. 그렇지만 이미 잠은 다 달아난 후였다. 네라는 차가 마르지 않는 것처럼 보이는 조그만 주전자로 진의 찻잔에 차를 따르며 말했다.

"잠이 부족하니까 악몽을 꾸는 겁니다."

"악몽?"

이 여관은 원대륙식의 세면 시설이 설치가 안 되어 있다. 깨끗하게 씻고 싶으면 실외의 샤워장(우물물을 직접 길어야 한다)에 가야 하지만 역시 귀찮다. 테이블 위에 있던 커다란 주전자에서 대야에 물을 따랐다. 투명한 물은 미지근했다.

"나 악몽 안 꿨는데."

대수롭지 않게 말하며 앞머리를 올려 핀으로 고정했다. 어푸어푸, 미지근한 물로 세수한 뒤 수건으로 닦고 일어나는데 주위가 이상할 정도로 조용하다. 두 마족과 여자아이 하나가 왠지 말없이 자신을 보고 있었다.

"뭐야?"

"악몽을 안 꿨다고 개굴?"

"왜 그래?"

구르가 눈을 찌푸리며 보았다. 재차 악몽을 안 꿨느냐고 물었다. 갑자기 남의 꿈 내용이 뭐가 궁금하다고 이러는지 알 수 없어서 그냥 웃고 마는데, 진이 시크하게 말했다.

"악몽이 아닌데 왜 울고 있었지?"

"어?"

"시커먼스!"

나하사의 의아한 반문에 이어, 구르가 화난 듯한 목소리로 진을 불렀다. 진의 입을 다물게 하는 데 목적이 있는 듯했다.

나하사는 미간에 주름을 만들고는, 말이 없는 셋을 바라보다가 돌아섰다. 테이블 위의 커다란 직사각형 벽걸이 거울 앞으로 천천히 걸어갔다. 거울 속에는 조그만 키에 동그란 눈을 한 검은 머리 소년이 파리한 안색을 하고 이쪽을 보고 있었는데, 눈가가 붉었다. 누가 봐도 방금까지 막 울었던 사람처럼 보여서 나하사는 웃었다.

엘프 마을에는 가지 못하고 곧장 소냐르로 향했다. 대륙 서쪽 하단 부분에 장화 모양으로 붙은 나라인 소냐르는 주요봉인소를 두 곳이나 가진 강국이다. 물론 이바노브 아시오의 주요봉인소보다는 적지만, 주요봉인소가 아닌 봉인소만 따진다면 대륙의 40퍼센트는 소냐르에 몰려 있다고 볼 수 있다. 나라의 크기는 이바노브의 삼 분의 일이 간신히 넘으면서 봉인소는 최다 보유하고 있는 것이다. 나라의 가운데에는 동서를 나누며 가로지르는 높은 산맥이 있는데, 주요봉인소 두 곳 모두 산맥의 서쪽에 위치하고 있다. 산맥의 동쪽으로는 자잘한 봉인소들이 많다.

나하사는 산맥의 동쪽에 머무르기로 했다. 큰 도시는 없고 조그만 마을만 듬성듬성 있는 동쪽에는 대륙의 35퍼센트를 차지하는 봉인소들이 있다. 그야말로 발에 차이는 게 봉인소다. 이미 봉인소를 깨고 다니는 해제범에 대한 소문이 쫙 퍼진 지금, 주요봉인소를 깨는 건 위험성이 크기 때문에 나하사는 해제해도 소문이 크게 나지 않는 자잘한 봉인소들을 깨기로 했다.

날개 협곡의 일 이후 열흘 동안, 조그만 마을과 야산의 봉인소를 깨면서 평화롭게 시간은 흘러갔다. 그리고 이제는 푸른 하늘엔 구름 한 점 없고, 바람이 선선하게 불어오는 완연한 가을이 왔다.

"못 씻어서 불쾌합니다."

마구간에서 타고 갈 말을 고르는데 네라가 다가와서 말했다.

"왜 못 씻었어? 샤워실 안 갔냐?"

"따뜻한 물이 안 나옵니다."

네라는 나하사가 쓰다듬고 있는 말을 보더니 한쪽 눈썹을 올렸다.

"또 말 타는 겁니까? 마차가 아니라?"

"응."

"또 도로가 안 만들어진 곳입니까?"

네라가 지긋지긋하다는 듯 말했다.

"대체 시대가 어느 땐데 이렇게 불편하게 살아야 합니까?"

나하사는 기가 찼다.

"그럼 니네 집에나 가든가."

"……."

네라가 입을 다물었다. 날개 협곡에서 나하사가 조금도 고민하지 않고 자신을 적발의 영웅에게 넘기려고 한 것을 알았기 때문에, 더 이상 나하사의 심기를 건드리지 않기로 했다.

나하사는 갈색 말 두 마리를 끌고 나왔다.

"또 말 타고 가나 개굴?"

수풀에 있던 구르가 말을 데리고 나오는 나하사를 보고 폴짝폴짝 뛰어왔다. 흙이 묻은 구르를 나하사는 개의치 않고 품에 안았다.

"진은?"

"씻고 있다 개굴."

어찌나 깔끔을 떠는지, 씻는 데 거의 한 시간이 걸린다며 구르가 투덜거렸다. 나하사는 수풀의 넓적한 바위에 걸터앉았다. 네라가 마구간에서 나와 나하사의 옆에 먼지를 탁탁 털고 앉았다.

"악몽 좀 꿨다고 질질 짜는 거 부끄럽지 않습니까?"

"…윽."

설마 네라가 오늘 아침 울었던 얘기를 꺼낼 줄은 몰랐다.

"악몽 아니었거든!"

"그럼 왜 울었습니까?"

"아, 씨……."

보통 사람은 운 걸 보면 잘 언급하지 않고 넘어가 주지 않나? 그걸 가지고 놀리다니 진짜 이 녀석은 인간도 아니다.

"그만 해라 개굴."

구르가 풀쩍 뛰어내려 네라와 나하사 사이에 앉았다.

"열여덟 살 사내애가 악몽 꾸고 울었는데 얼마나 쪽팔리겠나 개굴! 그만 놀려라 개굴."

말리는 구르가 더 밉다……. 나하사는 바위에 상체를 눕히고 하늘을 올려다보았다. 푸른 하늘을 배경으로 솟은 높은 산은 온통 울긋불긋하다. 우리대륙의 가을은 아름답다. 사계절 중에서 가장 아름답다고 정평이 나 있다. 산맥 동쪽에서 자잘한 봉인을 깨면서 아름다운 가을 산을 돌아다니다 보니 평화로운 기분이 들지 않을 수가 없었다. 한적한 시골 길에는 간이 여관과 마구간, 온천 말고는 건물이 없다. 마을은 북쪽과 남쪽으로 멀리 떨어져 있었고, 가끔 사람들이 지나다니긴 하는데 나하사 일행에게는 그다지 관심을 두지 않았다.

"나하야."

구르가 나하사 배 위로 기어올랐다.

"이번에 가는 곳은 어떤 곳인가 개굴?"

"전보다는 큰 마을이야. 토끼 마법을 걸어 줄게."

그동안 크림 신전에 있을 때처럼 구르를 토끼로 보이게 하는 마법을 걸어 놓고 다녔다. 구르도 후드 안에 갇혀 있는 것보다는 토끼인 척하는 게 더 좋았다.

"이번에도 키메라면 어떡하나 개굴?"

사실 저번에 조그만 마을 뒷산에 있는 폐신전의 봉인을 깼는데, 봉인되어 있던 것이 하필 흉악한 키메라였다.

"마법 한 방이면 되는데, 뭘."

"저주가 나오면 개굴?"

그전 봉인에서 해제된 건 저주였다. 사람은 살지 않는 깊은 숲속의 봉인소여서 다행히 저주는 목적지를 잃고 상쇄되었지만, 나하사는 신성마법을 못 하기 때문에 또다시 저주가 나오면 상당히 위험할 수 있었다.

"나하야, 저주가 풀리면 어떡하나 개굴?"

"구르야, 우유 좀 줄까?"

나하사와 구르가 서로 지그시 바라보았다. 구르는 배에서 목 위로 슬금슬금 기어 왔다.

"신성마법을 배우는 게 어떠냐 개굴?"

"불가능해."

신성마법은 신을 믿고 신의 은총을 받아야만 할 수 있는 마법이다. 이미 흑마법을 익힌 나하사로서는 방도가 없었다.

"치유마법이라도 할 수 있으면 여행이 편해질 거다 개굴."

"네라가 백마법을 하는데 뭐. 나도 익히고 싶지만 이미 늦었어. 어떤 신도 내게 은총을 내리려 하지 않을걸?"

말하며 자조적으로 웃을 때, 옆에 있던 네라가 벌떡 일어났다.

"그렇지 않습니다!"

"어?"

"신은 누구도 포기하지 않습니다. 당신도 신을 포기하지 마십시오."

구르가 커다란 눈을 끔뻑이며 네라를 보았다. 나하사도 말을 잊었다. 늘 무심한 표정이던 분홍 머리 여자아이가 웬일인지 잔뜩 흥분하고 있었다. 한 줄기 시원한 바람이 그들 사이를 스쳐 지나갔다. 날개 협곡에서 네라는 신성치유마법을 했다. 나하사는 그에 대해 네라에게 묻지 않았다. 왜냐하면 자신이 물으면 네라도 물어볼 것이기 때문이었다. 왜 마법이 통하지 않은 것인지……. 그래서 그냥 서로가 좋게좋게 모른 척 넘어가려고 했다.

"너 신관이었어?"

알고는 있었지만 새삼 놀란 척했다. 네라는 조금 어물쩍거렸다.

"전……."

"아니, 그냥 대답하지 마."

마왕을 부활시키려고 마족 두 마리와 함께 여행 중인데, 중간에 끼어든 여자아이가 신관이었다니. 지금까지 신관하고 같이 봉인을 깨고 다녔다니. …믿고 싶지 않다.

나하사는 네라가 신관임을 외면하기로 했고, 네라도 구태여 자신의 정체(?)를 밝히려 하진 않았다.

"당신은 아예 신을 믿지 않고 있습니까?"

"응, 난 뭐… 자격도 없고. 넌 역시 이칼리노?"

"으음, 어려운 질문이군요."

네라는 심각하게 고민했다.

"말하자면 이칼리노…긴 한데 사실은 딱히 특정 신을 믿는 건 아닙니다만… 역시 이칼리노……."

답지 않게 어물거리기까지 한다. 그러니까 결국은 이칼리노라는 것 같다.

"아니, 이게 중요한 게 아니라, 신은 아무도 포기하지 않습니다. 당신을 기다리고 있습니다. 당신도 신을 버리지 말아야 합니다."

말하는 걸 보면 마치 광신도 같았다. 우리 대륙 사람 열 명 중 아홉은 종교를 가지고 있고, 그 신도의 열에 아홉은 이칼리노를 믿고 있으며 이칼리노 신도 열 명 중 하나는 광신도다. 네라가 만약 그 광신도에 속한다면, 상선벌악(賞善罰惡)의 이칼리노를 믿으면서 마족 둘과 함께 여행한다는 것은 상상도 할 수 없었다. 이바노브 아시오에 있는 이칼리노의 신전 한 곳을 빼고는 모든 곳이 마족을 적대시하니 아마 광신도는 아닐 것이다.

"제 말 듣고 계십니까?"

"어, 뭐라고?"

"신은 당신을 기다리고 있습니다."

강하게 직시하는 청록색 눈은 답변을 요구하는 것 같았다. 그러나 나하사는 딱히 할 말이 없었다. 흑마법을 배웠는데, 인간으로서 해서는 안 되는 악독한 짓을 저질렀는데, 인제 와서 신을 찾는 건 웃기는 일이다.

"믿지 않는군요."

네라가 낮게 말했다. 나하사는 어깨를 으쓱했다. 마침 저편에서 진이 우아하게 광채를 휘날리며 걸어오는 게 보여, 말이 없는 구르를 안고 일어났다.

"야, 너 수건은?"

분명 하얀 수건을 줬는데 양손이 비어 있다.

"수건?"

진이 처음 듣는 것처럼 반문했다.

"너 닦으라고 준 거 말이야!"

"설마 사흘 내내 쓰던 것을 다시 쓰려고 묻는 건 아니겠지?"

"보통은 다시 써! 빨면 깨끗해지는데… 야, 너 옷은 어쨌어?"

검은색 베스트와 원대륙식의 하얀 셔츠, 검은 바지를 입고 있었는데 어디로 갔는지 보이지 않는다.

"설마 사흘 동안 입은 것을 다시 입으라는 건 아니겠지?"

뻔뻔한 대답에 나하사가 악 소리를 지르며 목 뒤를 부여잡았다.

"나하야! 정신 차려라 개굴!"

"지가 무슨 패리스 진튼이야? 지 돈으로 샀냐, 엉?"

"이해한다 나하야. 진정해라 개굴!"

구르가 나하사를 필사적으로 말리고 있을 때 진은 기분 좋게 바람을 느끼고 있었다.

"바람이 시원하군."

"야, 너 내 말 안 들리냐?"

"이제 여름이 다 지나갔어. 긴장해야 할 것이다."

"내 말 듣고 있어? 으아아! 열받⋯⋯!"

괴성을 지르던 나하사가 급 멈추었다. 구르가 갸웃하며 왜 그러냐고 물으려는데, 나하사는 구르의 입을 틀어막고는 머리 위에 올리고 허겁지겁 후드를 썼다. 진한테도 두건을 던져 줬다. 멀리서 말을 타고 오는 무리를 발견한 것이다. 네 명의 사내였다. 입을 싹 닫고 바위에 앉아 지나가길 기다리는데 그들이 먼지를 일으키며 다가왔다.

"무슨 일 있소?"

"비명이 들렸는데."

각자 말에서 내리는데 정말 범상치 않았다. 표식이 없는 은색 갑옷을 입은 건장한 체구의 사내 둘과 군데군데 머리가 하얗게 센 중년인, 그리고 가장 앞에 선 이는 금발이었는데 하얀 옷에 남색 망토를 하고 있었다. 세상에, 망토라니! 무슨 고전 영웅 소설에나 나올 법한 차림새잖아?

"무슨 일 있었소?"

중년인이 진을 보며 물었다. 진은 나하사를 보았다.

"아무 일도 없었습니다."

나하사가 진 앞에 서며 답했다.

"그냥 놀다가 소리 지른 거예요."

그러니까 가던 길이나 가세요. 눈으로 종용하는데 이번에는 금발 머리의 잘생긴 청년이 나섰다.

"어린 목소리군. 이 근처 사람인가?"

"그건 아닌데……."

"여행 중인가? 혹시 요 앞의 마을에 가는 건가?"

그 요 앞의 마을에 가려고 한 나하사가 고개를 막 저으려는데, 네라가 덥석 답했다.

"네, 맞습니다. 당신도 그곳에 가는 겁니까?"

"오! 우리도 그곳을 지난다. 함께 가는 게 좋겠군."

"네, 그러면 되겠군요. 출발합시다."

목적지 선택에 아무런 권한이 없는 네라의 말이었다. 당연히 진은 미동도 않고 나하사는 한숨만 쉬었다.

"마법사 소년, 안 가는가?"

청년이 물었다.

"네, 저흰 좀 나중에 가려고요. 먼저 가세요."

"이왕이면 같이 가는 게 좋지 않겠나."

"아니에요. 먼저 가세요."

"이곳은 야생 동물이 많아 위험하다. 곧 해가 질 텐데, 그러면 도적이 나타날지도 몰라. 우리와 함께 마을까지 안전하게 동행하지 않겠나?"

나하사는 이 네 명의 사내를 다시 살폈다. 은색 갑옷을 입은 이들은 창을 들고 뒤에서 경계하며 서 있으며, 반백의 중년인은 금발 사내의 뒤에서 공손하게 허리를 조금 굽히고 있다.

그냥 딱 봐도 너무 심상치 않잖아! 무슨 소설 속의 어느 나라

제N왕자와 그를 따르는 무리 같은 냄새가 풍긴다.

나하사의 촉이 말해 주고 있다. 절대 동행해선 안 된다고.

"먼저 가세요."

"하지만……."

"그럼 안녕히 가세요."

나하사는 딱 잘라 인사하고는 너른 바위에 올라가 엎드려서 대놓고 자는 척했다. 저런 무례한… 감히 누구한테… 하는 소리가 들렸다. 나하사는 눈을 꼭 감았다. 이것 봐, 역시 뭔가 있을 줄 알았어. 쫓기는 입장에서 저런 수상한 놈들하고 함께할 순 없다. 네라와 수상한 사내들이 아쉽게 작별 인사를 했다. 나하사는 사내들의 말발굽 소리가 멀어진 후에야 바위에서 일어났다.

"푸하, 후드 속은 숨 막힌다 개굴! 언제까지 이래야 하나 개굴? 정말 지긋지긋하다 개굴!"

구르는 요즘 계속 후드 안에서만 지내느라 고생이었다. 나하사는 말없이 우유를 꺼내 접시에 담아 주었다.

"그렇지만 좀 참겠다 개굴. 냠냠."

나하사는 속으로 중얼거렸다. 우유 성애 개구리 자식…….

네라는 괜히 분홍 구두에 흙을 묻히며 툴툴거렸다.

"왜 동행하지 않는 겁니까?"

"몰라서 물어?"

"이웃 나라 왕자님일 수도 있잖습니까? 다시 만나기는 어려운 인연일 겁니다."

"제발 다시 안 만났으면 좋겠거든."

네라가 툴툴대는 걸 무시하고 나하사는 바위 위에 다시 누워 눈을 감았다. 잘 생각은 아니었는데, 깜빡 졸았다가 일어나니 네라는 모습을 감춘 뒤였다. 나하사는 혹시라도 아까 그 일행과 마주칠까 봐 해가 지고도 서너 시간을 더 근처에서 뒹굴거린 후에야 출발했다. 소년은 이때까지 몰랐다. 지도에도 나와 있지 않은 요 앞의 아주 조그만 마을에서 자신이 얼마나 많은 우연한 만남을 겪게 될지.

그것도 아주 고의적인 만남들을.

밤이 늦어 달이 덩그러니 떠 있을 때 마을에 도착했다. 입구에는 이칼리노의 상징인 하얀 끈으로 중앙에 한 번 매듭을 묶은 고목이 서 있었다. 요즘 돌아다닌 마을은 대부분 이칼리노에게 봉헌된 마을이었고, 그 외에는 칼리프스에게 봉헌된 마을이 딱 하나 있었을 뿐이다.

경비도 없는 조그만 마을 입구에서 막 한 발짝 내디딜 때였다.

"어두운 꿈을 꾸고 있구나. 재앙을 부르는 꿈이야."

그들을 붙잡은 목소리는 부드럽고 연약한 목소리였다. 웬 재앙? 옆을 보니 고목 아래에 검은 로브를 입은 아담한 체구의 여인이 앉아 있었다.

"아주 어두운 아우라야. 외롭고, 비참한……."

때마침 달빛을 가린 구름이 사라졌다. 허리가 굽고 얼굴에는 검버섯이 피었으며 이빨이 듬성듬성 빠진 백발 노파였다.

"네 앞길은 절망과 파괴로 가득 차 있다. 그리고 너는 그것을 알고 있구나."

"……"

"원하는 것을 얻어도 행복해질 수 없을 거다."

노파가 단정적으로 말했다. 그리고는 씨익 웃는데 그 모습이 괴기하고 섬뜩하기까지 했다.

"가까이 오너라. 내가 도움을 주지……."

바닥에 붉은 천을 깔더니 품속에서 두 손으로 감싸 쥘 만큼 큰 수정 구슬을 꺼내 내려놓았다. 나하사는 물끄러미 그 모습을 바라보다가 몸을 홱 돌려 성큼성큼 걸었다.

"소년?"

마을 쪽으로.

"내, 내가 도움을 준다니까?"

도와줄 테니 잠시만 앉아 보라고 외치는 노파를 무시하고 성큼성큼 걸었다.

"나랑 잠깐만 대화하면 원하는 것을 찾을 수 있을 게다! 나는 예언자야!"

늦은 밤, 조용한 마을에 울려 퍼지는 노파의 고함을 들으며 나하사는 새끼손가락으로 귀를 쑤셨다. 예언자는 무슨, 얼어 죽을. 지가 무슨 오지야? 제사장이야?

"왜 무시하는 겁니까?"

"으악!"

갑자기 청량한 목소리가 들려와서 깜짝 놀랐다. 어느샌가 나타난 네라가 의아한 듯 묻고 있었다.

"도와준다잖습니까?"

"저 말을 믿어? 그냥 '기가 이상하군요' '도를 아십니까?' 같은 거야. 무시하면 돼."

자기가 오지도 아니고 미래의 일을 어떻게 알겠어. 나하사는 어깨를 으쓱했다. 사람이 없는 걸 확인하고 후드를 벗었다. 커다란 개구리가 푸하, 하며 나타났다.

"바로 봉인 깨러 가자."

"안 된다 개굴. 밤을 새울 작정인가 개굴!"

"아침에 자면 되잖아."

"어제도 밤을 새웠는데 나는 절대 허락 못 한다 개굴. 당장 방 잡아서 자라 개굴!"

솔직히 구르가 허락을 하든 안 하든 나하사는 자기가 원하는 대로 하면 그만이었다. 요 개구리야 삐치긴 하겠지만 우유 몇 팩이면 달랠 수 있고. 고민하는 나하사를 보며 네라도 고민했다.

"저런 심상찮은 말을 하는데 어떻게 그렇게 무시할 수 있습니까?"

"사기라니까."

"궁금하지 않습니까? 잠깐 대화라도 할 수 있는 거 아닙니까? 당신은 호기심이 없는 겁니까?"

쉼 없는 —니까 공격에 피곤함이 몰려왔다.

봉인소로 향하며 걷고 있는 사이, 허름한 여관이 나타났다. 식당을 겸업하는 작은 곳이었다.

"여관이다 개굴!"

못 보길 바랐는데 구르가 제일 먼저 발견하곤 폴짝폴짝 뛰어갔다.

"올레."

진도 잘됐다는 뜻의 고대어를 내뱉으며 자연스레 그쪽으로 향한다.

"가서 대화라도 해 보지 않겠습니까? 혹시 모르는 거잖습니까."

네라는 계속 사기꾼 점쟁이 얘기였다. 나하사는 대답 없이 한숨을 푹 쉬고는 여관으로 향했다.

방을 하나 잡고 짐을 풀었다. 그 와중에도 네라는 계속 한번 대화해 보라고 좋알댔다. 나하사는 침대에 올라가 앉으며 말했다.

"아, 진짜… 그래, 좋아! 대화할게!"

"오, 정말입니까?"

"응, 네가 영원히 사라지면."

"……."

"……."

"안녕히 주무십시오."

상처받은 네라가 패배를 시인하고 떠났다. 나하사는 쳇 혀를 찼다. 구르는 이미 한가운데에서 코를 골며 잠들어 있었고 진은 씻으러 들어갔다. 소년은 침대 위에 누웠다. 한 5분만 누워 있을 생각이었다. 구르가 몸 위를 뛰어다니는 바람에 깬 게 다섯 시간 후였지만.

그리 많이 잔 건 아니었다. 아침 아홉 시가 되기 전에 일어나 여관에서 나왔다. 진은 자라고 두고 구르만 데리고 왔다.

"밝을 때 봉인 깨면 들킬 거다 개굴."

토끼로 보이는 마법을 걸어 놓은 구르가 품에서 꿍얼댔다.

"우선은 산에 있는 봉인부터 깰 거야."

"그러면 안 들킬 거라고 생각하나 개굴? 관리하는 인간이 있을 것 아닌가 개굴?"

"산맥 동쪽은 치이는 게 다 봉인소야. 아무도 관리하지도 않고 중요하게 여기지도 않을걸."

"그러다 피 보는 건데… 개굴."

나하사도 동감이었다. 무엇이 봉인되어 있는지도 모르면서 관리인도 없이 방치하는 건 위험을 자초하는 일이다. 하지만 한편으로는 이해되기도 했다. 그 수많은 봉인소를 하나하나 관리하기에는 인력도 자금도 부족할 것이다.

봉인은 마을 안 사람이 사는 집 마당에도, 마차가 돌아다녀야 하는 길에도, 광장 중앙에도 있으니 소냐르 공작들에겐 처치 곤란한 짐 덩이에 불과할지도 몰랐다.

산은 울긋불긋해서 무척 아름다웠다. 하얀 토끼 모습의 구르가 이리저리 수풀을 뛰어다니며 아름다운 가을 산을 만끽했다. 나하사는 송골송골 맺힌 땀을 닦으며 천천히 올랐다.

"어이, 거기 마법사!"

겨울을 대비해 낙엽을 헤치며 장작을 모으고 있던 나무꾼들이 아는 체했다. 마침 봉인소로 가는 길에 있어서 그들과 마주칠 수밖에 없었다.

"우리 마을 사람은 아닌데, 혼자 여행?"

"아, 네. 하하하."

"이런 때에 여행이라니 여유롭네."

"해제범이 나타나서 잡아갈지도 모른다?"

꼬마 아이한테 무서운 마물이 나타난다고 놀리는 어조였다. 늘 있는 일이니 나하사는 신경 쓰지 않았다.

"해제범, 요만한 꼬마라는 소문이 있던데."

"아아, 일당 중 하나가 이만한 나이라지."

"그런데 이 녀석은 개구리가 아니라 토끼를 안고 있잖아."

사람들은 아직 진과 네라를 몰랐다. 수배 전단도 붉은 머리의 마족과 키메라 마족, 녹색 눈의 소년과 커다란 개구리(거의 두꺼비)뿐이었다. 다만 머리색은 염색의 가능성이 있다는 문구만 덧붙였을 뿐, 해제범의 수배 전단은 힐본세에 있을 때와 다를 바가 없었다.

적발의 무속검사가 날개 협곡에서 해제범 일당과 만난 것을 발표하지 않은 것이다. 해제범을 놓쳤다는 말을 하고 싶지 않아서일까? 아니면 더 이상 대륙에 혼란을 퍼뜨리기 싫어서?

"가을 들어서는 뭐 봉인 깨졌단 소식이 없는 걸 보니 숨어 지내나 봐, 그 해제범 일당."

어느 쪽이든 나하사에게 안 좋을 건 없었다.

"우리 니스너 경 때문에 겁나서 도망친 거지."

"맞아, 백양의 용사단은 정말 멋있어. 한 번이라도 좋으니 보고 싶다, 니스너 님. 왜 우리 동네에는 주요봉인소가 없는 걸까?"

용사단 관련 얘기가 나오면 언제나 본래 화제를 잊는다. 나무꾼들도 본래 화제를 잊은 채 용사단 칭송에 열을 쏟기 시작했다. 나하사는 뛰어다니는 토끼, 구르를 안아 들고 나무꾼들 사이를 슬쩍 빠져나갔다.

"오늘은 악몽 안 꿨나 개굴?"

"악몽 아니었다니까."

"그럼 왜 눈물을 흘렸나 개굴. 무슨 꿈을 꾼 건가 개굴?"

거참 끈질기기도 하다. 나하사도 끈질기게 답하지 않을 작정이었다.

이름 없는 야산 속에는 버려진 봉인소가 두 곳이나 있었다. 숲 동쪽에서 찾은 봉인소에는 귀족으로 보이는 미라가 봉인되어 있었다. 시신은 마법으로 잘 묻어 두었다.

좀 더 북쪽으로 올라가면 있는 봉인소는 다 스러져 마력이 새

어 나오는 허름한 곳이었다. 고대어가 새겨진 기울어진 비석 앞
에서 나하사는 한숨을 쉬었다.

"가만 안 둬도 저절로 풀릴 것 같다 개굴."

"응……."

봉인소를 찾고 있을 때는 그래도 기대감에 설레는데, 찾고 나
면 언제나 볼품없는 모습에 실망한다.

"절대 마왕님의 봉인이 아닐 것 같다 개굴."

"응……."

"그런데 왜 굳이 깨는 건가 개굴?"

구르가 그리 묻는 것은 당연했다.

"혹시 모르니까."

하고 대답하는 자신이 한심했다. 마왕의 봉인이 주요봉인소
중에 있다는 것이 확실하기만 하면 이런 헛수고는 하지도 않을
텐데……. 가을 동안 자잘한 봉인을 깨면서 소문이 수그러들기
를 기다려, 그때 다시 주요봉인소 해제를 할 것이다. 만약 사막
섬에서 도둑맞은(본래 자신 것도 아니었지만) 황혼의 눈물이 마왕
의 봉인이었다면 무척 억울할 것 같았다.

"아에로 · 그 · 로데."

거창한 주문은 필요하지도 않았다. 몇 자의 고대마법을 외자
비석의 고대어가 공중으로 스며들어 검은 마기가 되었다.

"이건… 그냥 마기인가?"

"아니다 개굴."

아주 적은 양의 마기는 나하사와 구르 주위를 맴돌다가 화살촉 모양이 되더니 쉭, 그들 사이를 지나쳐 갔다.

"헉!"

당겨진 화살촉처럼 빠르게 날아가는 마기를 허겁지겁 뒤쫓았다. 나하사는 산을 잘 타는 편이라 쫓을 수는 있었지만, 체력이 부족하고 마기가 날아가는 속도가 워낙 빨라 놓치고 말았다.

"하아… 뭐였지, 대체?"

"저주 같다 개굴."

"뭐어?"

저주라면 큰일이다. 무엇인지도 모르는 걸 이 작은 마을에 퍼뜨릴 수는 없다.

"나하한테는 통하지 않을 것 같아서 적당히 통할 만한 상대를 찾아간 것 같다 개굴. 근처의 인간을 찾으면 된다 개굴."

"진짜야? 네가 어떻게 알아?"

"내가 누군지 아나 개굴? 나는 개굴족의 왕 구르르무다 개굴!"

귀여운 하얀 토끼가 허리에 손을 얹고 자랑스레 외쳤다. 나하사는 칭찬의 표시로 구르를 쓰다듬어 주었다.

보송보송한 털을 만지며 낙엽 진 나무와 수풀 사이를 지나 헤매는데 얼마 안 가서 사람들 말소리가 들렸다.

"분명히 저주였어!"

"우리가 여기 있는 걸 어떻게 알고……!"

웅성대는 소리를 들으니 성인 남녀가 서너 명쯤 되는 것 같았다. 소리가 들리는 쪽으로 향하자 그들의 모습이 보였다. 나하사는 재빨리 나무 기둥 뒤에 숨었다. 그리고 수풀 사이로 그들을 훔쳐보고 헉, 숨을 들이켰다.

"네가 있어서 다행이야."

"정말 고마워, 쥬디!"

금발, 하얀 피부, 푸른 눈동자와 한 뼘 정도의 날렵한 귀.

"엘프다 개굴."

"조용히 해……."

세상에……. 소냐르 산맥 동쪽의 이 이름 없는 산 속에서 엘프를 보게 될 줄은 몰랐다. 옆에는 푸른 갑옷을 입은 나이 들어 보이는 사내가 있었고, 이칼리노 신관 복장을 한 젊은 청년과 마법사 로브를 입은 중키의 여인도 함께 서 있었다.

어떻게 저렇게 수상해 보이는 파티가 있을 수 있지?

푸른 갑옷의 사내가 말했다.

"내가 있는 걸 알면서 이런 약한 저주를 보냈다는 게 수상한걸."

대체 당신이 누군데?

"여하튼 근처에 적이 있는 게 분명해. 주의해야 해."

"아무도 우리가 여기 있는 걸 모를 텐데……. 3황자 파 쪽에서 정보가 샜나?"

저건 또 뭔 소리야! 황자라니, 3황자라니.

나하사는 구르의 입을 틀어막은 채 수풀을 기었다. 절대 들키고 싶지 않다. 들켜서는 안 된다.

"오, 뭔가 있어 보이는 사람들 아닙니까?"

"히익!"

바로 옆에서 들린 목소리에 나하사가 기겁했다. 네라가 어느새 나타나 자신과 똑같은 포즈로 수풀을 기고 있었다.

"깜짝 놀랐잖아!"

"가서 말 좀 걸어 보지 그럽니까. 이것도 인연 아니겠습니까."

"좀 조용히 좀 말해!"

"당신이 더 시끄럽습니다."

헉, 갑자기 네라가 나타나서 발끈하는 바람에 조금 시끄러워진 것 같은데. 나하사가 삐질 땀을 흘리며 뒤를 돌아보았다.

"거기… 누구?"

역시나. 아름다운 엘프의 귀가 수풀 뒤로 삐죽 솟은 게 보인다. 들키면 골치 아파진다. 바싹 엎드려서 숨죽이는데 네라가 청량한 목소리로 말했다.

"이런 조그만 마을 앞산에서 저런 이들을 만난 건 엄청난 인연 아니겠습니까?"

"거기 누구 있어?"

"누구냐!"

아… 네라…… 분명 뒤쪽에서는 활을 겨누고 칼을 빼들고 마법 주문을 외우고 있을 것이다. 나하사는 조용히 투명마법을 중얼거렸다. 구르와 나하사의 몸이 투명해졌다. 네라만 빼고.

"어떻게 저만 그냥 놔둘 수 있습니까?"

분홍 머리 소녀가 마법사 로브를 입은 소년을 졸졸 따라다녔다.

"만약 잡혀갔으면 어쩔 뻔했습니까?"

"……."

"이런 연약한 숙녀를 혼자 두고 가다니 정말 잔인합니다!"

연약? 얼어 죽을. 요즘은 하늘에서 떨어져도 타박상 하나 안 생기는 사람을 연약하다고 하냐?

"넌 진한테나 가."

나하사는 시크하게 덧붙였다.

"아니면 집에 가든가."

"……."

비꼬는 실력이 일취월장하고 있다. 나하사는 이 산이 초행일 텐데도 성큼성큼 걷더니 곧 산 입구에 다다랐다.

"이제 어디 가는 건가 개굴?"

"마을 안에도 봉인소가 있었어. 오늘 해 지기 전에 다 깨고 바로 다음 마을로 옮기자."

"오늘 안에 다른 마을 가는 건 무리일 것 같다 개굴."

"왜?"

아직 하얀 토끼로 보이는 구르가 나하사의 발등에 올라왔다. 안아 달라는 뜻이다. 품에 안아 들자 편한 자세를 찾아 뭉그적거리는 토끼가 무척 귀여웠다.

"왜 무리라는 건데?"

"그런 게 있다 개굴."

"흠."

지금 시각은 정오. 여관에서 간단하게 점심을 먹고 봉인소를 깬 다음, 짐을 챙겨서 마을을 뜨는 데엔 많이 잡아도 대여섯 시간이면 충분하다. 구르가 왜 그리 추측하는지는 모르겠지만 나하사는 그냥 흘려들었다.

"이제 밥 먹으러 가는 겁니까?"

"응."

나하사는 구르를 쓰다듬으며 이제 말하지 말라고 했다.

마을 사람들은 낯선 여행객에게 친절한 편이었다. 연인끼리 여행이니? 묻고 깔깔대면서 한 무리의 아낙네가 지나갔다. 깨끗한 토끼를 보며 침을 흘리는 사람들도 있었다. 작은 마을은 어젯밤 들어올 때 느꼈던 고요함은 온데간데없이 사라지고 시끌벅적한 게 꽤나 활기찼다.

"저는 호기심이란 인간의 중요한 정체성이라고 생각합니다."

평화롭게 사람 구경을 하며 걷고 있는데 네라가 대뜸 말했다.

"호기심이 정체성이라고? 무슨 말이야?"

"당신이 너무 호기심이 없어서 하는 말입니다."

"내가 왜 호기심이 없어? 마왕의 봉인이 어디 있을까 궁금해 죽겠는 거 안 보이냐?"

네라는 나하사의 말에 동의하지 않는 듯 눈썹을 살짝 찌푸렸지만, 더는 말하지 않았다.

광장을 지나 묵고 있는 여관 앞에 도착했을 때였다.

"꺄아악!"

여성의 비명과 함께 웅성대는 소리가 들렸다. 해제범 신분인지라 비명이 들리면 우선 몸부터 움츠리게 된다. 나하사가 슬쩍 보자 다행히 사람들은 다른 방향을 보고 있었다.

"당장 안 일어나?"

"죄송해요, 죄송해요……!"

"어디 소매치기를 하려 들어?"

한 뚱뚱한 체격의 사내가 버럭 화를 내고 있었다. 그 앞에는 검은 머리의 조그만 소년이 엎드려서 빌고 있었는데, 대화를 들어 보니 소매치기하다가 걸린 듯했다.

퍼억, 사내가 소년을 발로 찼다.

"손버릇 나쁜 녀석들은 혼 좀 나 봐야지!"

소년의 작은 몸이 나뒹굴었다. 사내는 누가 봐도 심하다 생각할 정도로 소년을 폭행하고 있었다. 그러나 아무도 말릴 생각을 하지 않았다.

"안 도와줍니까?"

"응."

소년이 안쓰럽기는 하지만 눈에 띄는 일은 자제해야 한다. 안 그래도 구경하는 사람들 무리에는 머리 하나가 더 큰 청년이 있는데, 눈빛이 심상치 않은 게 가만 놔둬도 저쪽이 도울 것 같았다.

"죄송해요!"

소년이 비명을 지르며 울부짖었다. 피가 보이기 시작해도 나하사는 꿈쩍하지 않았다.

"너무 심한 거 아니오?"

역시나. 그 청년이 뚱뚱한 사내의 팔을 턱 잡으며 근엄하게 호통하자 사내가 발끈했다.

"넌 누군데 끼어들어?"

"잘못했으면 벌을 받아야지!"

뚱뚱한 사내와 사내의 친인인 듯한 사람들이 편들었다.

"그래도 이건 심하잖소. 충분한 벌이 되었을 것이오."

"너 뭐야? 이 녀석이랑 한패냐? 엉?"

뚱뚱한 사내들과 키가 큰 청년 사이에 대결 구도가 만들어졌다. 3 대 1. 누가 봐도 청년이 불리한 상황이었다.

"가서 저분을 돕는 게 어떻습니까?"

네라가 옆에서 구슬렸다.

"이것도 인연일지 모릅니다."

"맞다 개굴. 도와주고 밥이나 얻어먹어라 개굴."

구르까지 거들었다. 나하사는 고개를 갸웃하며 중얼거렸다.

"이상한데."

"뭐가 이상한가 개굴?"

"어제오늘 일어나는 일이 너무 이상해."

마을에 오는 길에 웬 수상한 무리와 마주치질 않나, 마을 입구에서는 이상한 점쟁이가 기다리고 있고, 봉인소를 깨러 간 산에서는 3황자 어쩌구 하는 무리와 만나더니, 이번에는 소매치기 소년을 구해 주려는 마음씨 착한 미남이 나타나? 이 작은 마을에서?

"수상해."

이건, 이건 마치 영웅 소설 속 주인공이 여행하는 와중에 나타나는 이벤트의 집합체 같잖아! 나하사는 으으, 몸을 떨었다. 예감이 좋지 않다. 소년은 역시 저 소란에는 끼지 않기로 했다.

"도와주면 뭐 어디 덧난다고……."

네라가 비아냥거렸으나 깔끔하게 무시하고 여관 문을 열었다. 1층은 식당이고 2층은 여관으로 쓰는 이곳은 점심시간인지라 사람이 꽤나 많았다.

"이제 왔나."

구석 테이블에서 혼자 진지하게 책을 보고 있던 진이 고개를 들었다. 무슨 책인가 하고 보니 나하사의 마법 수식 연습장이었고 거꾸로 들고 있었다.

"마왕은?"

"부활했으면 여기서 이러고 있겠냐."

자리에 가서 앉자 주근깨가 난 십 대 후반 정도의 갈색 머리 여종업원이 음식 주문을 받기 위해 다가왔다.

"어머, 통통한 토끼네. 그거 요리해 줘?"

"헉! 아뇨."

구르가 나하사 품에 뛰어드는 것과 동시에 나하사는 구르를 꼭 껴안았다.

"못 보던 얼굴인데 여행 온 거니?"

"네."

"형이랑 여동생하고 같이 온 거야? 사이좋네."

종업원이 자신을 몇 살로 보고 있을지 뻔했다. 그다지 고쳐 줄 필요성은 느끼지 못했다. 남동생 대하듯 수다를 떨기 시작하는 그녀를 돌려보내고 음식을 기다렸다. 기다리는 동안 먼저 구르에게 우유를 따라 주었다. 하얀 토끼가 우유를 홀짝대는 모습을 보니 웃음이 절로 나왔다.

"우유는 신의 축복이다 개굴."

"너 마족 맞냐?"

마족 주제에 신이니 축복이니, 참 쉽게 운운하는 구르를 살짝 쓰다듬었다. 환각마법의 효과를 자신한테도 걸어놨더니 미끈거리는 촉감이 아니라 보드라운 털이 보송보송 느껴졌다. 또다시 미소 짓고 있는데 쓰윽 하얗고 긴 아름다운 손이 나타났다.

진이 구르를 쓰다듬고 있었다. 은근히 자기도 만지고 싶었나 보다. 나하사가 씨익 웃었다.

"귀엽냐? 부드럽지?"

"흥! 환각마법의 효과가 신기한 것뿐이다."

귀엽다는 말이 하기 싫어서 마법을 신기하다고 해 버렸다. 나하사는 작게 웃고 진은 눈썹을 찌푸렸다. 네라가 어디선가 찻잔을 꺼내 테이블 위에 올려놓으며 물었다.

"진 님은 저런 하등동물이 취향이십니까? 제가 토끼가 되면 만족하시겠습니까?"

"아니, 벌레가 취향이다. 네가 벌레가 되었으면 좋겠군."

"헛, 저, 정말이십니까? 진 님께서 원하신다면…이 아니라 벌레로 변하면 절 밟아 죽일 작정이신 거 다 압니다."

"하긴 딱히 변할 필요가 없겠군. 이미 벌레니까."

"진 님은 정말이지, 농담도 잘하시고……."

네라는 호호 웃으며 차를 따르고 진은 자연스레 받아 들었다. 다들 아무렇지 않은데 나하사 혼자 심장이 벌렁벌렁했다. 네라는 농담 취급한 것 같지만 진의 저 말은 진심이 분명하다.

소년은 음식을 기다리며 산맥 동쪽을 아주 간단하게 축소해놓은 지도를 꺼내 들었다. 다음 마을로 내려가는 길에 또 봉인소가 있는 것 같다. 이렇게 많은 봉인소가 있다니. 이곳은 천국이 아닐까? 마왕일 확률은 사실 엄청 희박하지만 그래도 기대감이 들었다.

"이봐."

조금 높은 톤의 음성이 자신을 부르는 게 들렸다. 고개를 들자 테이블 옆에 사람이 서 있었다.

"합석해도 되겠나?"

그렇게 묻고 있는 그는 은청색의 긴 머리를 가슴께에서 하나로 묶은 엄청난 미모의 청년이었다. 몸은 호리호리, 아니 여리여리하고 키는 170센티미터를 넘지 않을 것 같았다. 입술은 분홍빛이었으며 피부가 밀가루로 만든 것처럼 희었다. 그 뒤로 음산한 분위기를 풍기는 떡대의 사내 둘이 서 있었다.

"이봐, 소년?"

미청년이 다시 물었다. 목소리가 남자치고는 높다. 속눈썹은 길고 허리는 가늘다. 옷은 분명 남성용 평상복이지만 옷걸이가…….

"합석해도 되겠나?"

"하하하… 안 됩니다."

나하사가 정색하며 답했다.

"아니, 어째서? 이 테이블은 크니까 우리 모두 앉을 수 있다."

"그쪽이 앉을 거면 저희가 일어나죠."

나하사는 말로만 그러는 게 아니라 정말 일어나는 시늉을 했다.

"사내가 이렇게 속이 좁다니……."

미청년이 비틀거리며 물러서자 뒤에 있던 사내가 얼른 어깨를 받쳤다.

"아가씨… 도련님! 괜찮으십니까!"

사내가 노골적으로 실수했다.

"저런 건방진 것 같으니라고. 아가씨… 도련님, 이 녀석 혼쭐낼까요?"

"아니다, 그냥 둬라."

미청년은 관대함을 베푸는 것 같았으나 표독스럽게 눈을 떴다.

"다른 곳으로 가자."

"안녕히 가세요."

듣던 중 반가운 소리에 나하사가 도로 자리에 앉았다. 그 모습을 보며 미청년은 뿌드득 이를 갈았다.

"나중에 꼭! 다시 보게 됐으면 좋겠군!"

무서운 소리를 하며 그들이 나갔다. 그들이 나가기 무섭게 네라가 입을 열었다.

"안타깝군요. 꽤 예쁘게 생긴 남성분이셨는데."

"여자였어."

"네? 저런……."

나하사는 한쪽 손으로는 이마를 짚고 다른 손으로는 테이블을 툭툭 두들겼다. 하다하다 이제는 남장 여자까지 만나? 대체 이게 다 무슨 일들이지? 게다가 우연한 만남의 주기가 점점 짧아지고 있는 것 같다.

"나하야, 이번에는 도와줘라 개굴."

그때 홀짝홀짝 우유를 핥던 토끼 구르가 뜬금없이 말했다. 안 그래도 머리가 아픈 나하사가 눈썹을 찌푸렸다.

"뭐? 도와주라니 무슨 말……."

"꺅! 도와주세요!"

웬 여성의 비명에 움찔하면서 소리가 난 곳을 보니, 아까 주문받으러 왔던 활달한 여종업원이 사내들에게 둘러싸여 희롱당하고 있었다.

"아가씨, 여기 와서 우리랑 같이 놀자고."

"이러지 마세요!"

"튕기기는."

"꺄악!"

어깨를 감싸고 머리카락을 잡는 등 수작질이 점점 거칠어졌다. 사람들은 힐끔대며 구경만 하고 있었는데, 건달로 보이는 사내들이 무서운 모양이었다.

"누가 좀 도와주세요!"

그 순간, 사람들이 동시에 같은 생각을 하는 아름다운 기적이 일어났다. 괜찮아, 내가 아니더라도 다른 사람이 도와줄 거야. 나 하나쯤이야!

"아무도 안 도와줘, 그래 봤자."

"그래, 포기하고 우리랑 노는 거야. 크흐흐."

사내들이 음흉하게 웃었다. 네라와 구르가 물끄러미 나하사를 바라보았다. 진마저 보았다. 나하사는 외면했다.

"시, 싫어요! 꺄악!"

참자. 참아야 한다. 괜히 끼어들었다가…….

"자꾸 반항하면 안 귀여워."

"제발, 제발 도와주세요!"

탁, 결국 소년이 탁자를 신경질적으로 치며 벌떡 일어났다.

"그만 좀 하시죠."

한숨을 쉬며 말하자마자 사내들이 여종업원을 놓았다. 이제는 저런 행동까지 수상쩍어 보였다. 뭐 저렇게 말을 잘 들어?

"뭐야?"

"꼬마 주제에!"

끈질기게 여종업원에게 수작질할 때는 언제고 이젠 아웃 오브 안중이 된 듯 여자는 거들떠보지도 않고 테이블을 거칠게 발로 차며 다가왔다. 이제 사람들의 시선이 모두 마법사 차림을 한 작은 소년에게 쏠렸다. 아아, 역시 가만있을 것을. 나하사가 속으로 한숨을 쉬었다.

"넌 뭐야? 이 꼬마 보호자냐?"

다행인지 불행인지 사내들은 조그만 꼬마보다는 두건을 쓴 청년에게 시비를 걸었지만, 진은 쳐다도 보지 않았다.

"어쭈, 이게 무시해?"

"……."

"X발, 이게! 일어나, 결투다!"

진이 한쪽 입꼬리를 들어 올리며 차갑게 웃었다.

"인간의 아둔함은 변하질 않는군."

쓰윽, 의자에서 일어선 진은 사내들보다도 키가 컸다.

"키, 키만 큰 샌님 같은 게, 뭔 소리를 지껄이는 거야?"

"샌님? 무슨 뜻이지?"

"멍청한 새끼 보게, 병신 같은 고자라는 뜻이다!"

진이 충격받은 듯 휘청거렸다.

"고자……."

나하사는 이마를 살짝 짚었다. 골치 아파.

"내가 고자라니……."

2만이 넘는 여자를 품은 미남 마족 진이 크크큭, 낮게 웃었다.

"뭐, 뭐야? 너?"

"미, 미친놈 아냐?"

고자라는 모욕에도 크큭 웃으면서 어깨를 잘게 떠는 키 큰 남자가 제정신으로 보이지 않았는지 사내들이 주춤 물러났다.

"도망가기에는 늦었다."

진이 차갑게 웃으며 말했다.

"내 손에 죽는 것을 영광으로 알아라."

진이 허공에 손을 들어 올렸다. 네라는 황홀하게 눈을 반짝이며 응원했고 구르는 고개를 저으며 구경만 했다. 말릴 사람은 당연히 한 명밖에 없었다.

"하지 마, 진!"

"크큭… 내가 고자라니!"

"너 고자 아닌 거 아니까 그만둬. 몰라서 그런 거니까 용서해 줘."

나하사가 은근히 사내들 앞을 가로막으며 섰다.

"허?"

"용서어?"

잠시나마 저 샌님한테 쫄았던 자신들을 믿을 수가 없어 사내들이 강한 척했다.

"누가 누굴 용서한단 말이냐!"

"니네 다 죽었어!"

"아, 조용히 좀 해요!"

나하사가 꽥 소리쳤다.

"상황 파악도 못 해요? 짜져 있을 타이밍이란 거 몰라? 싫다
는 여자한테 추파나 던지고선 뭐가 잘났다고 센 척이야? 부끄러
운 줄 알아야지!"

도리어 소년에게 혼이 난 사내들이 벙쪄서 눈만 깜박였다.

"헛……."

나하사가 퍼뜩 정신 차렸다. 내가 무슨 짓을 한 거지? 주위를
둘러보자 이미 시선은 자신에게 몰린 후다.

"깡 센 소년이네. 누구지? 여행객인가?"

"마법사 로브를 입고 있잖아. 딱 십 대로 보이고……."

소곤거림이 커지기 시작한다. 으악……. 난처해진 나하사가
은근슬쩍 후드를 다시 뒤집어쓸 때였다.

"푸하하하! 재밌는 얼라래이."

남자치고 조금 높은 톤의 쾌활한 목소리가 들렸다. 그제야 사
내들 뒤로 녹색 머리 청년이 서 있는 게 보였다.

"얼라 말이 맞다. 싫다 카는 가스나 붙잡고 쪽팔린 줄 알아야
제."

"네, 네놈은 또 뭐……?"

싱그러운 녹색 머리에 황금색 눈동자를 지닌 중키의 청년이었
다. 사루비아의 금색 눈동자도 저만큼 순수한 금색은 아니었다.

사내들은 거칠게 돌아섰다가 넋을 잃고 청년의 눈을 보았다. 나하사도 마찬가지였다. 모두가 청년을 보았다. 진하고 영롱한 금빛의 눈. 시선을 뗄 수 없었다.

"나하야."

"…아."

때맞춰 구르가 머리 위로 점프하자, 나하사는 간신히 눈을 깜박였다. 시선은 여전히 그에게 둔 채였다.

"그라모 쪽팔린 줄 알아야 하는 어른들은 테이블 물라 주고 자리에 가 안즈라."

금색 눈의 청년이 말하자 사내들은 아무런 대꾸 없이 물러섰다.

"딴 사람덜도 관심 끄고 카던 닐 카고."

청년이 식당 안의 사람들을 둘러보며 말하자, 마찬가지로 사람들은 아무 일도 없었다는 듯 고개를 돌렸다. 그건 무척 괴기하고 섬뜩한 광경이었다. 그러나 나하사는 그 상황을 인식하지 못했다.

"얼라야, 용기 있고 훌륭한 행동이었데이. 역시 이케야제. 계속 반응이 음써서 똥줄 탔다 카이."

"똥줄……."

"위에 방 잡았제? 같이 올라가제이."

"네? …네."

나하사는 앞장서서 처음 보는 청년을 방으로 안내했다. 한 치의 의심도 품지 않았다. 응당 그래야 할 것 같았다.

방에 들어온 나하사는 청년에게 침대를 양보하고 바닥에 무릎 꿇고 앉았다. 아주 당연한 태도였고, 청년 또한 당연하다는 듯 침대 위에 걸터앉았다. 진은 냉큼 청년의 옆에 가서 다리를 꼬고 앉아 무릎 꿇은 나하사를 감상했다.

"후드 쪼마 벗으라."

나하사는 후드를 벗고 머리를 매만지고는 다시 청년을 보았다. 청년의 금색 눈. 눈을 뗄 수 없다.

"까만 머리가 염색이구마. 원래 머리끄댕인 무신 색이고? 갈색?"

"아뇨, 전······."

"그만 좀 놀리십쇼 개굴."

대답하려는 나하사를 구르가 가로막았다.

"나하야, 눈을 보지 마라 개굴."

하얀 토끼가 얼굴에 달라붙어 시선을 가리자 나하사가 퍼뜩 정신을 차렸다.

"헉! 뭐, 뭐야. 어떻게 된 거야?"

뭐야, 이거. 무서워. 내가 왜 저 낯선 사람의 말을 가만히 듣고 있었지?

"음, 그 토깽이 설마 구르르무가?"

금색 눈의 청년이 토끼를 들어 올렸다.

"와 그란 꼬라질 하고 있노?"

"나하 마법이 굉장하긴 하구나. 저분을 속이다니 개굴."

잠자코 있던 진이 나하사에게 말했다.

"이봐, 빵꾸에게 건 환각마법을 풀어라."

"뭐?"

"풀어도 된다 개굴. 이분은 이미 우리를 알고 있다 개굴."

"무, 무슨 말이야?"

절대 해제할 수 없다. 개구리는 이미 해제범의 상징으로 찍혔는데……. 구르와 진은 이 청년이 누군지 아는 것 같다. 하지만 나하사는 몰랐다. 이상한 힘을 써서 사람을 조종하는 것 같은데 이런 사람 앞에서 해제범인 걸 들키면 안 된다. 무심코 다시 시선을 드는데 눈이 마주쳤다.

"환각마법 때리치라."

"오프 일루젼off illusion."

뒤이은 청년의 말에 나하사는 두말없이 해제했다.

"그만 장난치십쇼 개굴."

구르가 존대어로 청년을 야단쳤다.

"하하, 미안타. 인마 자슥이 하도 계획에 협조를 안 해 조서 골이 나 뿟다."

청년이 눈을 접으며 웃자, 나하사를 사로잡았던 금색 빛이 사라졌다. 여전히 금안이긴 했으나 아까처럼 시선을 못 뗄 정도는 아니었다.

"대체 무슨……."

나하사가 어리벙벙하게 눈만 깜박였다. 이건 조종이다. 저 금색 눈을 마주하고 있으면 모든 명령을 듣게 된다.

마치 언령처럼……!

"당신은 누구지?"

소년 마법사는 벌떡 일어나 경계 태세를 취했다. 녹색 머리 청
년은 웃기만 했고 진과 네라는 상황 구경 중이고, 오직 구르만
이 설명을 위해 청년의 품에서 빠져나왔다.

"나하야, 지금 계절이 뭔지 알고 있나 개굴?"

"무슨 생뚱맞은 소리야!"

"지금은 가을이다 개굴."

"그래, 그게 왜?"

구르는 나하사가 너무 놀라지 않길 바라며 말했다.

"여름이 지나갔다 개굴."

"대체 지금 무슨……!"

답답해하던 나하사가 말을 멈추었다. 소년의 작은 머리통 안
에서 알고 있던 것들이 격렬하게 회전하며 뒤섞였다.

"설마……."

"역시, 나하. 눈치가 빠르다 개굴."

구르가 청년을 제대로 소개하기 위해 침대 위로 폴짝 뛰었다.

"이분은……."

그러나 구르는 소개를 마치지 못했다. 청년이 일어나 먼저 손
을 내밀며 스스로 정체를 밝힌 것이다.

"만나서 윽씨로 반갑데이. 내는 드래곤 산맥의 주인, 골드 드
래곤의 로드……."

"……!"

"그레이트 알렉산더 오브 더 엘레강스 쥬피터데이."

……이름 완전 화려해!

우리대륙의 하단에는 이바노브 아시오와 소냐르, 마다스와 경계를 함께하는 거대한 산맥이 있다. 소냐르보다 면적이 넓은 산맥에는 인간의 정복욕을 자극하는 험준한 산과 사람의 발길이 닿지 않은 미지의 골짜기, 새롭게 태어났다가 멸종해 버리는 수많은 종이 있다. 그러나 사람들은 모험가나 용병이 아닌 이상, 여름을 제외한 계절에는 그곳에 들어서지 않는다. 그 이유는 드래곤 산맥에 버려지는 키메라들이나 그곳의 위험한 동식물들, 마물들 때문만이 아니다.

드래곤 산맥. 드래곤의 로드가 사는 곳.

드래곤 로드…… 모든 드래곤을 지배하는 자.

본래 우리대륙 사람들에게 드래곤은 전설일 뿐이었다. 마왕의 봉인 후 1차 인마전쟁 때까지는 살아 움직이는 드래곤이 역사에 기록되었으나, 1차 인마전쟁이 끝난 후 드래곤들이 일제히 자취를 감추었기 때문이다. 그리하여 드래곤에 관한 기록은 점점 사라지기 시작했다. 그러다 보니 당연히 2차 인마전쟁 이후에 와서는 모험 소설과 음유시인들의 노래, 이야기꾼의 동화에서나 등장하는 종족이 되었고, 자연스레 드래곤의 고귀함과 존엄성은 점점 떨어져 갔다.

"크하하하. 니 놀랐나? 놀랐제?"

"……."

"완전히 꽁꽁 얼었다 아이가. 푸하하하!"

지금 나하사의 앞에서 경박하게 웃는 드래곤 로드는, 점점 떨어져 가던 드래곤의 위엄을 단번에 끌어 올린 장본인(용)이었다. 아니, 위엄이라기보다는 공포심을.

드래곤 산맥은 본래 마다스의 중앙에 있는 조금 커다란 산에 불과했다. 어느 날, 전설 속에서나 등장하던 종족이 갑자기 마다스의 하늘에 나타나 태양을 가려 대지를 어둡게 만들더니 불을 뿜고 바람을 일으키기 전까진. 마다스가 멸망하는 데에는 보름도 채 걸리지 않았다. 생명이 태어나지 않는 땅으로 만든 후에도 드래곤은 분노가 가시지 않았는지 아예 그곳에 자리를 잡았다. 마다스의 수도에 있는 그 커다란 산에. 그 산이 지금 인간의 출입을 허락하지 않는 거대한 산맥으로 변한 것이다.

"푸하하하 크하하하하 하하하…으하허허허허하 헉 쿠웰, 쿨럭쿨럭."

나하사가 반응을 보일 때까지 격렬하게 웃다가 결국 사레들려 기침하는 저 녹색 머리 청년이 바로, 현시대에 활동하는 유일한 드래곤, 그것도 드래곤 로드인 것이다.

"크흠, 흠흠."

드래곤 로드는 무안한 듯 헛기침했다.

"참말로 건조한 얼라 아이가."

그러는 자기는 참 활달한 드래곤이다.

"거, 나가 신전에서 모셨던 그분은 시방 어디 있노?"

"드래곤 산맥 신전에 봉인되었던 것 말인가요?"

"맞다."

니 옆에 앉아 있잖아. 나하사가 쓰윽 고개를 옆으로 돌렸다. 드래곤 로드도 함께 돌렸다가 서늘한 인상의 남자를 발견했다.

"아앗! 두건을 쓰고 계셔서 몰라봤심더! 그 옥안을 와 가립니꺼?"

고작 두건 하나 썼을 뿐인데……. 그나저나 저건 대체 어느 지역 사투리야?

"옥수로 오랜만에 뵀습니더. 천 년 만인가예?"

그러나 진은 드래곤 로드를 처음 보는 듯했다. 왠지 드래곤 로드에게 무례한 언동을 할 것 같아서 나하사가 얼른 끼어들었다.

"진은 옛날 기억이 없다고 합니다."

"진?"

드래곤 로드가 고개를 갸웃했다.

"그기 현재 이름이십니꺼?"

"그렇다는군."

"지는 네오 로망스 골드 오브 더 쥬피터라고 합니더."

……이름이 바뀌지 않았나?

"길군. 오브라고 부르면 되나?"

"쥬피터라고 부르심 됩니더. 하나도 안 변하셨네예."

쥬피터가 활짝 웃었다. 진심으로 기뻐하는 것처럼 보였다. 진이 드래곤 로드의 존대를 받으면서 아무렇지도 않은 듯 보이는 건 본래 그런 녀석이라 이해가 되지만, 드래곤 로드가 진한테 존대하는 건 이해가 안 된다.

"본래 알던 사이십니까 개굴?"

구르가 나하사의 의문을 대신해서 물었다.

"개굴족의 왕! 마누라들은 잘 있노?"

드래곤 로드가 해맑게 웃으며 구르의 아픈 데를 찔렀다.

"쥬피터 님도 여전하십니다 개굴."

"크하하하, 그라노? 하하하하."

진짜 잘 웃는 드래곤이다. 나하사는 의자를 끌어다 앉았다.

"얼굴이 창백합니다. 괜찮습니까?"

네라가 물었다. 나하사는 고개를 끄덕였다. 너무 어리벙벙해서 그런지 사실 네라가 아직 있었는지도 몰랐다.

"니는 누꼬?"

대화 소리에 그제야 드래곤이 네라를 보았다.

"처음 뵙겠습니다, 드래곤 로드. 듣던 대로 아름다운 금안이십니다."

"닌 뭐꼬?"

"저는 네라라고 합니다. 신을 모시고 있습니다."

"그라신교. 근디 마족과 같이 댕기고 있네예?"

"예, 진 님에게 사랑에 빠져서."

네라가 그 나이 때 소녀처럼 생글 웃었다. 드래곤 로드도 덩달아 웃었다.

"크하하, 그거 억수로 힘들지예?"

"예, 하지만 곁에 있는 걸 허락해 주셨습니다."

"오오?"

드래곤이 눈을 크게 뜨며 진을 보았다. 눈부신 금색이 다시 빛을 내리려고 해서 나하사가 얼른 시선을 내렸다.

"그라셨습니꺼? 잘하셨습니더!"

마치 싸웠던 친구랑 화해한 아늘내미를 칭찬하는 듯한 말투였다. 진은 왠지 진짜 엄마한테 칭찬받은 듯한 새침한 표정을 지었다. 모두와 인사를 나눈 드래곤이 다시 나하사를 보았다. 드래곤의 눈에는 지금 이 상황을 이해하려고 조그만 뇌를 무지 굴리고 있다는 게 훤히 보였다.

"표정이 와 글노? 이제 낼 봐 보래이."

소년이 천천히 시선을 들었다. 드래곤은 금안의 빛을 죽이고 말했다.

"감히 내 신전의 봉인을 깨부순 인간이 누군가 시퍼가 우째 생깃는지 한 번 구경 왔다 안 카나. 걸맞지 않으면 고마 쌔리 쥑이뿔라 그랬데이."

소년은 반응을 보이지 않았다. 드래곤은 소년이 금안의 힘이 없는 자신은 겁내지 않는 것을 읽고 속으로 혀를 찼다.

"그래서, 절 죽일 건가요?"

"닌 마, 우째 인간이믄서 인연 맨들기도 싫어하고 와 그리 무미건조하노?"

네라가 옆에서, 그래서 제가 호기심 좀 기르라고 했잖습니까 라고 중얼거렸다.

"인간 가스나를 돕지 않았으면 불합격이었데이."

구르가 이번에는 도우라고 말한 것이 떠올라 개구리를 보니 딴청을 피우고 있다. 드래곤의 계략임을 이미 알고 있었던 걸까.

"그럼 전 합격입니까?"

"아직 아니라 카이."

그 대답에 나하사는 잠시 고민했다. 진을 주면 되는 걸까? 자신의 영역에 있는 신전에 침입하여 봉인을 깬 것에 화가 난 거라면 진을 저 드래곤 로드에게 주면 화가 풀리지 않을까?

불현듯 떠오른 생각인데, 생각할수록 괜찮은 계획 같았다. 그러면 자연히 네라도 떨어질 거고…… 이거 진짜 괜찮잖아? 그런 생각을 하며 진을 보았는데 눈이 마주쳤다. 진이 왠지 눈을 가늘게 뜨고 이쪽을 보고 있었다. 너 지금 무슨 생각하는지 다 보인다, 하는 눈빛이다. 나하사는 조금도 찔리지 않았다.

"저, 드래곤 로드 님, 멋대로 산맥에 들어간 거 정말 죄송합니다. 그런 의미에서 원하신다면 진을 다시 데려가셔도 되는데……."

그러자 드래곤 로드가 대뜸 소리쳤다.

"쫌!"

헉, 깜짝이야!

"이 봐라, 이 봐라. 닌 마 주인공 의식이 모질란다 안 카나!"

무슨 의식?

"모험심이 있어야 주인공 노릇도 하지 않겠나! 그라야 우연히 합류한 일행이 제국의 숨겨진 서자 일행이라등가, 폭력에서 건지 준 어린 얼라가 낸주에 대신관이 된다등가, 가시나맹키로 생긴 머스마가 사실은 활달한 공작가의 영애라등가 카는 게 생길 거 아니겠노!"

벙찐 나하사에게 구르가 설명했다.

"쥬피터 님은 모험 마니아시다 개굴."

"…뭐?"

"영웅과 모험에 관련된 각종 만화와 소설을 모두 섭렵하신 분이다 개굴. 수천 년 동안 오로지 그 한 길만 파오셨다 개굴. 그 분야에 있어서는 따라올 자가 없다 개굴."

뭘 그렇게 자랑스럽게 말해?! 말이 섭렵이지, 결국 수천 년 동안 영웅 소설이나 모험 만화나 보면서 살았다는 뜻이잖아? 사투리를 쓰는 모험 마니아 드래곤 로드라니!

"그기 중요한 게 아니데이. 중요한 건 니가 모든 기회를 마 다 걷어차 뿟다는 데 있다 안 카나. 주인공이 그라서야 되겠노!"

드래곤 로드가 반감 갖지 않게 가만있으려고 했지만, 이쯤 되니 도저히 듣고만 있을 수 없었다.

"제가 왜 주인공인데요!"

"내 산맥의 봉인을 깨부싯는데 주인공 아님 뭐꼬?"

"그게 그거랑 무슨 상관이에요!"

나하사가 열 올리며 소리쳤으나 드래곤은 왜 그런 당연한 걸 묻느냐는 듯 답했다.

"넌 마 생긴 것도 곱상하고 마력도 만코 능력도 있고 주위 사람들도 범상치 않다 아이가. 당연히 영웅 소설의 주인공 감이제."

저런 2D와 3D를 구분 못 하는 드래곤 같으니라고……

"그런 거면 적발의 무속검사에게 가 보시는 게 좋을 거예요. 그 사람은 드래곤 로드 님께서 바라는 이벤트가 하루에 세 번은 펼쳐질걸요."

"오, 맞나?"

드래곤이 반색하며 진심으로 좋아했다.

"하긴 그 머스마 소문은 많이 들었데이. 내 은제고 만나러 갈라꼬 생각은 했었다 카이."

드래곤의 말에 나하사도 반색했다.

"지금 가실 건가요?"

"지금은 나랑 대화를 쫌 더 해야제."

드래곤이 씨익 웃었다. 나하사는 순간 섬뜩한 기분이 들어 어깨를 움츠리며 반문했다.

"대화…요?"

털을 곤두세운 고양이 같은 소년 앞에서 드래곤 로드가 황금색 눈빛을 번뜩였다.

"응, 시험이래이."

드래곤 로드의 낮은 말 이후, 방 안에는 침묵이 맴돌았다. 나하사는 거세게 박동하는 심장을 애써 무시하며 입을 열었다.

"무슨 시험… 말인가요."

"주인공에 걸맞은지 보는 시험이지 머가 있겠노."

또 그놈의 주인공 타령이다.

"내 산맥 말고도 여러 곳의 봉인을 깨고 댕기는 모양이제. 거기 맞차 가 인간으로 이루어진 영웅단도 조직되고. 이건 몇백 년 만에 찾아온 대 이벤트다 안 카나!"

드래곤 로드가 흥분하며 콧김을 내뿜었다.

"시끄러븐 세상은 날 언제나 흥분시키는구마. 생각 같아선 이대로 두고 싶데이."

나하사는 어수룩한 표정으로 경청하는 척하며 생각했다.

변태 아냐?

"허나… 인간들이 너무 나대싸믄 뒤처리가 곤란탄 걸 여러 번의 경험으로 알았다 카이."

"……"

"그래서 널 시험하는 기래이. 나대도 되는 인간인가 하고 말이제."

나하사가 듣기에는 의미도 알 수 없고 전혀 납득도 되지 않는

궤변이었다. 그러나 드래곤 로드의 심기를 불편하게 하고 싶진
않았다.

"네, 알겠습니다. 볼게요."

만족스러운 대답에 드래곤 로드는 호탕하게 하하하, 웃었다.

"첫 번째 시험은 통과구마. 가시나를 도와줬으이까네."

나하사는 무심결에 구르를 보았다. 구르는 자기 덕분이라고
어깨(?)를 쫙 펴고 흐뭇하게 보고 있다.

"자, 가제. 두 번째 시험 장소로."

드래곤 로드가 일어서자 나하사도 얼결에 따라 일어났다. 소
년의 얼굴에 근심이 가득했다. 시험 장소라니, 미리 마련해 둔
걸까? 설마 필기시험 같은 건 아니겠지? 그건 자신 있는데.

"나도 가겠다 개굴."

구르가 냉큼 뛰어올라 나하사에게 안겼다.

"저도 가겠습니다."

"나도 가지."

네라와 진이 이어서 말했다. 드래곤 로드는 진도 따라 일어서
자 눈을 휘둥그레 떴다.

"재미있는 광경은 아닐 깁니더."

"글쎄."

진은 두건을 벗었다. 결이 좋은 흑장발이 흘러내렸다.

"저 녀석은 좀 특이한 인간이라서 말이야……."

드래곤의 금안을 무색하게 하는 황홀한 미모의 마족은 오랜만

에 입꼬리를 올려 진심으로 웃었다.

따로 별다른 준비는 필요하지 않았다. 드래곤이 팔을 한 번 휘젓자 다음 순간 그들은 한낮의 숲 속에 있었다. 환각마법인가? 그러나 따스하게 내리쬐는 햇볕이나 새들의 즐거운 지저귐이 너무나 실감 난다. 심지어 나무 등걸에 벌레가 기어 다니는 것조차 보인다. 설마 진짜 숲일까? 마법 영창도 없이 손짓 한 번으로 이 많은 인원을 숲으로 옮긴 걸까? 나하사가 하, 짧은 숨을 내뱉으며 드래곤과 인간의 능력 차이를 실감했다.

"즈으짝에서 한 인간이 걸어오고 있제?"

드래곤이 가리키는 곳을 보자, 숲에 만들어진 기다란 길 끝에 외투를 입고 천천히 걸어오는 사내가 보였다.

"저 인간 머스마에게 우리는 보이지 않는데이."

"……."

"저 인간의 외투를 벗기는 기 두 번째 시험이래이."

나하사가 드래곤을 보았다가, 다시 사내를 보았다.

검은 머리에 중키, 나이는 삼십 대 중반으로 보인다. 평범한 인상의 평범한 사내.

"외투를 벗기기만 하면 되는 겁니까?"

"맞다."

생각보다 쉬운 시험에, 무슨 함정이 있는 건 아닌지 의심이 든 나하사가 드래곤의 얼굴을 살폈다.

"바람을 불게 해 날려 뺏도 좋고, 푹 찌는 더위에 지가 벗게 해도 좋고. 힘으로 뺏는 것도 허용이래이. 무신 마법을 써도, 무신 방법을 써도 상관없고 외투를 벗기기만 하면 된데이."

너무 쉬워서 오히려 수상해 보였다. 네라는 긴장이 역력한 표정으로 시험받는 소년을 보았고, 구르는 단순하게 오오, 쉽네! 하며 기뻐했다. 진은 무슨 생각을 하는지 알 수 없는 얼굴이었다. 그 와중에 사내는 이미 지척에 다가왔다. 그는 외투 주머니에 손을 넣고 휘파람을 불며 천천히 나하사를 스쳐 지나갔다.

"어렵노?"

드래곤이 빙긋 웃으며 물었다. 나하사는 고개를 저었다.

"아뇨, 쉽습니다."

"그럼 방법을 고르고 있노?"

소년은 또다시 고개를 저었다.

"이미 정했어요."

사실 외투를 벗기는 것이 두 번째 시험이라고, 그 말을 듣는 순간부터 정했다. 나하사는 마법 주문을 외웠다.

"일루젼illusion."

소년이 택한 마법은 환각마법. 그리고 사내 앞에 보인 환각은 거센 폭풍도 찌는 태양도, 도적과 마물도 아니었다. 옷이 헐어 벗다시피 한 아주 조그맣고 마른 아이였다.

"이기 뭐고? 그란다고……."

드래곤이 코웃음 칠 때였다.

"아니! 왜 아이가……!"

쓰러진 아이를 발견한 사내가 눈을 커다랗게 뜨고 멈춰 서더니 곧 허겁지겁 달려갔다.

"얘야! 괜찮니!"

몸을 흔들어도 아이가 정신을 차리지 않자 사내는 잠시도 주저하지 않고 외투를 벗었다.

"정신 차려라, 얘야!"

사내는 아이를 외투로 꼼꼼히 감싼 후 품에 안고서 곧바로 오던 길을 되돌아 달려갔다. 더욱 가까운 거리의 마을로 향하는 것이다. 외투를 벗은 사내의 뒷모습이 점점 멀어져 갔다. 나하사는 드래곤을 보았다. 드래곤의 금안이 가라앉아 있었다.

"대단하군."

그러나 말의 내용과는 달리 말투는 무미건조하다 못해 차갑기까지 했다.

"넌 운이 좋았던 거다. 모든 인간이 다 저렇지는 않아."

나하사는 웃었다.

"동감입니다."

"……"

"전 운이 좋았던 거예요. 그렇지만 또 다른 사내의 외투를 벗겨야 한다고 해도 전 같은 방법을 쓸 겁니다."

나하사의 깊은 녹색 눈이 드래곤 로드의 차분한 금색 눈을 응시했다.

"인간을 믿으니까요."

드래곤 로드는 말이 없었다. 진은 거봐라, 하는 눈빛으로 씨익 웃었다. 네라는 무언가 생각하고 있는 것 같았고 구르는 소년의 품 안에서 고개를 갸웃했다. 인간을 믿는다는 말이 이 소년의 입에서 나왔다는 것이 왠지 어색하게 느껴졌기 때문이었다. 그렇게 침묵이 계속되는데, 난데없이 드래곤이 웃기 시작했다.

"크하하하! 재밌어, 정말 재밌다카이!"

드래곤은 호탕하게 웃으며 친근하게 소년의 어깨를 감쌌다.

"나헌티 촌시런 표준 말투를 쓰게 하다니 쪼까 긴장해야 쓰겄구마."

"……."

"세 번째 시험은 예정 변경이데이."

자, 가자. 그렇게 말하며 드래곤이 손가락을 튕겼다. 산새가 지저귀는 숲은 순식간에 사라지고, 붉은 안개가 가득한 대지가 눈앞에 나타났다.

"이곳은……."

안갯속에서 포탄 소리와 칼이 부딪치는 소리, 고통에 가득 찬 비명이 들려온다. 코끝을 찌르는 피비린내에 네라가 눈썹을 찌푸렸다.

"악의와 슬픔으로 가득한 곳입니다. 정말 기분이 나쁘군요."

나하사가 주위를 두리번거릴 때, 붉은 마법구가 그들의 몸을 통과하여 지나갔다. 그들의 앞에 있던 회색 갑옷의 병사가 마법구에 직격당해, 불에 타는 몸을 바닥에 굴리며 비명을 질렀다.

"여긴 대륙 북단의 전쟁 지역이래이."

드래곤의 설명이 없어도 알 수 있었다. 밈과 아엘 사이에서 치열한 전쟁이 벌써 십 년 넘게 계속되는 곳. 나하사의 머릿속에는 이곳에서 죽어 가는 수많은 소년병, 용병, 신관들에 대한 애도보다 전쟁터 한가운데에 있는 주요봉인소가 먼저 떠올랐다. 언젠가 반드시 깨러 와야 하는 곳이다.

"인간을 믿는다캤나."

드래곤이 비웃음 가득한 목소리로 말했다. 마치 나하사의 생각을 읽은 것처럼.

"다음 시험 문제래이."

드래곤은 통나무와 모래주머니로 쌓아 올린 참호를 가리켰다.

"즈짝에 무장을 한 인간 병사가 있제? 투구를 쓰고 갑옷을 입고 창을 손에 꽉 쥐고 놓지 않는, 삶에 욕심이 많은 병사래이."

설마…….

"저 병사의 갑옷을 벗기라."

나하사는 꿀꺽, 침을 삼켰다

"무슨 마법을 써도 되는 건가요?"

"아니."

드래곤의 금안이 매섭게 번뜩였다.

"아까처럼 환각마법만 쓰라."

"……"

"인간의 얼라를 보이는 환각마법만."

그건 너무 노골적으로 나하사에게 불리한 조건이었다. 네라와 구르가 소리쳤다.

"그건 말도 안 됩니다!"

"그건, 나하에 대한 시험이 아니라 인간에 대한 시험이 아닙니까 개굴!"

그렇다. 나하사의 능력과는 상관없는 다른 인간의 마음에 달린 일이다. 그건 나하사를 평가하겠다는 시험의 속성을 벗어난 불공평한 일이다. 그러나 소년은 오히려 흥분한 개구리를 달랬다.

"괜찮아."

"나하야……."

"할 수 있어."

"하지만…… 개굴."

소년의 담담한 말투에 구르는 입을 다물었다. 나하사는 구르를 네라에게 건넸다. 진의 머리 위에 올려놓을까 했으나 발돋움하기가 싫었다. 흥미로운 눈으로 자신의 일거수일투족을 지켜보는 드래곤에게 다가갔다.

"이 풍경에 들어갈 겁니다."

지금 이 전쟁터에서 사람들이 그들의 모습을 보지 못하는 건, 그들에게 마법이 걸려 있기 때문이었다. 나하사가 자주 쓰는 살라 바 마 치알라로 시작되는 투명마법과 비슷한 고대마법인데, 그보다 훨씬 강력하여 그들의 대화조차 들리지 않게 한다.

'세계의 끝'에서는 존재왜곡마법이라고 부르는데 사실은 나하사도 쓸 수 있는 마법이었다. 쓰이는 마력이 어마어마하지만 않았다면 애용하는 마법이 되었을 것이다.

"오케이."

드래곤이 끄덕이며 나하사에게 건 마법을 풀어 주었다. 나하사는 자신에게 재빨리 환각마법을 걸고 바싹 엎드렸다. 멀리서 들려오는 것 같던 포탄과 비명이 현실감 있게 다가왔다. 아에로 그에 사는 드워프들이 무기 수출용으로 만들었다는 총의 탄두가 위협적으로 공중을 가르는 소리가 들려왔다. 요즘의 전쟁에선 창과 칼보다 마법과 총이 더욱 위력적이었다. 그러나 마법사도, 총기의 수도 한정되어 있어 아직은 창과 칼, 화살과 방패로 공격하는 이들이 많았다.

참호 속의 인간 병사도 그들 중 하나였다.

"헉헉… 젠장!"

참호 벽에 붙어 숨을 몰아쉬고 있는 이는, 눈만 내놓은 투구와 어깨 갑옷, 가슴 갑옷 등 완전무장을 하고 있었다. 갑옷에는 밈의 문양이 새겨져 있다. 머리가 피범벅이 되어 있고 생채기가 난 어린아이로 변한 나하사는 참호 바깥에 떨어진 검을 주워 들고 도망치듯 참호에 뛰어들었다. 참호 안에는 시체들이 널브러져 있었다. 시체 중에는 밈의 병사도 있었고 아엘의 용병도 있었다. 다행인지 불행인지, 시체들은 갑옷이 모두 깨져 있었다.

"헉!"

"아니……!"

참호 속에는 드래곤이 갑옷을 벗기라고 한 병사 말고도 또 다른 밈의 병사, 그리고 밈이 고용한 용병 하나가 있었다. 그들은 갑자기 뛰어든 나하사에게 일제히 놀라 경계했다가, 소년병이 밈의 문양이 새겨진 검을 든 것을 보고 우선 안도했다.

"이봐, 괜찮나!"

밈의 병사 둘이 재빨리 다가왔다. 드래곤이 갑옷을 벗기라 한 병사는 광대뼈가 튀어나오고 움푹 파인 눈에 지친 얼굴의 사십 대 남성이었다.

"어디를 다친 거냐? 이런 최전방까지 어떻게 온 거냐!"

"…흑!"

소년병으로 변한 나하사가 코끝을 발갛게 물들이며 훌쩍였다.

"어쩌다가 이런 곳까지 왔어! 어디를 다쳤는지 좀 보자!"

병사는 소년병의 몸 이곳저곳을 만졌다. 나하사는 몰래 손가락을 움직여 마법 주문을 그려 허벅지에 커다란 검상을 만들고 복부에도 총상을 하나 만들었다.

"이런! 어서 신관에게 보여야겠구나!"

누가 보아도 위급한 부상에 병사들의 안색이 변했다.

"사태가 진정되려면 조금 걸릴 것 같은데."

"우선 지혈을 해야겠다, 참아라!"

밈의 병사들은 걱정스러운 눈빛으로 소년병을 보며 서둘러 응급처치를 해 주었다. 그러나 소년병 나하사는 그걸로는 부족했다. 병사의 갑옷을 얻어야 했다.

"아파요…… 으윽!"

"참아라!"

"신관을, 신관을 보러 가야… 윽, 흐윽!"

나하사는 구르조차 가증스러워할 정도로 열연을 펼쳤다.

"아까 대포가 있는 곳에 신관이 있는 걸 보긴 했지만."

"아직 저들의 공세가 멈추지 않았어. 안 돼."

병사들이 고개를 저었다. 나하사는 열연을 펼치며 드래곤이 갑옷을 벗기라 한 병사를 힐끔 보았지만, 그는 그럴 기미를 조금도 보이지 않았다. 실패인가, 하는 마음에 나하사는 이제 신음과 함께 노골적으로 요구했다.

"제발, 제발 저를 신관에게……!"

이 포탄을 뚫고 신관에게 데려다 달라는 말이었다.

"갑옷은 대체 어디다 버린 거냐!"

병사들은 한탄만 했다. 하다못해 갑옷이라도 있었다면 헤쳐 나갈 수 있을 텐데, 하고 그들은 한숨처럼 말했다. 이미 소년병을 보는 시선은 죽어 가는 이를 보는 듯했다. 절대 갑옷을 빌려 줄 것 같지 않았다. 나하사는 어딘가에서 자신을 보고 있을 드래곤과 마족 둘을 떠올렸다. 역시나라고 생각하고 있겠지.

"어이."

그런데 드래곤과 두 마족을 놀라게 할 일이 일어났다. 멀찍이서 지켜만 보고 있던 차갑고 무서운 얼굴의 용병이 다가오더니,

"저 포탄과 창칼 속을 뚫고 지나가야 한다. 할 수 있겠나?"

금속으로 된 흉갑과 보호대를 차례차례 벗기 시작한 것이다.

"자, 자네……!"

"진심인가?"

병사들이 놀라 말리려 했으나, 용병은 말을 듣지 않았다. 투구를 벗은 용병은 삼십 대 후반의 털이 북슬북슬한 사내였다. 피부는 거칠고 눈썹은 짙고 눈매는 사나우며, 칼자국이 볼을 가로질러 있는 데다가 목 부분에 화상 자국이 있어 무척 흉했다. 용병은 보호대 등의 갑옷을 부상당한 소년병에게 던져 주었다.

"정신 차려라. 신관은 멀지 않은 곳에 있다. 내가 데려가 주지. 네놈들은 엄호해라."

나하사는 체인 메일만을 입고 있는 용병을 바라보았다. 돈을 받고 전쟁터에 나가는 용병. 자기가 데려다 준다면서 갑옷을 벗고 있는 그… 용병은 자신을 바라보는 소년병에게 투구를 씌워 주었다.

흉갑을 입히려다가 멈칫하고 소년병의 두 눈을 잠시 보더니, 흉갑을 내려놓고 자신이 입고 있던 체인 메일까지 벗기 시작했다.

"그, 그것까지 벗었다간……!"

병사들이 놀라며 만류했다. 나하사도 놀라긴 마찬가지였다. 나하사는 사실은 용병이 흉갑을 벗었을 때부터 놀라고 있었다.

"저, 저기……!"

"말할 수 있겠나?"

"왜… 왜, 그렇게까지!"

병사의 갑옷을 얻어야 하는 나하사가 아픈 척 연기해야 하는 것도 잊고 물었다. 갑옷을 주지 않아도 되었던 용병은 소년병의 피 묻은 작은 손을 잡았다.

"너희를 보호해야 하는데 오히려 전장으로 데려와 미안하구나."

"……"

"자, 갑옷을 입어라."

용병은 부상당한 어린아이를 안심시켜 주려는 듯 웃었다.

"괜찮다. 너는 살 수 있다."

용병은 미소 짓는 데 서투른 사람이 분명했다. 한쪽 입술만 올라가고 눈은 웃기는커녕 찌푸려졌다. 볼에 난 칼자국이 씰룩거렸다. 목과 턱을 가로지르는 화상 자국도 꿈틀거리며 움직였다.

"힘을 내라, 꼬마야."

"……"

"힘을 내라."

그러나 그의 얼굴은 이제 전혀 흉하지 않았다. 나하사는 멍하니 전쟁터 한가운데서 스스로 갑옷을 벗은 이를 보았다. 가까이서 울리는 포탄 소리를 들으며 눈을 감았다.

다시 눈을 떴을 때 지친 얼굴의 병사와 참혹한 전장은 사라져 있었다. 포탄 소리도 비명도 들리지 않고 피비린내도 사라졌다.

하늘도 바닥도 보이지 않았다. 뿌연 안개만 가득한 하얀 공간에 나하사는 떠 있었다.

"합격으로 치겠데이."

뒤를 돌아보니 드래곤이 허공에 앉아 있었다. 마치 의자에 앉아 있는 것처럼 한쪽 다리를 꼰 편안한 자세였다.

나하사는 주먹을 쥐었다.

"절 돌려보내 주세요."

"기쁘지 않노? 합격이라 카는데."

"돌려보내 주세요!"

드래곤은 씨익 웃었다.

"돌아가서 머 할라꼬? 그 인간의 목숨을 책임이라도 질라꼬?"

"……."

"니가 생각해도 의미 없제? 이제 그 인간들은 잊으래이."

드래곤의 말은 잔인했지만, 맞는 말이었다. 나하사가 할 수 있는 일은 없었다. 지금 당장 돌아가 용병의 목숨을 한 번 구한다고 해도, 용병은 계속 전쟁터에 남을 것이고, 자신의 마음도 편해지지 않을 것이다. 그냥 잊는 것이 나았다. 그저 드래곤의 시험이었을 뿐이라고 생각해야 했다.

"다시 한 번 말해 주겠구마. 합격이데이."

나하사는 전혀 기쁘지 않은 얼굴로 말했다.

"운이… 좋았습니다."

"맞다. 운이 좋았던 거래이."

침통한 소년과는 달리 드래곤은 활짝 웃으며 긍정했다.

"니는 사실은 인간 같은 거는 안 믿으니까."

"……!"

"갑옷을 준 인간 머스마도 고맙기는 카지만 믿고 있진 않제? 오히려 떨떠름하지 않노?"

나하사가 눈을 크게 떴다. 드래곤은 소년의 당황스러운 표정을 보며 즐거운 듯 웃었다.

"전……!"

"아, 실수구마."

드래곤은 진한 금빛 눈동자에 소년의 당혹한 표정을 고스란히 담았다.

"인간을 믿는 것과 인간을 좋아하는 것은 다른 의미제."

"…아, 아니. 전……!"

"니는 사실 인간을 싫어해. 맞제?"

소년의 녹색 눈은 생기를 잃은 숲처럼 색이 바랬다. 드래곤은 사정을 봐주지 않았다. 금색이 점점 진해져 갔다.

"대답하라. 소년이여, 너는 인간을 어떻게 생각하는가."

진실만을 고하게 하는 드래곤 로드의 진안(眞眼).

"저는 인간을……."

그 앞에서 인간의 소년은 가라앉은 눈으로 읊조리듯이 말했다.

"……인간을 증오합니다."

공간은 고요하고 앞은 보이지 않았다. 마치 안개가 낀 듯했다.

숨은 쉬고 있는데 숨소리도 들리지 않고, 저 드래곤과 자신 외엔 안개에 가려 보이지 않는데도 답답하지 않은 것은 신기한 일이었다. 이건 마법일까, 나하사는 그런 생각을 했다.

드래곤의 금안은 이제 빛나지 않았다. 저 금안에 사로잡혀 한 대답이 드래곤의 마음에 들었을지 궁금했으나, 생각에 잠긴 듯한 그에게 말을 걸지는 않았다. 다만 그가 침묵하기에 자신도 함께 침묵하며 생각했다. 구르와 녀석들은 어디서 뭘 하는 걸까, 이런 공간을 생성하는 마법 주문이 뭐였더라, 이렇게 오랜 시간 지나도 흔들리지 않는다니 대단하다, 매운 게 먹고 싶다, 고추 꼬치 해 먹고 싶다, 쉬고 싶다, 쉬고 싶다…… 나하사는 그런 생각들을 했다.

"그거 아나?"

마음에 들었던 고요함을 깨며, 드래곤이 꽤나 가벼운 목소리로 물어 왔다.

"뭐를요?"

"영웅 소설의 주인공들은 대부분 아픈 과거를 가졌는 기라."

뭐 뭥미?

"넌 역시 주인공감이다 안 카나."

긴장이 확 풀렸다.

"네……."

"그런 의미에서 네 번째 시험도 합격이구마."

"네?"

나하사가 눈을 동그랗게 떴다. 네 번째라니, 대체 언제? 시험이 뭐였지?

"나하사라……."

드래곤이 이름을 중얼거렸다. 입안에서 되새기듯 천천히. 구르가 몇 번이고 이름을 불렀으니 알고 있을 거라 생각은 했으나, 아픈 과거 운운하던 이 상황에서 불리니 기분이 좋지 않다.

"이름부터 뭐, 예상했다 아이가. 요노므 자슥, 과거가 썩 좋지는 않겠구나— 카고."

드래곤이 능글맞게 말하는 모습에 나하사가 발끈했다.

"바다라는 뜻입니다. 전 이름이 마음에 듭니다!"

"맞나?"

"네, 정말입니다!"

드래곤은 흐음, 금색 눈을 가늘게 떴다.

"나가 다시 '물어볼 테니' 이번에도 정말이라고 대답해 볼 끼가?"

"……!"

진실만을 말하게 하는 눈이 존재한다는 것은 알았다. 진안(眞眼)은 인어의 눈물처럼 전설로만 존재하는 것이었다. 이미 몇 번의 경험으로 드래곤 로드의 언령과 같은 힘이 진안에서 나온다는 것을 안 나하사는, 드래곤의 저 물음에 물어보라고 당당하게 답할 수가 없었다.

물론, 좋다. '나하사'가 좋다. 그 사람이 지어 준 이 이름이 너무나 좋다. 그런데… 혹시 마음 깊은 곳에서, 이 이름을 싫어하고 있으면 어떡하지? 혹시라도… 내가 이 이름을 싫어하고 있다면? 그 사람이 지어 준 이름인데, 그 사람이……

"늙은 흑마법사로구마."

드래곤이 소년 마법사를 거듭 놀라게 했다.

"오호, 죽어 가면서 마왕의 부활을 명한다꼬. 흥미로운 인간 가시나다 안 카나……. 계속 저 날을 기다려 왔던 기가."

"대체… 대체 무슨 짓을 하는 거야, 지금!"

나하사가 드래곤 로드 앞인 것도 잊고 소리쳤다.

"마인드 스캔mind scan? 독심술? 어느 쪽이든 읽지 마! 내 생각을 보지 마!"

커다란 눈이 당혹과 두려움으로 물들어 갔다.

"이상테이. 키가 고대로네? 5년은 지난 것 같은데 와 키가 변함이 없제? 아, 쪼마 자랐나?"

"…밀 · 지알라 · 바 · 비에이오스!"

나하사가 자신에게 걸린 모든 마법을 무효화시키는 고대마법을 극상으로 펼쳤다. 그러나 드래곤 로드는 여상하게 이야기를 계속했다.

"머리색은 변했구마. 와 염색을 했노? 저번 기 더 좋던데."

젠장! 나하사가 욕지거리를 내뱉었다. 소년의 녹색 눈이 밤의 숲처럼 진해졌다.

"시그 · 아 · 로그 · 한 · 챠오르 · 빌로하!"

지체 없이 마신의 힘을 빌린 흑마법이 펼쳐졌다. 어둡고 깊은 푸른 불꽃이 드래곤의 몸을 감쌌다. 마나를 소멸시키는 고대마법. 이번만큼은 드래곤 로드라도 가만있을 수 없었다.

"그만둬라."

단 한 마디에 푸른 불꽃이 수그러들었다. 드래곤 로드는 최고위의 고대마법을 두 번이나 연속으로 펼친 탓으로 숨을 몰아쉬고 있는 어린 인간의 아이를 바라보았다. 금색의 눈이 빛났다.

"그대의 은인이 참 잔인테이."

"보지… 마…….".

소년이 미약하게 저항했다. 드래곤에게 정신을 지배당했음에도.

"그리 좋아하던 이름의 뜻이 '제물'임을 알았을 때 마음이 어땠을꼬……."

드래곤 로드의 말이 이어지고, 나하사가 비틀거리다가 주저앉았다. 소년은 이미 소리 없이 울고 있었다. 어린아이를 몰아붙인 드래곤은 위로 같은 것은 하지 않았다. 가장 외면하고 싶었던 기억을 일깨우고서 한 점 표정의 변화도 없이 소년을 내려다보았다.

바로 그때였다. 안개가 걷혔다. 폭풍이 불어온 것처럼 한순간이었다. 안개가 걷힌 바깥은 여관의 작은 방이었다. 소년이 고개를 들었다.

"나하야……!"

소년의 동료들이 앞에 있었다. 눈물방울을 뚝뚝 떨어뜨리며 서글프게 울고 있는 소년의 모습을, 커다란 개구리와 분홍 머리 여자아이와 잘생긴 마족이 적나라하게 보고 말았다.

나하사는 다른 것보다 우선, 민망하다는 생각밖에 안 들었다.

"헛, 어, 그, 저……."

네라가 눈 둘 곳을 찾지 못해 본의 아니게 사팔뜨기 행세를 하며 어, 그, 저만 중얼거렸다.

나하사는 얼굴이 시뻘게져서 속으로 비명을 질렀다. 왜 하필 이 타이밍이냐! 소매로 눈물을 쓱쓱 닦고 어물쩍 일어섰다.

"누가 우리 나하를 울렸나 개굴! 쥬피터 님입니까 개굴?"

네라보다 구르의 반응이 더욱 민망했다.

"나하야, 괜찮나 개굴! 어디 다친 건 아니고 개굴?"

"괜찮으니까…… 크흠."

나하사가 헛기침했다. 목소리가 잠겼던 것이다. 구르가 소년의 품 안에 풀쩍 뛰어들었다.

"으……."

그러자 예상도 하지 못한 일이 벌어졌다. 익숙한 무게감을 품에 느끼자마자 나하사의 눈에서 다시 눈물 한 줄기가 또르륵 흘러내린 것이다. 나하사는 재빨리 눈물을 닦았으나 이미 볼 사람들은 다 보았다.

"으헛!"

네라의 눈이 크게 떠지며 빛의 속도로 나하사로부터 사십오도 각도의 허공을 보았다. 나하사의 얼굴은 이보다 더 붉어질 수 없을 만큼 붉어져서 파이어 볼이 되어 날아가는 건 아닐까 걱정될 정도였다.

"나하야, 왜 우는 거냐 개굴!"

"……."

"무슨 일이냐 개굴!"

그렇게 방 안에선 대체 무슨 일이냐, 털어놓으라고 소리치는 구르를 빼고 아무도 말이 없었다. 당사자인 나하사는 민망함에 불타올랐으니 당연하고, 네라 역시 드물게 당황해서 허공 어딘가를 바라보았다. 악몽을 꿀 때 훌쩍댄 것은 놀릴 수 있었지만, 지금 이렇게 눈물을 뚝뚝 흘리며 소리 없이 우는 모습은 도저히 놀릴 수가 없다. 오히려 놀리고 싶은 마음보다는 마음 한구석이 저릿해지면서 안타깝기까지 했다. 나하사를 울게 한 당사자인 드래곤 로드는 구경 중이었고…… 차가운 도시 마족 진은, 인간의 어린아이를 위로해야겠다는 착한 생각을 했다. 그는 가만히 다가와 중저음의 목소리로 나지막하게 말했다.

"우쭈쭈."

"……."

"우쭈쭈."

못 들은 줄 알고 몸소 다시 말하는 친절까지 발휘했으나 나하사의 기분은 조금도 나아지지 않았다.

진의 깨알 같은 위로로 소년의 민망함은 한층 더해졌으나, 분위기는 한결 가벼워졌다.

"남자가 뭐 그리 자주 울고 그럽니까?"

네라가 특별히 진 전용 손수건을 건네며 말했다.

"쥬피터 님이 뭔 짓 하신 거다 개굴! 그렇지 않습니까 개굴?"

구르가 정확히 짚어냈다. 드래곤 로드는 어깨를 으쓱했다.

"울려서 미안타."

그가 인정하자 네라와 구르가 홱 고개를 돌려 그를 보았다. 눈
이 뾰족해진 게 심상치 않다. 드래곤 로드가 아니라 개미 로드
였다면 당장 밟아 죽였을 기세다.

"제 공간을 깨셨습니꺼?"

드래곤은 짐짓 모르는 척하며 진을 보고 물었다. 진은 어깨를
으쓱했다.

"와 그라신 겁니꺼?"

"저 녀석들이 하도 난리라."

드래곤 로드는 저 미남 마족이 분홍 머리 신자와 개굴족의 왕
이 아무리 울고불고 난리를 쳐도 마음이 내키지 않으면 도와주
지 않을 성격이라는 것을 잘 알고 있었기에 좀 놀랐다.

"저기요, 드래곤 로드 님."

진에게 몇 마디 말을 하려는데 나하사가 그를 불렀다.

"그래서, 시험은 합격인가요?"

나하사는 울고 있는 걸 들킨 것이 쪽팔려서 당돌하게 물었다.
드래곤은 침대에 걸터앉으며 답했다.

"합격 안 시켜 주면 한 대 맞을 것 같구마. 좋데이, 시험은 끝 났데이."

나하사는 가볍게 한숨을 내쉬었다. 안도의 뜻이었다. 실제로는 반나절, 아니 몇 시간도 안 걸렸을 텐데 체감상으로는 왠지 닷새쯤 흐른 것 같다. 소년이 안심한 그때, 드래곤이 말을 이었다.

"다만 한 가지 묻고 싶은 게 있데이."

나하사가 움찔했다.

"뭐, 뭔데요?"

드래곤은 금안을 쓰지 않고 물었다.

"니는 인간을 믿나?"

"네."

주저 없이 나온 대답에 드래곤이 미간을 찌푸리며 고개를 갸 웃했다.

"앞뒤가 맞지 않데이. 인간을 증오하면서 우째 인간을 믿을 수 있나?"

그것은 나하사가 답하기 어려운 질문이었다. 일단 전제부터가 확실치 않으니까.

"믿는지 안 믿는지는 사실 잘 모르겠습니다. 다른 종족은 어 떤지 모르겠지만 인간은 모순적이에요. 변덕스럽고 초 단위로 감정이 변하고. 그래서 언제 또 이 마음이 변할지 모르고요."

드래곤은 어린 인간의 말을 경청했다.

"저는 본래 인간은 믿을 수 없는 존재라고 생각했습니다. 그런데… 그런데, 제가 떠돌아다니면서 만난 인간들은……."

나하사는 여름, 그 짧은 시간 동안 만난 사람들은 떠올렸다.

'살려 주십시오.'

건방진 아가씨를 위해 무릎을 꿇은 호위기사.

'그대가 어떤 삶을 살아왔는지는 모르지만, 그대보다 나이가 많은 어른이 앞에 있다면 조금은 의지해 보는 게 어떻겠나.'

처음 만난 소년에게 진심을 담아 충고했던 아저씨.

'우리는 다만, 엄마를 찾고 싶은 것뿐이야. 엄마를 찾으려고 노래를 부르는 게 뭐가 나빠!'

낳아 준 어미가 보고 싶어 고대마법까지 익힌 어린 남매.

'언젠가 다시 그곳에 신전을 세울 겁니다. 다시 세웠다가 또 문을 닫았을 때, 그때는 그 나라 사람들이 상처받을 수 있게 하는 게 제 목표입니다.'

고마움도 모르고 배신감도 느끼지 않을 정도로 절망에 익숙해진 이들에게 감정을 불러일으키겠다는 크림 신전의 신관.

'너는 나의 은인이다. 나는 너를 돕고 싶다.'

마왕을 부활시키겠다는 목적까지 말했는데도, 진심으로 돕고 싶어 하던 순박한 적발의 영웅. 나하사는 희미하게 웃었다.

"그 사람들은, 다 하나같이……."

그리고 환상 속에서인지 실제 세계에선지, 오늘 만난 그 두 명의 사내들. 어린아이를 위해 외투를 벗어 준 사내와 소년병을 위해 갑옷을 벗은 용병.

"…그래, 알았구마."

문장을 끝맺지 않았으나 뜻은 전해졌다.

"닌 학실히 주인공 감이다 안 카나."

윽, 또 그 소리야. 나하사의 얼굴이 구겨졌다. 그 모습을 보며
드래곤은 활짝 웃었다.

"이 흥미진진한 모험에 내도 동참토록 하제."

"예?"

예상치 못한 발언에 구르와 나하사가 매우 놀랐다.

"오오! 진짭니까 개굴?"

"저, 정말요?"

드래곤이 지금까지 한 말 중에서 가장 놀라우면서 반가운 말
이었다. 저 존재가 자신의 편이 된다면, 마왕의 부활은 떼 놓은
당상이다. 아무리 적발의 영웅이 방해한다고 해도 드래곤 금안
의 힘으로 팍팍 누르면 된다. 설령 금안이 통하지 않는다고 해
도 드래곤의 텔레포트라면… 일주일, 아니 사흘 만에 전 대륙의
봉인소를 모두 깰 수 있을지도 몰라! 꿈꾸는 소년의 녹색 눈에
환희가 차올랐다. 드래곤은 낮게 웃으며 말했다.

"잼나게 놀고 있으라. 할 일 마친 후 다시 올 테니까네."

"네? 동참한다면서요!"

3초 만에 마음이 바뀌었나, 저 드래곤 붕어인가, 입을 쩍 벌리고
그런 무엄한 생각을 하는 나하사에게 드래곤은 씩 웃어 주었다.

"마다스 괴롭히러 가야제."

"……."

"그런 시궁창에서 주인공이 나오다니, 역시 용생(龍生)도 살고 봐야 한다 안 카나."

나하사가 마다스인이라는 것을 알고 하는 소리였다. 그러나 저 말의 목적이 시비든 질 나쁜 장난이든 나하사에겐 아무 상관도 없었다. 나하사는 조국에 대해 아무런 애착을 가지고 있지 않았다. 다만 소년이 속상한 것은,

"그러면 언제쯤 합류하세요?"

드래곤이 당장 봉인을 깨지 않으리라는 그것 하나뿐이었다.

"마, 그 외에도 내 산맥에 침입하는 인간들도 죽여 뿌야 되고… 할 일이 많아 싸서 말이제. 후후후."

드래곤이 기분 나쁘게 웃었다. 사실 그는 이런 생각을 하고 있었다. 위험한 순간에만 뿅 하고 나타나서 구해 주는 그런 역할! 아아, 소설을 보며 얼마나 동경했던가! 주인공 근처의 숨은 조력자 역할……. 꼭 한번 해 보고 싶었다.

"빨리 와 주십쇼 개굴."

개굴족의 왕이 말했다. 드래곤은 잊을 때쯤 다시 와야지 하는 시꺼먼 생각을 하면서 고개를 끄덕였다.

"마왕의 봉인이 어디에 있는지는 모르는 건가?"

그때, 네라와 함께 가만히 듣고만 있던 진이 물었다. 실망하던 나하사가 퍼뜩 정신을 차렸다.

드래곤 로드는 알지도 모른다. 태초, 신화시대 때부터 존재했

다고 전해지는 드래곤의 로드라면……!

"봉인이 하도 많아 싸 정확히는 모릅니더."

드래곤 로드는 공손하게 답했다.

"주요봉인소라 카는 게 있는데, 인간들의 기준으로 감당할 수 없는 마력의 봉인소를 분류한 깁니더. 그것들을 먼저 해제하는 게 좋을 깁니더."

어차피 그럴 계획이었다. 새로울 게 없는 드래곤의 말이었으나, 그래도 나하사는 수확을 얻은 기분이었다. 막막하기 짝이 없던 자신의 추측이 신뢰할 수 있는 추측이 되었다.

"현재 존함이 무엇이라고 하셨지예?"

드래곤이 물었다. 진이 대답을 하지 않아 나하사가 답했다.

"진이에요."

"아, 그랬었제. 진…… 어울리십니더."

드래곤 로드는 진을 향해 부드럽게 웃었다. 아주 친근한 태도였고, 애정이 담긴 웃음이었다.

"저 녀석을 알고 계십니까 개굴?"

나하사가 궁금해하던 것을 구르가 대신하여 물었다. 드래곤 로드는 당연히 알제, 하며 말을 이었다.

"진 님의 존재는 마계는 물론 천계와 이계의 생명체들까지 알고 있을 기다."

"헉……."

나하사와 구르가 동시에 고개를 홱 돌려 진을 보았다. 둘 다

찔끔한 표정이었다. 저 시커먼스/쓰잘데기 없는 놈이 그렇게 유명한 놈이었다니! …어, 엄청 막 대했는데 괜찮은 걸까?

무심한 얼굴의 미남에게 아부를 떨어야 하는 심각한 상황을 상상해 본 둘의 귀로 드래곤의 설명이 들어왔다.

"저분의 외모는 마계는 물론, 천계와 이계까지 감동시켰다 안카나."

"……"

"역시 대단하시군요. 나의 진 님답습니다."

자랑스러워하는 드래곤과 네라, 그리고 생각보다 더욱 사방으로 퍼진(믿었던 천계마저!) 외모 지상주의의 깊은 폐해에 절망하는 십 대 소년이었다. 외모 칭찬에 어쩐지 평소보다 턱을 좀 더 치켜든 것 같은 진은 중키의 인간 수컷의 몸을 한 드래곤 로드를 물끄러미 보았다.

"네 이름은 무엇이라고 했지?"

드래곤은 저 꽃미남이 자신의 이름을 궁금해하는 게 감격스러운 듯 격정적으로 소리쳤다.

"슈퍼 모이스춰 바이탈라이징 쥬피터라고 합니더!"

나하사가 쩍 입을 벌렸다. 이름이 또 바뀌었어! 화장품 이름 아냐?

"음, 이제 기억이 나는군."

"저런 특이한 이름을 잊다니, 진 님 백치미를 보이시는군요."

"멋진 이름이십니다 개굴."

그러나 나하사 빼고는 아무도 드래곤의 이름이 세 번째 바뀐 이름이라는 것을 모르는 듯했다.

"기억해 주시니 영광입니더."

드래곤이 저렇게 존대를 하고 깍듯이 대한 게 순전히 외모 덕이었다고 생각하니, 생각보다 드래곤이란 종족이 별것 아닌 것처럼 느껴졌다.

"그럼 이제 가야겠심더."

"아……."

이제 마다스인 괴롭히러 가는 걸까?

"안녕히 가세요."

나하사는 냉큼 인사했다. 어딜 가든지 간에 이제 더 보고 싶지 않았다. 다른 마을에 가고 싶었으나, 오늘은 피곤해서 우선 좀 자고 싶었다. 텔레포트로 이동할 줄 알았던 드래곤은 몸소 발걸음을 옮겨 스스로 문을 열었다.

"다음에 보제. 내 없는 동안 너무 날뛰지 말그래이."

"하하……."

당연한 거 아냐? 조금 있으면 드래곤이 와서 빵빵 봉인소 깨 줄 텐데.

"네, 얌전히 있을게요."

나하사는 가증스럽게 순수한 척 웃으며 고개를 끄덕였다. 그러자 드래곤이 혀를 찼다.

"그라믄 안 되지! 실컷 날뛰어야 주인공인 기라."

"……"

"아깐 심한 말 해서 미안하데이. 잊그라. 본래 싸우면서 친해지는 거 아니겠노."

혁……. 잊고 있었는데 상기시키다니.

드래곤 로드가 바이바이 손을 흔들고 사라졌다. 나하사는 닫힌 문을 보고 땀을 뻘뻘 흘리며 서 있었다. 구르와 네라와 진이 뒤에 있는데 도저히 뒤를 돌아볼 수가 없다. 차라리 악몽을 꾸는 게 낫겠어. 이건 정말 쪽팔려! 계속 이러고 있을 순 없으니, 짐짓 아무렇지 않은 듯한 표정을 짓고 뒤돌았다.

"나하야, 어디 다친 건 아닌가 개굴?"

뒤를 돌자마자 구르가 폴짝 뛰어오르며 물었다.

"응, 전혀."

"다행이다 개굴. 저 용 자식이 조금 심보가 고약한 데가 있다 개굴. 힘들었지 개굴?"

드래곤 로드가 사라지자마자 존댓말을 집어치우는 구르였다.

"힘들지도 않았어."

"그럼 울 일이 뭐가 있습니까?"

네라가 날카롭게 물었다. 배려심도 없이 너무 노골적으로 묻는 거 아냐? 네라가 그렇게 나오니 나하사는 쪽팔리기보다는 기분이 나빴다.

"놔둬. 뭔 상관이야."

나하사는 구르를 안은 채 침대로 뛰어들었다.

"자야겠다. 하루가 너무 길었어."

"밥 안 먹고 개굴?"

그러고 보니 밥을 안 먹었다. 점심을 시키자마자 드래곤과 만났으니까. 배도 좀 고픈 것 같았지만, 그보다는 피곤한 게 우선이었다.

"돈 줄 테니까 너희 가서 먹고 와. 난 잘래……."

"성장기 소년이 끼니를 거르는 게 말이 됩니까!"

네라가 대뜸 소리쳤다.

"당장 가서 먹어야 합니다. 열심히 먹어서 키가 십 센티미터는 더 커야 하지 않겠습니까? 그것도 작지만."

"왜 니 맘대로 내 키를 품평하는데?"

"그래, 네라 말이 맞다 개굴. 밥을 잘 먹어야 마왕님 부활도 시키고 그러는 거다 개굴."

"밥이 마왕이랑 무슨 상관이야?"

마지막으로 진도 말했다.

"가서 밥 먹어라."

나하사는 어이가 없어서 웃었다.

"어디서 언령 흉내야?"

소리치며 벌떡 상체를 일으키자 네라가 잽싸게 팔을 잡아끌었다. 뭔 놈의 여자애가 힘이 그리 센지 나하사는 간단히 끌려 일어났다.

"으으, 알았어. 내가 갈게!"

머리를 짚으며 할 수 없이 일어섰다. 어차피 이 녀석들만 식당에 내려 보내기에는 불안불안 하고, 마침 배도 고프고 결정적으로 밥을 먹으라는 재촉을 받는 건 꽤나 기분이 좋았다.

구르가 머리 위에 폴짝 올라앉으며 말했다.

"밥 먹으면서 얘기해 봐라 개굴."

"뭘?"

"왜 울었는지 개굴."

"……."

갑자기 입맛이 뚝 떨어진 소년을 다시 밥 먹으라고 꾀는 데에는 자그마치 삼십 분이나 걸렸다.

『나하사』 3권에서 계속

건아성 판타지 장편소설

FANTASY STORY & ADVENTURE

스페로 스페라

Spero Spera

『은거기인』,『군림마도』,『무명서생』의 작가!
건아성 판타지 장편소설

꼭 돌아가리라! 나를 기다릴 황제의 곁으로……

『스페로 스페라』

황제의 호위무사에서 적의 포로,
노예 다음엔 나이트.
그러나 나는 여전히 황제의 호위무사다!

dream
books
드림북스

종천지애

백연 신무협 장편소설

『이원연공』, 『벽력암전』, 『무애광검』으로
진한 무협의 향취와 잊지 못할 감동을 선사한
작가 백연의 신무협 장편소설

하늘도 슬퍼하는 도(刀)가 되어야 했던 한 남자의 이야기.

『종천지애』

사람(人)이 미치면 천하가 어지러워지고,
마(魔)가 미치면 강산이 피로 물들며,
신(神)이 미치면 세상은 혼돈 그 자체가 되리라.

dream
books
드림북스

魔

마인정전

人

傳

김현영 신무협 장편소설

ORIENTAL FANTASYSTORY & ADVENTURE

강호의 은원은 그 끝이 없는 법!
마인이라 명명될 능운백의 무림 원정이 펼쳐진다!

김현영 신무협 장편소설

『마인정전』

"사람은 소중한 것을 지키기 위해선 싸울 줄 알아야 한다.
네가 소중하다고 여기는 것이라면 뭘 어떻게 해서든
수단과 방법을 가리지 않고 맞서야 하는 거야."

dream
books
드림북스

無敵名
무적명
백준 신무협 장편소설
ORIENTAL FANTASYSTORY & ADVENTURE
멸문당한 장백파에 남아 있던 핏빛 글귀.
무적명(無敵名) 만리행(萬里行)
무적의 이름은 만리를 간다.
백준 신무협 장편소설
『무적명』
사형과 같은 길을 걷다 보면 그가 오리라!
강호를 종횡하며 사문의 원수 무적명을 부른다!
dream books
드림북스